사랑하는 _____ 에게

_____ 드립니다

_____ 년 ____ 월 ____ 일

_____

_____

일상에
대한
맛있는

인생
레시피

밥이
고맙다

일상에 대한 맛있는 인생 레시피

밥이 고맙다

이종완 지음

모아북스
MOABOOKS

들어가며

　인생을 살아가는 동안 우리는 '먹기 위해 사는지', '살기 위해 먹는지'와 같은 철학적인 의문과 한두 번은 만나게 됩니다. 우선순위의 문제 같지만 본질을 들여다보면 먹는 것과 사는 것에는 불가분의 관계가 있다는 것을 알 수 있습니다. 누구든지 먹고사는 문제로부터 자유로울 수 없습니다.

　무엇으로 먹고사느냐란 문제는 매우 중요합니다. 하지만 우리가 살아가는 자본주의 시대는 철학적인 고민을 하며 여유롭게 사는 삶을 허락하지 않습니다. 그만큼 우리는 먹고사는 일이 만만치 않은 시대에 살고 있습니다. 그러다 보니 누구나 먹고살 밥을 마련하기 위해 자기계발을 하고 스펙 쌓기에 열중합니다. 삶은 먹고살기 위해 준비하는 일련의 과정이고 인생은 먹고사는 문제를 해결하는 과정입니다.

　밥에는 두 가지가 있습니다. 하나는 생명줄을 이어주는 식품학적인 영양가 측면의 밥이고 다른 하나는 마음의 양식이 되는 밥입니다. 삶은 일상에서 경험하고 체험하는 현상들의 합입니다. 스티브 잡스도 "앞날을 내나보고 점(dots)을 연결할 수는 없다. 과거를 뒤돌아보아야 비로소 점을 연결할 수 있다. 그러므로 미래에 어떤 형태로든 그 점이 연결될 것이라고 믿어야 한다"고 말했습니다.

스티브 잡스가 말하는 점(dots)이라는 것은 바로 경험과 체험입니다. 인생은 어제의 현상과 오늘의 현상을 연결하고 오늘의 현상을 내일로 연결하는 과정입니다.

삶을 제대로 살아가기 위해서는 현상들을 보는 안목이 필요합니다. 이를 위해서는 인생에 대한 선행학습이 필요합니다. 세상을 살면서 모든 것을 다 경험하고 체험하며 살 수 없기 때문입니다. 인생의 선행학습은 선인들이 살아온 세상을 읽고 자신이 만나는 일상의 현상들을 그냥 스쳐가는 것이 아니라 곱씹고 고민하는 시간에서 시작됩니다. 이런 삶이 인생을 살찌우는 보약이고 밥이며 행복과 성공을 가져다주는 도깨비방망이입니다.

어떤 현상을 바라볼 때는 반드시 내 눈을 통해서 현상을 보고 분석할 수 있어야 합니다. 그리고 현상을 이야기할 때는 신중하게 분석한 결과를 자신의 언어로 이야기할 수 있어야 합니다.

이 책에는 필자가 살아오면서 경험하고 체험한 현상들을 담았습니다. 이 책을 읽는 독자들도 한 줄, 한 페이지를 읽을 때마다, 책장을 넘기기 전에 손을 멈추고 자신의 입장에서 생각하는 시간을 가지게 되길 바랍니다. 일상의 현상들을 제대로 보고 이해하는 것이 삶의 행복과 성공을 가르기 때문입니다.

요즘 책을 읽는 사람보다 책을 내는 사람이 더 많은 시대라고 이야기합니다. 이런 대열에 합류하는 것이 염치없는 일이 아닌가 싶어 책을 내는 데 망설이긴 했습니다. 하지만 '인생에는 정답이 없다' 는 말에 자신감을 얻어 지금까지 살아오면서 보통 사람으로서 느낀 삶의 현상들을 이 책을 읽는 분들과 공유하기로 했습니다. 이 같은 욕심에는 10년 이상 강의로 만났던 많은 분들에게 '언젠가 책을 내겠다' 고 했던 약속을 지켜야겠다는 책임감도 한몫했습니다.

이 책은 독자들을 훈계하고 내몰아치는 자기계발서가 아닙니다. 보통사람이 살아오면서 느꼈던 일상의 잔잔한 에피소드입니다. 사람은 한 마디의 말과 한 줄의 문장을 통해서도 인생이 바뀔 수 있다고 합니다. 이 책이 누군가의 인생에 작은 보시가 될 수 있다면 행복하고 감사할 일입니다.

삶의 기본기는 감사할 줄 아는 마음이라고 생각합니다. 책이 출간되기까지 조언과 격려를 주신 모든 분들께 감사를 드립니다. 특히 교직 생활로 눈코 뜰 새 없이 바쁜 와중에도 첫 독자가 되어 맛깔스럽게 교정을 해주고 응원해준 아내 안희자에게 고마움을 전합니다.

"아빠! 책 언제 나와요?"라며 무언의 압력을 행사해준 보물 상자 아들 승우와 예쁜 보석 딸 정민에게도 사랑한다는 마음을 전하고 싶습니다.

이 종 완

들어가며 8

제 **1** 부

모든 시작은 밥벌이로부터 시작되었다 15

메뚜기와 '존버' 정신 · 16   '뚱' 과 고장(故障) · 18   김장 전쟁 · 21   들깨 베기 · 23
고양이 세수 · 26   돌님이 무섭다 · 29   깔볼 인생이란 없다 · 31   새똥과 복권 · 34
인생에도 관장이 필요하다 · 37   아내의 편지 · 38   행복하십니까? · 41   임금도 똥은 직
접 누어야 한다 · 44   망자가 건네는 말 · 47   눈물이 있는 삶이 아름답다 · 49   다림질
에서 배운 세상살이 · 52   사람의 향기 · 55   삶에서 힘 빼기 · 57   불안하니까 삶이다 ·
60   영수증이 전하는 말 · 62   역린을 생각한다 · 64   우리 집 바가지 · 67   한약복
용법과 인생사용법 · 69   텃밭 행복 · 72   삶의 아름다움은 과정에 있다 · 74   명품 인
생 · 77   회초리 · 79   염치없는 세상 · 81   원룸 체험기 · 84   고속도로와 인생길 ·
86   경로(經路) 의존성 · 88   다초점렌즈로 마음읽기 · 91   돌을 품고 사는 남자 · 93
일기일회一期一會 · 96   무엇을 탐(貪)하는가 · 98   꿈, 우리 인생의 내비게이션 · 101
어떤 관계를 맺을 것인가 · 103   대접받고 싶으세요? · 106   운은 공이다 · 109

제 **2** 부

평범하게 살았다고? 113

애들 공부 잘하니? · 114   등(等)과 류(流)의 차이 · 116   까꿍! 플레이 · 119   인생의 오
답노트를 기록하라 · 121   세상에 당연한 것은 없다 · 124   딱 5분만 더! · 126   기슴

뛰는 사람을 만나라 • 129　　행복한 인생의 비밀 1% • 131　　스토리가 힘이다 • 134　　몰
입의 힘 • 136　　상대방을 제대로 보는 눈(眼) • 139　　시스템을 두려워하지 마라 • 141　　위
기의식은 희망의 씨앗 • 144　　마케팅의 기본은 청(聽)자에 숨어 있다 • 146　　경쟁력을 키우
는 커뮤니케이션 스킬 • 149　　어떤 프레임으로 살 것인가? • 151　　'특별히'라는 말의 가치
• 154　　문제 해결 능력을 키워라 • 156　　어떻게 물을 것인가 • 159　　'쉬는 꼴'이 싫다면
• 162　　더 절박하게 • 164　　돈을 쓰는 맛 돈을 늘리는 맛 • 167　　잃지 않고 얻는 법 •
169　　사회현상은 삶의 스승 • 170　　내려놓기 • 174　　인생은 시간경영 • 176　　1만 시
간의 비밀 • 178　　성공의 비밀 • 181　　삼포시대 • 183　　40억 원짜리 점심 • 185　　'했
더라면' 줄이기 • 188　　겸손도 자기계발이다 • 190　　어떤 사람으로 기억되고 싶은가 •
193　　소통의 네 가지 비밀 • 195　　화법도 경쟁력이다 • 198

제3부
나는 이런 이들이 좋다　201

머리·가슴·발 리더십 • 202　　코뚜레 리더십 • 204　　생산적인 리더 vs 소비적인 리더 •
207　　당근과 채찍의 리더십 • 209　　독심술(讀心術) • 212　　사람이 자리를 만든다 •
215　　존경받는 리더가 그립다 • 217　　감동 리더십 • 220　　눈치를 주는가 • 223

제4부
숲의 향연에서 인생치유의 힘을 얻다　227

나무로부터 배우는 성공의 지혜 • 228　　봄꽃향연 • 230　　까치의 교훈 • 232　　길(道)이 길
을 말하다 • 235　　코스모스 꽃이 가르쳐준 지혜 • 238　　칸나 꽃에서 삶을 엿보다 • 240
단풍의 소리 • 242　　단풍을 닮고 싶다 • 245　　당신의 간절함은 몇 그램입니까? • 248

제 **5** 부
밥이 고맙다 251

밥이 고맙다 • 252   새해에는 '삼삼' 이와 함께 • 254   감사에 투자하자 • 256   열정의 무게 • 259   잘 먹고 잘 누는 일생 • 261   올해는 유혹하고 싶다 • 263   올해 버리고 싶은 것 • 266   새해택배 • 268   마음공부 • 270   인생속도 • 273   미운 감정 버리기 • 275   인생목록 • 277   아낌없이 주기 • 280   무재이시(無財二施) • 282

나오며   286

모든 시작은
밥벌이로부터
시작되었다

제 **1** 부

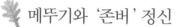 메뚜기와 '존버' 정신

아내와 외출을 하기 위해 아파트 지하 주차장을 나섰을 때였습니다. 지상으로 나오자마자 우리 부부는 깜짝 놀랐습니다. 메뚜기 한 마리가 승용차 본네트 위에 앉아 있었기 때문입니다. 메뚜기의 출처도 궁금했지만 어릴 적에 메뚜기를 잡던 추억이 떠올라 기분이 좋아졌습니다. 아파트를 나서기 전까지 메뚜기가 화단의 풀밭으로 날아가 주기를 기대했습니다. 하지만 메뚜기가 꼼짝을 하지 않습니다. 차에서 내려 메뚜기의 의도와는 상관없이 강제적으로 추방을 할까도 생각했습니다. 이런 저런 방법을 고민하는 사이 승용차가 정문을 빠져 나가고 말았습니다.

메뚜기는 여전히 찰싹 붙어 있습니다. 한동안 어떤 형태의 작은 움직임조차도 없습니다. 다만 머리에 나 있는 두 개의 더듬이를 연신 이리 저리 움직이며 긴장하고 있음을 보여줍니다. 아주 가끔 날개를 미세하게 움직일 뿐입니다. 어느 순간 날다가 도로변으로 떨어지면 어쩌나, 달려오는 다른 차에 부딪히면 어쩌나 염려가 되었습니다. 메뚜기의 운명이 걱정되어 메뚜기에서 눈을 뗄 수가 없었습니다. 우리 부부는 졸지에 곤충학자의 모습을 닮아가고 있었습니다.

집에서 10여 킬로를 내달렸습니다. 메뚜기는 여전히 목숨을 내놓고 우리 부부와 드라이브를 즐기고 있습니다. 천만 다행인 것은 도시를

밥이 고맙다

벗어난 지방도 주변에는 논과 밭이 줄지어 있고 풀밭도 무성하다는 것이었습니다. 메뚜기가 비행을 해도 풀밭에 안착할 가능성이 높아졌기 때문에 속이 덜 탔습니다. 그런데도 메뚜기의 경계심은 누그러질 기미가 보이지 않습니다. 그동안 서너 차례 신호대기가 있었는데도 꼼짝을 않고 있습니다.

어느덧 승용차는 왕복 4차선 도로에서 2차선으로 접어들었습니다. 그런데 어찌된 일인지 메뚜기가 2차선 도로에 접어든 어느 순간 방향을 틀었습니다. 그 즈음 내 승용차는 신호대기에 멈추게 되었고 그 찰나 메뚜기가 비행을 시도했습니다. 5미터 정도를 멋지게 날아올라 풀밭에 사뿐히 내려앉습니다. 우리 부부는 메뚜기의 힘찬 비상에 감동했고 새로운 환경에 터를 잡고 둥지를 틀수 있겠다는 생각이 들어 마음이 편해졌습니다. 메뚜기가 내려앉은 풀밭이 새 친구를 만나 행복하게 살 수 있는 최적의 환경인 것 같아 기분까지 좋아졌습니다.

요즘은 누구나 먹고살기가 힘들다고 합니다. '아프니까 청춘이다'라는 말로 젊은이들을 위로하기엔 한계가 있습니다. 지금은 이외수 작가가 말하는 '존버' 정신이 필요한 때라는 생각이 듭니다. '존버' 정신은 '존나게 버티는' 정신을 말합니다. 메뚜기가 다리에 힘을 잔뜩 주고 버티는 것처럼 삶에서 만나게 되는 역경과 시련에도 버티는 힘이 필요할 것 같습니다. 메뚜기가 때를 기다리다 최적의 여건에서 날아올랐듯 살면서 냉철한 상황 판단력과 실행해야 하는 때를 아는 것도 중요합니다. 메뚜기가 다리에 힘을 잔뜩 주고 버티는 모습에서 최선을 다하는 것이 아름답다는 것 또한 알게 됩니다. 버틴다는 것은 최선을 다하고 있는 결과물입니다. 나는 지금 무엇을 위해 버티며 살고 있는지를 생각하게 되고 버티는 이유에 대해서도 생각이 깊어집니다.

작가 공병호는 "삶의 매 순간을 자극하는 관찰하기가 필요하다"고 말합니다. 메뚜기를 '유심히' 관찰한 덕분에 '버티며 살아가는 가치'를 만날 수 있었습니다.

🌿 '뚱' 과 고장(故障)

사람은 삶의 중심에 자신을 두고 사는 것 같지만 그렇지 않습니다. 자신의 인생에 타인의 삶을 덧칠하기에 바쁩니다. 다른 사람 이야기로 날이 새는 줄 모릅니다. 이럴 때는 누군가의 좋은 점보다 흉보고 흠집 내는 데 초점이 맞춰집니다. 한 번뿐인 인생은 나를 위해서 쓰기에도 턱없이 부족한 시간인데 안타까운 일입니다. 얼마 전에 만난 친구 이야기를 하는 것을 보면 나도 예외는 아닙니다.

동서고금을 막론하고 여성의 최대 관심사는 살찌는 것을 경계하는 일이 아닌가 싶습니다. 최근에 불고 있는 다이어트 열풍만 봐도 짐작이 갑니다. 이런 시류에 따라 남성에게는 에티켓 하나가 추가되었습니다. 여성에게 절대로 '살쪘다' '뚱뚱해 보인다' 와 같은 말을 해서는 안 된다는 점입니다. 그런데 내 친구는 겁 없이 큰일을 내고 말았습니다. 부인이 예전보다 살이 쪘다고 가장 듣기 싫어할 만한 '뚱보' 란 의미가 담긴 '뚱' 이라는 호칭을 하사품으로 내렸기 때문입니다. 그날 아들과 딸을 불러놓고 앞으로 엄마를 '뚱' 이라 부르라는 호기까지 부렸다고 합니다. 부인이 하지 마라고 경고를 했는데도 불구하고 잘 어울린다며 '뚱' 을 연발했다는 것입니다. 그것도 모자라 아이들 앞에서 배꼽을 잡고 웃기까지 했다니 심하다 싶었습니다. 내 친구가 '간' 을 내놓고 살고 있다는 생각이 들어 불안하기까지 했습니다.

　며칠이 지나서 친구가 사색이 되어 나타났습니다. 부인의 강력한 보복 한 방에 게임이 끝난 모양입니다. 부인은 자신이 당한 것과 똑같이 아이들을 불러놓고 앞으로 아빠를 부를 때는 '고장(故障)' 이라 부르라고 했답니다. 그러자 초등학교 다니는 딸아이가 "아빠 어디가 고장 났어요?" 물었고 그러자 "아주 중요한 곳 한 군데가 고장이 났어" 하고 대답하더라는 것입니다. 사실 내 친구는 남자의 물건(?)에 하자가 있어 조물주를 원망하며 A/S를 기다리고 있는 중입니다. 내 친구는 얼굴이 발개져 아이들 보기 창피하다며 그만하라고 신경질을 냈지만 허사였다고 합니다. 그나마 부인이 고자(鼓子)라 하지 않고 고장이란 간접화법을 구사해줘 아이들에게 아빠로서의 체면과 자존심을 지켜준 것이 다행이지만 앞으로 살아갈 날이 걱정이라며 땅이 꺼져라 한숨을 쉬는 것이었습니다.

내 친구가 부인에게 '뚱'이라 부른 대가치고는 너무 혹독하게 당했다고 생각할지 모릅니다. 하지만 부부로 산다는 것은 좋은 점을 봐주고 칭찬하며 살기에도 부족한 시간입니다. 그런데 부인의 흠집을 들춰내고 상처 난 곳에 소금까지 뿌리는 무례를 범했으니 보통 일이 아닙니다.

새로 구입한 물건이거나 아끼는 물건에 흠집이 나도 속이 쓰리고 아픈데 사람의 마음에 흠집을 내면 그 속이 오죽할까요. 논어 자로(子路)편에 "근자열(近者悅) 원자래(遠者來)"라는 말이 나옵니다. "가까이 있는 사람을 즐겁게 하면 멀리 있는 사람이 찾아온다"는 뜻입니다. 가까이 있는 사람을 소중하고 귀하게 여기며 살기가 쉽지 않음을 말해줍니다. 가까이 있는 사람에게 더욱 신경을 쓰며 살아야 되는 이유입니다. 일상의 행동 하나, 말 한마디도 신중을 기하며 살고 볼 일입니다. 내가 무심코 내뱉은 말 한마디, 표정 하나가 상대방의 마음에 흠집을 낼 수도 있음을 알아야 합니다. 세상을 살면서 말, 행동, 표정으로 누군가의 마음에 흠집 내는 것을 줄이며 살고 싶은 하루입니다.

김장 전쟁

　김장때문에 그동안 쌓였던 처가 가족들의 불만이 결국 터지고 말았습니다. 가족밴드라는 소통의 창에 각자의 속내를 드러내다 김장전쟁으로 번진 것입니다. 아내의 형제는 육남매입니다. 육남매 부부 중 셋은 맞벌이이고 셋은 외벌이입니다. 처가와 세 형제는 청주에 살고 나머지 셋은 타지에 살고 있습니다. 그러다 보니 김장거리 일체를 준비하는 일은 장모님이 하십니다. 평소에도 장모님은 김치나 밑반찬을 만들어 자식들에게 나눠주는 일을 즐기시는 분입니다.

　김장은 재료를 장만하는 일도 만만치 않지만 더 힘든 일은 재료들을 다듬고 절이며 버무리는 일입니다. 육남매에게 보낼 김장이다 보니 꼬박 이틀의 중노동이 필요했습니다. 그런데 그 노동력을 동원하면서 문제가 불거졌습니다. 장모님은 휴일에 김장을 하게 되면 직장 다니는 자식들이 쉬지 못할 것을 염려하신 듯 목요일과 금요일에 김장을 하셨습니다. 그래서 육남매 중 직장 다니는 자식들은 제외되고 나머지 자식들만 동원되었습니다. 직장을 다니지 않는 자식 중 막내처남댁은 타지에서 어린아이를 키우고 있다는 이유로 제외되었습니다. 그러다 보니 달랑 두 명의 처제만 동원됐습니다. 먹는 입은 많은데 일하는 손이 적다 보니 집에서 노는 죄로 해마다 중노동에 시달리는 두 처제의 불만이 이만저만이 아니었습니다. 올해는 배추풍년으로 다른 해보다 양이 많아져 폭발 직전 화약고가 되었습니다.

이 화약고에 불씨를 던진 것은 김장에 참가하지 않은 처형이 가족밴드에 올린 글이었습니다. 타지에서 직장을 다니는 처형이 담가놓은 김장을 가져가며 밴드에 "수고했고 잘 먹겠다"는 건조한 글을 남긴 것이 전쟁의 발단이 되었습니다. 중노동에 시달렸던 한 처제가 그 글에 화가 나 "그렇게 말로만 인사하지 말고 김장을 돕지 않으려면 가져가지 말고 김치를 사먹으라"고 선전포고를 한 것입니다. 이에 평소 김장을 거들 형편이 못되어 죄책감에 빠져 있던 아내는 "해마다 김장철만 되면 죄인이 되어야 하는 이 노릇도 못 하겠다"며 "앞으로는 사먹겠다"는 말로 응수를 했습니다. 그러자 처형이 "내년부터는 아예 김장을 하지 말자"고 글을 올렸습니다. 그러면서 처형과 아내는 "우리가 공짜로 얻어먹느냐, 김장값보다 훨씬 많은 돈을 부모님께 용돈으로 드리고 온다"며 억울함을 내통합니다.

이런 전쟁 중에 타지에서 직장을 다니는 큰처남이 눈치 없이 전쟁터에 폭탄을 던졌습니다. 부부가 산 정상에서 다정하게 포즈를 취한 사진과 함께 "산에 올라갔다 와서 볶음짬뽕을 먹으니 피로회복이 제대로 된다"는 글을 밴드에 올린 것입니다. 이 폭탄투척으로 처가의 가족밴드는 난리가 났습니다. 폭발한 처제는 "그렇게 놀러 다닐 시간에 김장을 도우라"며 화를 냈고, 이에 큰처남은 "김장하는 날 놀러 간 게 아니지 않느냐, 직장생활이 하도 팍팍해서 휴일에 동네 뒷산에 바람 쐬러 간 게 죄냐"고 맞받아친 것입니다. 그러자 처제가 "직장 다니는 게 뭐

밥이 고맙다

벼슬이냐, 맞벌이해서 버는 돈 나 주느냐"며 되받아쳤습니다. 이 말에 큰처남은 "그렇게 따지면 우리도 할 말 많다. 해마다 벌초는 누가 하고, 명절음식은 누가 장만하느냐"며 불만을 토로해 김장전쟁이 명절전쟁으로까지 비화되고 말았습니다.

이 전쟁통에 혹시 처가집의 맛있는 김장김치를 못 먹게 될까봐 노심초사하는데 누군가 전쟁 수습 방안을 밴드에 올리고 찬반(贊反)을 묻습니다.

첫째, 김장하는 날을 휴일로 옮겨서 모두 참여할 것 둘째, 부득이 불참한 사람은 장모님께만 용돈을 드릴 것이 아니라 김장에 참여하는 형제들에게 성의를 표할 것 셋째, 사는 형편에 따라 내놓은 돈으로 푸짐한 먹을거리를 마련해서 김장 후에 회포 풀기입니다.

이 안건이 표결에 부쳐지자 찬성표가 만장일치로 나왔습니다. 처가집의 내년 김장이 기다려집니다.

들깨 베기

나는 시골이 고향이지만 농사일을 많이 하면서 크지는 않았습니다. 내 또래 친구들에 비하면 편하게 큰 셈입니다. 그런데 휴일에 부모님이 들깨를 함께 베자고 하셨습니다. 들깨 밭의 가을 햇볕은 한 여름만큼 따가웠지만 팔순이 가까운 부모님의 노고를 덜어 주겠다는 효심으로 서둘러 들깨를 베기 시작했습니다. 그런데 힘만 믿고 들깨를 베기 시작한지 30여 분도 채 지나지 않아 하늘이 뱅뱅 돌고 노래지더군요. 겨우 두 시간 남짓 들깨를 베면서 세 차례나 나무 그늘 신세를 져야 했습니다.

반면 부모님의 들깨 베기는 요지부동입니다. 들깨를 베기 시작할 때의 자세 그대로 한 치 흐트러짐이 없으십니다. 한 차례의 쉼도 없고 들깨를 베는 속도도 변덕스럽지 않습니다. 들깨를 베는 내내 기진맥진하여 그늘을 몇 차례 들락거리는 아들을 보면서도 별 말씀 없이 들깨만 베실 뿐입니다. 하지만 세상을 살아가는데 필요한 역량이 있다는 것을 부모님은 무언으로 말씀하고 계신 듯했습니다.

"세상살이의 으뜸은 제대로 힘쓰는 일이란다"고 일러주시는 것만 같습니다. 나는 들깨 베기를 하면서 내 힘만 믿고 들이대, 초반에 너무 많은 힘을 쓰는 오류를 범하고 말았습니다. 결국 나중에는 기력을 상실하여 기진맥진하는 약골 아들 모습만 보여드렸습니다. 인생과 마라톤은 힘을 안분하여 제대로 써야한다는 점에서 닮았습니다. 인생이란 마라톤을 완주하기 위해서는 힘의 안배가 중요합니다. 힘을 제대로 쓰지 못하면 자포자기 순간이 빨리 찾아옵니다. 살면서 힘을 써야할 때 힘을 내지 못하는 무기력증에 빠지기 쉽습니다. 제대로 힘쓰기는 육체적이고 물리적인 힘만 의미하지 않습니다. 세상살이를 하며 자리에 따

밥이 고맙다

라 주어지는 힘을 제대로 쓰는 것도 마찬가지입니다. 이참에 마음의 힘까지 뺄 수 있다면 금상첨화가 아닐까 싶습니다. "마음의 힘 빼기는 고정관념, 우리가 오랫동안 익혀온 지식과 정보, 우리가 길들여져 있던 습관을 버리는 것이다"라고 명진 스님은 말합니다.

또한 부모님은 "인생은 속도보다는 방향이 중요하다"고 말씀하시는 듯합니다. 들깨 베기가 부모님을 도와 드리는 목적이고 방향이었다면 속도는 그리 중요하지 않습니다. 그런데 나는 속도내기에만 급급해 서두르다 제 풀에 지쳐 목적과 방향인 들깨 베기조차 제대로 못했습니다. 속도에 연연해 속도와 방향 모두 잃은 것입니다. "천천히 가는 것을 무서워 말고 뒤로 가는 것을 두려워하라"고 했습니다. 세상살이는 속도경쟁이 아니라 방향경쟁이란 생각이 듭니다. 삶의 초점을 속도에 맞추면 끝까지 할 수 있는 힘을 잃게 되기 때문입니다. 부모님은 들깨를 끝까지 베는 아들 모습을 보고 싶지 않았을까 싶습니다.

"삶의 경험은 위대하다"고 말씀하십니다. 나는 들깨 베기를 비롯해 농사일을 해본 경험이 많지 않습니다. 이런 이유로 일은 힘으로 하는 것이 아니라 요령이 있다는 걸 터득하지 못했습니다. 경험이 부족한 탓에 힘으로만 들깨를 베다가 고생만 하고 그쳤습니다. 그래서인지 부모님이 농사일을 해오면서 쌓아온 경험과 요령이 위대하게만 느껴집니다. 세상을 살아가는 힘은 경험에서 나온다고 했습니다. 휴일의 들깨 베기 경험이 앞으로 세상을 살아가는 데 도움이 됐으면 좋겠습니다. 삶은 경험을 만들고 경험은 습관을 잉태하고 좋은 습관은 인생을 성공으로 이끈다는 확신도 갖게 됩니다.

알파벳도 모르던 축구선수에서 독학 4년 만에 사법시험에 합격한 이중재 씨는 "세상에서 제일 훌륭한 사람은 새로운 것을 실행해서 성공한 사람이고, 두 번째로 훌륭한 사람은 실행하다 실패한 사람이며, 세번째는 아무것도 안 하고 성공한 사람이고, 네 번째는 아무것도 안 하고 실패한 사람이다"라고 말합니다. 가을 들깨 베기를 통해서 인생바구니에 무엇으로 가득 채울 것인지를 고민하게 됩니다.

 고양이 세수

누구나 그렇듯 나에게도 버릇이 여럿 있습니다. 그중의 하나가 고양이 세수를 하는 버릇입니다. 고양이 세수 하면 어릴 적에 손끝에만 물을 살짝 적시며 했던 세수가 떠오릅니다.

추운 겨울날이면 어김없이 고양이 세수가 잦아졌습니다. 그때마다 꼼꼼하게 씻지 않는다며 어른들께 꽤나 꾸지람을 들었습니다. 그때는 고양이 세수를 한다는 꾸중이 무진장 싫었습니다. 그래도 지금은 꺼내보고 싶은 추억의 한 장면입니다.

고양이 세수는 고양이의 그루밍에서 유래되었다고 합니다. 고양이 그루밍이란 자신의 냄새를 없애고자 하는 고양이의 본능을 말합니다. 고양이는 자신의 침을 앞발에 묻혀 털 사이사이에 묻은 진드기나 세균 그리고 먼지들을 일일이 닦아내고 털어내는 동작을 합니다. 내가 하는 고양이 세수가 대충이라면 진짜 고양이가 하는 세수에는 정성이 들어간다는 점이 다릅니다. 사람들이 쓰는 고양이 세수란 말에 담긴 의미를 고양이가 알게 된다면 어떤 반응을 보일지 궁금해집니다.

나는 차를 운전할 때마다 고양이 세수를 합니다. 나만의 독특한 고양이 세수법이 있습니다. 고양이 세수의 으뜸은 눈곱 떼기입니다. 눈곱이 있어서가 아닙니다. 단지 눈언저리를 어루만져야 시야 확보가 잘될 것 같은 나만의 주술행위에서 비롯됩니다. 물론 눈곱 떼기는 한 번으로 끝나지 않습니다. 고양이가 세수하듯 개운하다 싶을 때까지 눈언저리를 비비고 얼굴 전체를 마사지합니다.

나의 고양이 세수는 여기가 끝이 아닙니다. 내 얼굴이 끝나면 차에 대한 고양이 세수가 시작됩니다. 룸 미러도 만져보고 에어컨의 작동 버튼을 비롯하여 차 안 이곳저곳을 만지작거리기 시작합니다. 신호등에 대기하고 있을 때면 계기판 위의 먼지를 닦기도 합니다. 이와 같은 고양이 세수는 운전석에 앉자마자 시작해서 5분여 정도 이어집니다.

이런 나를 보고 아내는 또 고양이 세수를 한다며 타박합니다. 나에게는 차 안에서의 고양이 세수가 무의식적으로 이루어지는 일종의 주술행위인 반면 옆에 앉아 있는 아내는 좌불안석이 된다고 합니다. 운전자가 운전에만 전념하지 못하고 끊임없이 차 안의 뭔가를 만지느라 시선을 빼앗기고 있으니 내 차만 타면 불안해진다는 것입니다.

아내는 운전대만 잡으면 시작되는 나의 고양이 세수를 톨스토이가 봤다면 이런 말을 해주고 싶을 거라고 말합니다. "이 세상에서 가장 중요한 때는 바로 지금이고, 가장 필요한 사람은 바로 지금 내가 만나는 사람이고, 이 세상에서 가장 중요한 일은 바로 내 옆에 있는 사람에게 선(善)을 행하는 일이다."

아내의 말을 듣고 보니 세상을 살다보면 내가 별 생각 없이 던지는 말과 행동이 누군가에게는 고통일 수 있다는 생각이 듭니다. 별 생각 없이 행하는 나의 고양이 세수가 아내에게 불편함을 주듯이 말입니다. 톨스토이의 관점에서 보면 운전대를 잡으면 가장 중요한 일은 운전에 전념하는 것인데 고양이 세수하느라 한눈팔고 있고, 차에 함께 타고 있는 아내를 편안하게 해줘야 하는데 바늘방석을 권하고 있는 형국입니다. 이 세상에서 가장 중요한 일은 옆에 앉아 있는 아내에게 선을 행하는 일인데 스트레스를 주고 있으니 톨스토이에게 꿀밤 한 대 호되게 얻어맞은 기분입니다.

밥이 고맙다

돌님이 무섭다

몇 해 전 새벽녘에 잠을 자다 뒤척이는데 갑자기 어지럼증이 왔습니다. 귀에서 시계 초침이 돌아갈 때 나는 찰칵 소리와 함께 온 세상이 빙글빙글 돌았습니다. 식은땀이 흐르고 멀미 증상처럼 속이 울렁거려서 혹시 뇌에 이상이 생긴 것은 아닌지 나와 아내는 불안감으로 심란해졌습니다. 그런 와중에 천지를 뒤흔들던 어지럼증도 움직이지 않고 가만히 있으면 괜찮아졌습니다.

누구나 병원 가는 것을 좋아할 사람은 없습니다. 나는 그날도 유난을 떨며 병원에 가기보다 운전을 해서 출근하는 쪽을 선택했습니다. 그 덕분에 운전을 하며 식은땀과 어지럼증으로 엄청난 고생을 했고 종일 천지를 돌고 도는 아찔한 여행을 했습니다.

그날 퇴근길에 이비인후과를 들린 후에야 마음을 놓을 수 있었습니다. 나의 걱정과 긴장감을 비웃기라도 하듯 의사의 첫 마디는 "죽을병은 아닙니다" 였습니다. 환자를 배려하지 않는 사무적인 말투가 꽤씸하면서도 천만다행이다 싶은 마음 때문인지 그리 싫지는 않았습니다.

사람의 귀 구조는 크게 외이, 중이 그리고 내이로 구분된다고 합니다. 그중 내이에는 소리를 감지하는 달팽이관과 몸의 균형을 담당하는 세반고리관이 들어 있습니다. 귀의 평형기관인 전정 안에는 이석이 있는데 이석에서 돌가루가 떨어져 세반고리관에 들어가게 되면 중력에 따라 움직일 때마다 자극을 받아 어지럼증이 생긴다는 것입니다. 이렇게 나는 '양성 돌발성 체위성 어지럼증'이란 긴 병명을 얻은 환자가 되었습니다.

한동안 뜸했던 어지럼증이 며칠 전 새벽에 또 발생했습니다. 내 의지와 무관하게 찾아온 반갑지 않은 손님이었습니다. 예전에 경험한 이력이 있어 걱정은 덜됐지만 떨어진 돌(?)의 위력은 대단했습니다. 꼼짝도 못하고 돌님을 달래기에 바빴습니다.

요즘 아내로부터 "돌님은 좌정하고 있나요?"라는 염려의 문자를 가끔 받습니다. 글을 쓰고 있는 지금도 돌님이 답답한지 가끔씩 외출하기 때문입니다.

요즘 나는 놀라는 게 많습니다. 몸의 신비로움과 경이로움에 놀라고, 귓속 돌가루의 위력에 놀라며, 귓속 돌가루에 무기력한 나의 존재에도 놀라고 있습니다.

내 삶이 돌님 현상과 같은 일탈행동으로 좌충우돌하며 어지러운데 무시하고 모른 척하며 살고 있는 것은 아닌지 염려가 됩니다. 나의 일상이 정도와 상식의 궤도를 벗어나 누군가에게 어지럼증과 같은 고통과 불안을 주고 있지 않은지 걱정이 됩니다. 미세한 돌가루가 내 몸과 마음을 온통 뒤흔들어놓듯 나의 잘못된 사소한 언행이 누군가에게 치명적인 상처와 아픔을 주고 있는 것은 아닌지도 헤아려 봅니다.

돌님이 "작은 것이 위대하다"는 말을 각인시켜주고 화엄경에 나오는 글귀를 떠오르게 합니다.

밥이 고맙다

"밤에 잠들 때는 모든 활동을 그치고 마음의 갈등을 쉬어야 한다. 아침에 깨어날 때는 모든 일에 마음을 쓰며 되돌아보아야 한다."

나는 돌님이 무섭습니다. 아내에게 "오늘은 돌님이 좌정하고 있네요"라는 문자를 보낼 수 있게 되기를 회구해봅니다.

 ## 깔볼 인생이란 없다

우리 집에 얼마 전 네 살 된 조카가 다녀갔습니다. 조카가 소변을 본 후 옷을 입는데 아내가 도움을 주려하자 살며시 거부했다고 합니다. 조카가 고개를 흔들었던 이유는 아내와 조카의 옷 입는 방법이 달랐기 때문입니다. 조카는 엄마에게 팬티를 먼저 입고 그 위에 메리야스를 내리는 것으로 배웠던 모양입니다. 조카의 옷 입는 방법을 알 리 없는 아내는 아내의 방식대로 메리야스 위에 팬티를 입힌 후 바지를 올려줬던 것입니다. 나이는 어리지만 배운 대로 하려는 조카를 보면서 많은 생각을 하게 됩니다.

옷을 입는 방법이 다르듯이 세상을 살아가는 데 반드시 정답은 없습니다. 아내가 조카에게 옷 입는 방법이 틀렸다고 이야기할 수 없습니다. 조카에게도 4년을 살아오면서 배우고 학습해온 나름의 세상살이법이 있었던 것입니다. 어린아이조차도 배운 대로 살려는 나름의 원칙과 색깔이 있는데 어른들이야 오죽하겠는지요. 다른 사람의 삶을 자신의 잣대로 재단하고 깔보는 것은 무례하고 위험한 일입니다.

지난 주말에는 장모님이 무릎관절 수술로 입원을 하셔서 병문안을 다녀왔습니다. 장모님 옆 병상에는 한 아주머니 환자분이 계셨는데 어찌나 활발하신지 나이롱환자 같아 마뜩찮았습니다. 그러다 그분의 인생이야기를 듣게 되었습니다. 예순이 넘으신 그분의 남편은 통신회사의 국장으로 정년퇴직 했지만 먹고사는 데 전혀 문제가 없었다고 합니다. 그런데 아들이 잘 다니던 은행을 그만두고 사업을 시작하면서 불행이 닥쳐왔다고 합니다. 아들의 사업실패로 집 세 채와 현금 3억 등 전 재산을 잃었다는 것입니다. 세상을 살다보면 불행은 겹쳐온다고 무일푼이 되어 벼랑 끝 삶을 버티며 살던 어느 날 갑자기 뇌경색이 와서 반신불수가 되었다는 것입니다. 뇌경색과 함께 심장, 척추, 무릎관절 등으로 아홉 차례의 수술을 받았다고 합니다. 그분은 수술을 삶의 버거움에서 온 스트레스와 화병이 마음에 쌓여 생긴 훈장이라고 표현했습니다. 그분에게 희망의 불씨가 된 것은 보험금이었습니다. 삶이 힘들고 어려워지면 보험을 해지하는 것이 일반적이지요. 그런데 그분은 어떻게 해서든 보험료를 마련하여 끝까지 납입했고 그 덕분에 받게 된 보험금은 막막한 삶에 희망과 활력소가 되었다고 합니다. 다시 열심히 살아봐야겠다는 각오를 갖게 했고 그 후 운동화를 네 켤레나 바꿀 만큼 피나는 재활치료를 가능하게 했다고 합니다.

밥이 고맙다

지금은 한쪽 몸이 마비되었던 분이라고 믿기 어려울 정도로 건강을 되찾은 듯 보입니다. 더욱 놀라운 것은 죽음의 문턱에 다녀올 만큼 힘든 삶을 살아온 분의 표정이 더없이 밝고 편안하다는 점입니다. 그분은 긍정적인 마음먹기가 자신을 살렸다고 이야기합니다. 인생의 무게에 지쳐 삶을 포기할 수도 있는 상황임에도 불구하고 인생을 역전시킨 그분의 치열한 삶에 병실 사람들 모두 감동을 받았습니다. 그분의 겉모습만 보고 가짜 환자일거라 단정 짓고 깔보려했던 나 자신이 부끄러웠습니다.

　어떤 삶도 함부로 깔볼 수 없습니다. 지금 아무리 잘나가는 사람도 시련은 올 수 있고, 꼬일 대로 꼬여버린 인생에도 해 뜰 날이 오는 것이 세상살이의 이치입니다. 어떤 사람이 돈이 없다고, 출세하지 못했다고, 승진이 늦다고, 직급이 낮다고, 나이가 어리다고, 학벌이 낮다고 깔보는 것은 그 사람의 현재 조건에 초점이 맞춰진 시각입니다.

　누군가를 깔본다는 것은 그 사람의 미래에 펼쳐질 발전가능성을 감안하지 않은 결과입니다. 누군가의 삶을 현재의 상태가 전부인 양 평가해서는 곤란합니다. 누구에게나 인생의 불행을 행복으로 바꿔주는 긍정의 아이콘이 있기 때문입니다.

　인생은 반전의 드라마가 가능한 무대입니다. 누구에게나 아름다운 미래는 있습니다. 그 사람이 희망의 불씨만 꺼뜨리지 않는다면.

새똥과 복권

　대학에 다니는 아들로부터 전화가 왔습니다. 지금까지 살면서 처음으로 이상한 일을 경험했다는 것입니다. 이런 일은 아무나 쉽게 경험할 수 없다는 말도 덧붙입니다. 하지만 별로 좋은 일이 아닐 수도 있다고 말꼬리를 흐립니다. 아들은 호기심과 염려로 궁금증이 더해진 내 마음은 안중에도 없는 듯 다짜고짜 "아빠, 복권 사세요" 합니다. 복권을 사기 전에 이야기를 하면 복이 달아난다는 사실을 각인시키려는 눈치가 엿보여 더 이상 묻지 않았습니다.

　아들 덕분에 오랜만에 복권을 샀습니다. 내가 꼬드겨 아들도 복권을 샀습니다. 우리 부자가 복권을 사게 된 이유는 이렇습니다.

　아들이 도서관 앞에서 친구들과 이야기를 나누고 있었답니다. 그때 아들 정수리로 새똥이 떨어졌다는 것입니다. 가만히 서 있었던 것도 아니고 이리저리 몸을 움직이고 있었는데도 똥을 맞았다는 대목에서는 흥분과 대박의 기대감이 전해졌습니다. 누구나 대박의 꿈을 기대하며 복권을 사듯 우리 부자도 꿈에 부풀어 복권을 샀습니다.

　며칠 뒤 아들의 힘 빠진 목소리를 들었고 나는 2천원 당첨이라는 행복에 만족해야 했습니다. 새똥은 새똥일 뿐이라는 에피소드만 남기고 대박의 꿈은 깨졌습니다. 아들은 새똥 냄새를 없애려 머리를 스무 번도 더 감았다고 했습니다. 아들의 깔끔한 성격과 머리감는 모습이 떠올라 웃음이 나왔습니다.

새똥의 해프닝이 아쉬움만 남긴 것은 아닙니다. 새똥 덕분에 며칠 동안 대박의 꿈을 갖고 행복하게 살았으니까요. 복권 대박이 잘못되면 인생 쪽박이 될 수 있다는데 잠시나마 대박을 기대했던 내 모습이 아들에게 부끄러웠습니다. 재테크에 대한 김난도 교수의 글이 떠올랐기 때문입니다.

"나는 적어도 20대 초중반에는 재테크를 시작하지 않으면 좋겠다고 생각한다. 코 묻은 돈 아껴서 재테크 시작하기 보다는 차라리 다 써 버려라. 책을 사고, 여행을 떠나고, 무언가 배우는 데 써라. 나중에 큰 돈을 만들고 싶다면 푼돈으로 몇 년 일찍 재테크를 시작하기보다는 더 나은 나를 만드는 데 돈을 써라."

쥐구멍을 찾고 싶은 심정입니다. 아들에게 돈의 대박보다 인격과 품격의 대박을 꿈꾸는 삶이 중요하다는 점을 말해주고 싶습니다.

아들이 새똥에 얽힌 복권의 에피소드를 통해 세상을 배웠으면 합니다. 삶에는 한 방이 통하지 않는다는 진리를 깨달았으면 좋겠습니다. 대박의 꿈 뒤에는 상실감과 허탈감이 주는 무기력이 존재함을 알았으면 합니다. 삶은 땀의 흔적으로 완성된다는 이치도 알았으면 좋겠습니다. 땀을 사랑하고 땀 냄새를 불쾌해하지 않는 사람으로 성장하길 기대해 봅니다. 땀에 묻어 있는 노동의 가치까지 고민해본다면 금상첨화입니다.

아들이 세상사는 이치를 조금이라도 알 수 있게 되었다면 새똥은 복덩어리임에 틀림없습니다. 대박의 환상은 떨어지는 벚꽃에 실어 보내고 싶습니다. 올 봄 우리 부자에게 좋은 추억거리를 만들어준 새똥이 고마울 따름입니다. 날아가는 새를 볼 때마다 내 정수리에는 새똥이 안 떨어지나 기대하는 재미가 쏠쏠합니다.

 ## 인생에도 관장이 필요하다

삶의 가치는 다양합니다. 그중에 건강은 동서고금의 경계를 허무는 가치입니다. '건강을 잃으면 모든 것을 얻어도 소용이 없다'는 교훈에도 익숙합니다. 이런 연유로 너도나도 건강 챙기는 대열에 동참합니다. 산에 오르다보면 나무에 기대서서 등짝을 치는 사람을 흔히 보게 됩니다. 누군가의 건강을 담보해야 하는 나무는 이상한 운동법 때문에 속으로 골병이 들지 않을까 안타깝습니다.

건강을 지키는 운동도 열심이지만 건강을 확인하는 일에도 부지런을 떱니다. 너도나도 건강검진을 받습니다. 건강검진은 선택이 아니라 필수가 되었습니다. 건강검진과 관련된 무용담도 넘쳐납니다.

아내와 나는 며칠 전에 난생처음 수면내시경으로 위와 장 검사를 받았습니다. 장을 청소하는 약을 250ml의 물에 섞어 10분 간격으로 열여

밥이 고맙다

섯 번이나 먹었습니다. 평소에 물을 많이 먹지 않는 나로서는 죽을 맛이었습니다. 그런데 약 먹을 시간은 왜 이리도 빨리 오는지 살면서 10분이 이처럼 짧게 느껴졌던 경험은 처음입니다. 약을 먹는 데 꼬박 2시간 40분이 걸렸고 화장실 방문 횟수는 약을 먹는 횟수와 비례했습니다. 장을 검사하는 의료기구는 최첨단인데 장을 검사하기 위한 준비 단계는 구석기 시대가 연상되었습니다. 머리 좋은 사람들 뭐 하고 있는지 궁금해집니다. 장을 청소하기 위해 약을 먹는 일이 고역이라는 지인들의 말은 사실이었습니다.

나는 장을 비우는 약을 먹으면서 힘들어 죽겠다고 투덜댔습니다. 그것도 잠간 "50년 동안 탈 없이 잘 버텨준 장에 대한 예의가 아니지"라는 아내의 말을 들은 이후에는 끽소리도 못했습니다.

내시경실에서는 "잠시 주무세요"라는 간호사의 말을 끝으로 아무것도 기억이 나지 않습니다. 검사를 받기 전과 후의 바지가 바뀌어져 있다는 것을 확인하는 순간 의식이 돌아왔음을 알았습니다. 내시경실에서 어떻게 걸어 나왔는지도 필름이 끊겨 있습니다. 병원에서는 검사 결과를 설명했다고 하는데 전혀 기억이 나지 않습니다. 내 말을 의사가 듣는다면 청문회 현장을 떠올리지 않을까 싶습니다.

검사가 끝나고 나니 목구멍 주변이 아픕니다. 아내는 멀쩡하다고 하는데 음식물을 넘길 때 나만 통증이 느껴집니다. 아내는 숙련도가 떨어지는 의사가 했을지도 모른다며 놀립니다.

이렇게 나도 장을 비웠습니다. 50년간 썼던 장을 청소하고 나니 개운

합니다. 장 속이 어떤지 늘 궁금했는데 이상 없다는 말까지 들어 마음이 홀가분합니다. 그동안 수없이 무례하게 썼을 텐데도 잘 버텨준 위와 장이 고맙습니다.

이제 나는 비울 것이 또 하나 생겼습니다. 내 의식 속에 자리 잡고 있는 나쁜 생각들의 찌꺼기를 비우고 버리는 일입니다. 상식이 통하지 않는 오만함, 진정성이 결여된 위선과 거짓, 나만 옳다는 옹고집, 주변의 아픔을 보지도 보듬어주지도 못하는 이기심, 종지보다 얕고 좁은 부끄러운 인격도 내가 살면서 버리고 싶은 것들입니다. 나이 들며 늘어나는 잔소리도 버리고 싶습니다. 마음을 비우는 일은 장을 비우는 것보다 어려운 일일지 모릅니다. 마음속을 비워 생긴 공간에 무엇으로 채울 것인지도 고민해 봅니다. 장을 비우고 나니 얻는 것이 많습니다.

🌿 아내의 편지

아내는 편지 쓰기를 즐깁니다. 명절에도 마찬가지입니다. 명절 며칠 전부터 친척들에게 편지를 쓰는 게 일입니다. 평소 편지지를 사 모으는 취미를 가진 아내답게 다양하게 구비된 편지지를 꺼내서 그 사람만을 위한 편지를 쓰기 시작합니다. 생애 첫 직장에 입사했으나 이 길이 정말 내 길인지 심란해하는 조카에게는 갈등을 겪는 그 마음을 읽어주고, 군 입대를 앞둔 조카에게는 씩씩하게 헤쳐 나갈 수 있는 응원의 메시지를 담습니다. 어린 두 아이 키우느라 힘겨워하는 올케에게는 위로의 메시지를, 양가 부모님께는 예쁜 꽃 편지지에 감사의 내용을 씁니다. 추석을 보내고 난 아내의 전화기는 힐링 캠프가 됩니다. 원하는 직장에 입사한 것이 아니어서 심란해하는 조카의 카톡이 먼저 오고, 이어 전화 상담이 이어집니다. 군 입대를 앞둔 다른 조카로부터 잘 다녀오겠다는 씩씩한 인사가 오고 처남댁의 전화에는 아내의 위로가 이어집니다.

아내는 아들과 딸에게 명절에 임하는 자세를 넌지시 일러줍니다. 명절에 '소비자'가 아니라 '생산자'가 되기를 권합니다. 음식을 먹기만 하는 음식소비자, TV만 하루 종일 시청하거나 잠만 자는 시간소비자, 친척들의 아픈 곳만 헤집어 말하는 감정소비자가 되는 것을 경계하라고 말합니다. 이왕이면 음식을 만들거나 설거지를 하는 먹을거리 생산자, 가족들의 고충을 들어주는 소통생산자, 가족들 간에 화기애애한 분위기를 만드는 화목생산자, 친척들의 장점을 발견해주는 기쁨생산자가 되라고 말합니다.

아내의 이야기를 듣던 내가 "그럼 우리 집 최고 생산자는 누구?"라고 묻자 망설임 없이 "어머님"이라고 답합니다.

아래 글은 아내가 한 인터넷 카페에 올린 글입니다.

이제 팔순을 바라보는 시어머니…… 직장 때문에 추석 전날 서둘러 시댁을 향하지만 항상 며느리 도착하기 전에 모든 명절 음식을 끝내놓으시는 어머니…… 채반에 가득 담겨진 각종 부침개를 하시느라 새벽 일찍부터 분주하셨을 어머니…… 송편은 며칠 전부터 조금씩 만드셔서 냉동실에 보관하셨다가 솔잎 깔고 막 쪄낸 송편 맛보라며 내놓으시는 어머니…….

출발할 때 전화해라 당부하시곤 우리가 도착하자마자 막 지은 따끈따끈한 밥과 진수성찬으로 한상 차려주시고 맛있게 먹고 나면 직장생활 하느라 고단했을 테니 어서 들어가 쉬라며 방으로 등 떠밀며 당신 일하고 있으면 부담 느낄까 봐 먼저 거실에 누워 낮잠을 청하는 어머니…….

직장 다니는 며느리를 위해 다진 마늘, 깐 파, 여러 양념거리 등을 먹기만 하면 되게끔 준비해주시고 배추김치, 깍두기, 얼갈이겉절이, 고들빼기김치, 각종 밑반찬들을 바리바리 싸놓으신 어머니…… 등뼈해장국, 추어탕, 시래기국, 돼지고기 넣은 김치찌개는 2인분씩 봉지에 담아 얼려 주시면서 꺼내 끓여 먹기만 하면 된다고 당부하시는 어머니…….

이번 명절은 연휴가 길어 식구들 챙겨 먹이기 고달플 거라며 쇠고기, 무, 불린 고사리를 봉지봉지 담아주시고도 모자란 듯 갈치토막, 굴비, 재운 갈비, 꾸덕꾸덕 말린 부침개를 더 챙겨주시는 어머니…….

친정 드리라며 농사지어 말린 태양초를 큰 포대로 한 자루, 들

40

깨 한 말, 들기름, 참기름 챙겨주셔서 친정엄마가 감사 전화를 드리면 '귀한 딸 며느리로 줘서 우리가 더 감사하다'고 말씀하신다는 어머니…….

올 여름 폭염 속에서 농사지은 고추를 팔아 생긴 돈을 며느리 옷 사 입으라면 받지 않을까 봐 차 안에 던져 넣어주시는 어머니…… 무릎이 불편하시다는 이야기를 들었는데도 한사코 아니라며 바쁘게 움직이시는데 식탁을 보니 약봉지가 하나 가득…… 올 추석도 진통제투혼을 발휘하셨을 아, 어머니…….

힐링은 서로에 대한 관심과 배려가 가져다주는 선물 같습니다.

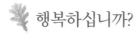 행복하십니까?

봄이 와서 꽃이 피는 걸까요, 아니면 꽃이 피어나기 때문에 봄이 오는 걸까요? 행복에도 우선순위가 있을까요? 아침편지로 유명한 고도원 작가는 "자기가 먼저 행복해야 하고, 그 다음에 다른 사람과 더불어 행복해야 한다"고 말합니다.

누군가로부터 '요즘, 행복하십니까?' 라는 질문을 받게 된다면 어떤 답을 할 수 있을까요. '행복해서 살맛납니다' 라는 답보다 '죽을 맛입니다' 라는 말에 더 익숙한 우리이지만 기죽을 필요는 없습니다. 작가 김미경의 말대로 "불행이라는 원금 없이는 행복이라는 이자를 받을 수 없기" 때문입니다. 죽을 맛으로 하는 일들을 살맛나는 일로 바꿀때 행복해질 수 있습니다.

행복은 주관적 가치입니다. '행복의 기준이 무엇인가' 를 생각하기 보다는 '행복을 어디에서 찾을 것인가' 를 고민하고 살펴보아야 합니다. 대부분의 사람들은 행복을 삶의 목표로 삼으면서도 지금 이 순간의 행복을 놓치며 살고 있습니다. 그 이유는 행복에 대한 질문 없이 살기 때문입니다. 행복은 요구하고 추구하는 것이 아니라 주어지는 것이라고 합니다. 그렇다면 바로 지금, 우리에게 주어진 행복이란 선물을 찾아보는 건 어떨까요.

지금 이 글을 읽을 수 있는 정상적인 시력을 가진 것만으로도 행복입니다. 계절에 따라 꽃이 피고, 시간의 흐름에 따라 해와 달과 별이 뜨고 지는 것을 볼 수 있는 것만으로도 큰 축복입니다.

평소 상대방의 이야기를 불편함 없이 잘 들을 수 있는 고마운 귀를 가지고 있는 것 역시 감사해야 할 행복입니다.

일상에서 누군가와 감동을 주는 목소리로 자신의 생각을 나누고 소통할 수 있다는 것은 행운이고 행복입니다. 맛있는 음식을 먹을 수 있고, 딱딱한 것도 가리지 않고 씹을 수 있는 건강한 치아를 가지고 있는 것만으로도 얼마나 큰 행복인지 틀니를 쓰고 계신 부모님만 봐도 알 수 있습니다. 작가 윤태익의 말대로 "행복은 감사의 문으로 들어와서 불평의 문으로 나간다"는 것을 잊지 말아야 할 것입니다.

"맑은 가난이란 많이 갖고자 하는 욕망을 스스로, 자주적으로 억제하는 일이다. 지금 가지고 있는 것만으로도 만족할 수 있어야 한다. 더 바라는 것이 없어야 한다. 조금 모자란 것에 만족하는 삶은 어리석음이 아니라 지혜이다."

《무소유》로 큰 울림을 남기고 입적하신 법정 스님의 말씀입니다.

내가 지금 가지고 있는 것에 만족하지 못하는 것은 남과 비교하는 병에 걸려 있기 때문입니다. 친구 영희는 50평형 아파트에 살고 있는데 나는 20평형이라고 비교하는 순간 행복은 달아나 버립니다. 어떤 개인이라도 이 세상에 유일한 독립된 존재라는 사실을 인식할 때 비교하고 싶은 마음을 떠나게 할 수 있습니다.

프랑수아 를로르의 《꾸뻬 씨의 행복 여행》이란 책에 나왔던 '행복을 측정하는 네 가지 방법'이 생각납니다. 첫째, 사람들에게 하루나 일주일에 몇 번이나 즐겁고 기분 좋은 감정을 느끼는가를 질문하고 둘째, 자신의 삶이 만족스러운가를 묻고 셋째, 몰래 카메라나 다른 여러 가지 방법을 통해 얼굴 표정을 관찰하고 넷째, 사물을 어떻게 바라보는지를 물어보면 그 사람의 행복지수를 찾을 수 있다는 것입니다.

지금 이 순간 행복하기로 마음만 먹으면 얼마든지 행복해질 수 있습니다.

"성공은 행복의 열쇠가 아니다. 그러나 행복은 성공의 열쇠이다." 슈

바이처의 가르침이 가슴 깊게 와 닿는 하루입니다.

임금도 똥은 직접 누어야 한다

다음은 사극 드라마에 천민들이 나누던 대화 내용입니다. "임금님도 똥을 누나?" "글쎄다." "임금님은 똥도 누가 대신 눠주나?" "아마도…?" 아내와 함께 보다가 배꼽을 잡고 웃었습니다.

어릴 적에 나도 이와 비슷한 생각을 해본 적이 있습니다. 대통령은 삼시 세끼 무엇을 먹고 사는지, 돈 많은 사장님들은 어떤 집에서 어떻게 살지 상상을 부풀리며 궁금해하곤 했습니다. 높은 곳에 올라간 사람들, 많은 것을 가지고 사는 사람들에 대한 경외감에서 비롯된 호기심이었을 겁니다. 누구나 한두 번은 이런 동경의 시간을 가졌을 테지요.

사람은 살아가기 위해 세 가지를 먹는다고 작가 유영만은 《청춘경영》이란 책에서 말합니다. 첫째로, 공기를 마십니다. 둘째, 음식을 먹습니다(한 사람이 일생 동안 먹는 음식의 양은 약 32만 톤에 이른다고 합니다). 셋째, 생각을 먹고 자랍니다.

"임금님은 똥도 누군가가 대신 눠주나"라는 말 한마디가 삶의 본질

밥이 고맙다

을 다시금 생각하게 합니다. 남의 눈에 비친 내 모습은 어떤 모습일까요. 내가 생각하는 내가 있고, 타인의 눈에 비친 내가 있습니다. 그 둘은 서로 일치할 수도 있지만 다를 수도 있습니다. "지금까지 살아오면서 '이게 아닌데'라는 생각이 든 적이 있다면 삶을 변화시켜야 하고, 낡은 타성에서 벗어나야 한다"고 법정 스님은 강조합니다.

일생 동안 배출되는 정자와 난자의 수를 생각하면 한 생명이 태어날 확률은 50조분의 1에 불과하다고 합니다. 우리의 삶을 누군가가 대신할 수 없는 이유입니다. 물론 삶에는 누군가가 대신해 줄 수 있거나 돈을 주고 살 수 있는 것들도 분명히 있습니다. 하지만 내가 직접 하지 않으면 안 되는 일들이 그보다 훨씬 더 많습니다. 생로병사와 의식주가 대표적이지요. 임금님도 똥을 누면서 살 수밖에 없다는 얘기입니다.

임금님도 똥은 스스로 눠야 하듯이 우리의 삶도 자기 자신답게 살 수 있어야 합니다. 언제 어디서 어떻게 살든 내 삶의 주인공은 나이기 때문입니다. 수적천석(水適穿石), 즉 "물방울 하나가 떨어지고 떨어지면 결국 바위를 뚫는다"는 말이 있습니다. 내 삶은 어느 누구도 대신할 수 없다는 단순한 진리 안에서 삶의 방정식을 찾아보면 어떨까요.

국민 마라토너 '봉달이' 이봉주 선수가 한 신문에서 밝힌 생각입니다. "마라톤에서 가장 중요한 것은 자기 페이스를 제대로 지키면서 뛰는 것이다. 선두와 거리가 벌어졌다고 갑자기 속도를 내면 한 번에 나가떨어질 뿐이다. 일단은 자신의 기록에서 1초를 앞당기는 게 중요하다. 1초가 모여 1분이 되고, 10분이 된다."

이봉주 선수가 말하는 '자기 페이스'가 바로 '나대로 사는 것'이 아닐까요. 내 삶을 누구에게 맡길 수 없기 때문에 자신만의 색깔과 향기를 내며 사는 것이 중요합니다.

복어는 제 몸에 성인 남자 서른 명을 한꺼번에 죽일 만큼 강한 독성을 가지고 있다고 합니다. 내 삶을 누군가에게 맡기고 의지하려는 의타적 사고방식과 삶의 태도는 복어의 독과 맞먹는 삶의 독이 아닐 수 없습니다.

한비야 작가는 "인생은 좋아하는 것만 골라 먹을 수 있는 뷔페가 아니라 좋은 것을 먹기 위해 좋아하지 않는 디저트가 따라오는 것도 감수해야 하는 세트메뉴다."라고 말합니다. 뷔페와 세트메뉴를 아우르는 삶은 무엇일까요. 역시 '삶이란 어느 누구도 대신할 수 없다'는 메시지에 그 답이 있습니다.

"내 마음이 이끄는 대로 사는 것, 얍삽하게 계산하지 않는 것, 멋지게 보이려고 잔머리 굴리지 않고 사는 삶을 사랑하고 존중한다"는 개그우먼 조혜련 씨가 오늘따라 크게 보입니다.

 ## 망자가 건네는 말

아침 출근길에 어느 망자(亡者)의 장례행렬을 보았습니다. 운구차를 선두로 승용차 서너 대가 죽은 이의 마지막 길을 함께 하고 있었습니다.

이 행렬이 박범신의 단편 〈우리들의 장례식〉을 떠올리게 했습니다. 노모가 죽었으나 장례를 치를 돈이 없어 한밤중 달동네 복판을 가르며 지나는 개천 바닥에 남몰래 묻는다는 이야기였습니다. 하루 벌어 하루 먹고 살아야 하는 처지였던 주인공은 조문객 하나 없이 장례를 치러야 했지요.

수필가 김명숙 씨는 "병풍 앞이 삶이라면 병풍 뒤는 죽음을 의미한다"고 말합니다. 사람이 태어나서 가장 먼저 맞이하는 돌잔치는 병풍 앞에서 치러지지만 죽음을 맞이하면 병풍 뒤에서 생을 마감한다는 사실을 잘 표현하고 있습니다.

사람은 예외없이 병풍 뒤에 있다가 이승을 마감합니다. 그래서일까요. 마지막 가는 길을 보면 그 사람이 어떻게 살아왔는지 알 수 있다고 합니다.

오늘 아침 이승의 마지막 길을 가고 있는 사람이 내게 말을 걸어옵니다. '내 이승의 삶을 뒤돌아보고 애달파하며 애도하는 동행자가 적어 별 볼일 없는 삶을 산 것은 아닌가 생각하고 있지?' 내 마음속에 망자의 혼이 들어와 속삭이는 듯해 깜짝 놀랐습니다. 장례행렬의 길고 짧음으로 이승의 삶을 평가하는 데 익숙해져 있었기 때문입니다.

요즘 문상 아르바이트를 동원하고 조화를 임대하여 진열하는 세태를 비웃기라도 하듯 '겉치레만 신경 쓰는 삶은 반드시 헛헛증을 수반한다' 라는 말도 전합니다.

"보기 좋은 떡이 먹기도 좋다" 라는 속담에는 '맛은 당연히 좋아야 한다' 는 전제가 깔려 있습니다. 조화가 넘쳐나 처치하기가 곤란할 정도로 출세한 망자도 "빛 좋은 개살구" 와 같은 삶을 살다 갈 수 있음을 말하고 싶어하는 눈치입니다. 세상을 살면서 형식과 외향을 중시하는 이들에게 일침을 놓는군요.

평소 망자 주변에 말을 들어주는 사람이 없었던지 하고 싶은 말이 많은 모양입니다. 난센스 퀴즈를 넌지시 던지며 저승길을 재촉합니다. '시한부 인생을 살고 있는 남자가 가장 좋아할 여성 스타일은?' 망자가 서둘러 답을 말해줍니다. '그때 좀 잘할 걸, 그때 좀 베풀 걸, 그때 좀 재미있게 살 걸……'

우리는 무엇인가를 하지 못한 안타까움이 있을 때 '~걸' 이란 표현을 씁니다. 저승길을 가는 망자가 나에게 아쉬움이 없는 삶을 살라고 일러줍니다. 삶의 매 순간에 대충대충은 멀리하고, 깨어있는 의식으로 최선을 다하며 살라고 충고합니다.

삶에는 수학공식처럼 대입시키면 풀 수 있는 쉬운 문제들도 분명 있습니다. 그러나 영원히 풀리지 않고, 풀 수 없는 문제들도 수두룩합니다. 어떻게 사는 것이 잘사는 것인지에 대한 철학적 질문도 풀어야 할 숙제 중 하나입니다. 인생은 낭만주의 단계 - 리얼리즘 단계 - 휴머니즘 단계로 나눌 수 있습니다. 인생의 진정한 승부는 휴머니즘 단계를 어떻게 살고, 어떻게 죽음을 준비하느냐로 결정된다는 것을 기억하십시오.

저승길에 오르는 망자의 꽃집인 상여를 보면 재수가 좋다고 했던가요. 삶을 잘 마무리하는 비결은 죽을 때를 생각하며 살아가는 것이라고 합니다. 오늘 아침 망자가 떠나는 길을 나도 따라가야 된다고 생각하니 정신이 번쩍 듭니다.

"죽은 사람은 말이 없다"는 표현은 잘못되었습니다. 죽은 사람도 말을 하기 때문입니다. 우리는 살면서 죽은 사람이 전하는 말도 잘 들을 줄 알아야 합니다.

 눈물이 있는 삶이 아름답다

우리는 눈물에 인색합니다. 눈물을 약함과 창피함의 대명사로 인식하고 있기 때문입니다. 어릴 적에는 친구와 싸움을 다반사로 하면서 큽니다. 이때 친구의 힘에 밀려 억울하고 분한 마음에 눈물을 흘리며 집에 들어오면 어머니의 호통이 서러움을 더했던 경험이 있습니다. 금

이야 옥이야 애지중지하며 키우는 자식에게 어머니는 왜 위로는 안 해 주고 꾸중을 하셨을까요. 내 자식이 싸움판에서 당하는 입장보다는 힘을 과시하는 쪽에 있기를 바라는 어머니의 자식 사랑표현법 입니다.

눈물은 희로애락이 생성한 부산물입니다. 간절히 찾던 누군가를 어느 날 갑자기 만나게 되면 터지는 눈물샘을 막을 수가 없습니다. 사랑하는 사람과의 갑작스런 이별로 흘리는 눈물을 지켜보는 것은 고통이고 안쓰러움입니다. 어떤 일을 크게 당해 억울하거나 고통스러울 때 피눈물을 흘린다고 말합니다. 눈물에 피까지 섞여들만큼 슬픔과 괴로움이 크다는 것을 단적으로 드러내는 표현입니다.

눈물은 슬플 때도 나오지만 기쁠 때나 감동을 받았을 때도 나옵니다. 언젠가 텔레비전에서 할머니와 함께 살고 있는 소녀가장의 꿈을 들은 적이 있습니다. 중학교에 다니는 여학생인데 꿈이 치과의사라고 하더군요. '왜 치과의사가 되고 싶냐' 고 묻자 "할머니가 이가 다 빠져서 음식을 잘 못 드시기 때문에 틀니를 꼭 해드리고 싶어서요"라고 답을 했습니다. 그런데 이게 어찌된 일인가요. 그 여학생의 말이 끝나기가 무섭게 나는 눈물을 흘리고 말았습니다. 그 여학생의 꿈이 내 감성을 자극하고 마음을 감동시킨 것입니다.

나 역시 '남자는 눈물을 흘려서는 안 된다' 는 교육을 받아온 터라 눈물을 빨리 수습해야겠다는 생각뿐이었습니다. 아내와 아이들이 옆에 있는데 체통없이 남편이자 가장으로서 눈물을 보인다는 것이 부끄럽게 여겨졌기 때문입니다. 그래서 눈꺼풀을 위로 치켜뜨기도 하고, 안경을 벗는 척 눈물을 훔쳐내며 진땀을 흘렸던 기억이 있습니다.

이제는 '남자가 눈물을 보이는 것은 남자답지 못하다' 라는 인식에서 벗어나고 싶습니다. 눈물이 나면 남을 의식하지 않고 흘리고 싶습니다. 살아 있는 사람이 누릴 수 있는 특권이라고 받아들이면 홀가분해질 것 같습니다.

특히 무엇인가에 감동을 받았을 때 흘리는 눈물에 대해서는 자랑삼아 상대방에게 보여주고 싶은 마음입니다. '난 아직도 감정이 메마르지 않고 촉촉한 심성으로 살고 있다' 는 것을 알리고 싶기 때문입니다.

감동을 받아 흘리는 눈물에는 '다이도르핀' 이란 호르몬이 함유되어 있는데, 다이도르핀은 엔도르핀이란 호르몬보다 4천배의 더 강력한 효과가 있다고 합니다. 살아가는 동안 감동의 눈물을 많이 흘려야 되는 이유입니다. 눈물을 흘리는 것이 건강에 좋다는 것은 이미 과학적으로 검증된 사실입니다. 눈물을 통해서 그동안 쌓였던 스트레스성 물질들이 배출되기 때문입니다. 여자들이 남자보다 오래 사는 이유를 눈물에서 답을 찾는 전문가도 있습니다. 이래저래 눈물을 많이 흘려서 나쁠 것은 없다는 생각이 듭니다. 속이 상해서 눈물을 흘려야 될 상황이면 남 눈치 보지 말고 엉엉 울며 사는 것도 필요합니다. 눈물은 상처받은 영혼을 치유하는 명약이기 때문입니다.

감동의 눈물을 흘리는 사람들의 모습을 주변에서 자주 볼 수 있었으면 좋겠습니다. 감동의 눈물은 우리 사회를 좋은 방향으로 이끄는 원동력이기도 하니까요. 근래에 감동을 받아 흘려본 눈물이 언제인지 기억이 가물가물합니다. 일상에서 감동의 눈물을 만날 수 있는 내면으로의 여행을 떠나고 싶습니다.

다림질에서 배운 세상살이

얼마 전부터 다리미 밑면에 이물질이 붙어 다림질을 할 때마다 곤혹을 치르고 있습니다. 세탁한 옷을 다림질 할 때 깨끗한 옷에 이물질이 달라붙어 스트레스가 이만저만이 아닙니다. 다리미에 붙어 있는 이물질을 제거하는 것이 그리 어려운 일은 아닙니다. 그런데도 매번 다림질 할 때마다 스트레스를 받으면서도 이물질을 제거하지 않는 것은 귀찮고 번거로워서 자꾸 다음으로 미루었기 때문입니다.

세상을 살다 보면 크고 작은 문제들을 접하게 됩니다. 그때마다 문제를 해결하지 않고 미루고 덮어버리면 큰 일입니다. 깨끗한 옷감을 반듯하게 다리려다 이물질이 달라붙게 되는 것처럼 또 다른 문제를 일으킬 수 있습니다. 성공한 사람들이 그토록 실행력을 강조하는 이유를 알겠더군요. 아내가 다리미의 이물질을 제거하고 난 이후에는 다림질도 잘되고 속이 상할 일도 없습니다.

밥이 고맙다

그나저나 우리 집 다리미에 왜 이물질이 달라붙게 되었을까요. 다림질을 할 때는 옷감의 재질에 따라 온도를 달리해야 합니다. 그런데 이를 무시하고 온도를 너무 높인 게 화근이었습니다. 온도가 높을수록 옷감이 잘 다려지고 구김도 잘 펴지며 빨리 다릴 수 있다고 생각했기 때문입니다. 하지만 다림질을 해보면 알겠지만 온도를 높인다고 다 좋은 것이 아닙니다. 옷감의 재질에 따라 온도를 맞추어 주지 않으면 옷감이 상하고, 심한 경우 옷감이 녹아서 달라붙는 등의 부작용이 발생합니다. 우리집 다리미에 눌러 붙은 이물질도 그렇게 생긴 것입니다.

우리가 사는 세상살이와 다림질이 많이 닮았습니다. 사람의 성향은 옷감의 재질보다 더 다양하고 복잡하지요. 사람을 대할 때는 그 사람의 성향을 배려하는 마음이 중요합니다. 그렇지 않으면 좋은 관계를 유지하기가 곤란합니다. 상대방과 빨리 가까워지고 싶은 마음에 서두르다 보면 오해와 불신이 생겨 오히려 관계가 악화되어 상처를 받을 수 있습니다. 다리미의 이물질은 제거하면 그만이지만 마음에 입은 상처는 오래갑니다.

나는 평소에 다림질을 할 때 스프레이를 잘 사용하지 않습니다. 그런데 어떤 옷은 몇 번을 문질러도 잘 다려지지 않는 것이 있습니다. 이럴 때는 힘은 힘대로 들고 시간만 많이 들어 신경질이 납니다. 어느 날인가 다림질을 하면서 "왜 이렇게 안 다려지는 거야" 푸념을 했더니 내 말을 듣고 있던 아내가 "여보, 스프레이로 물을 뿌리면서 다려봐요. 한결 쉽게 다려질 거예요." 조언해 주었습니다. 스프레이로 물을 뿌리고 나서 다림질을 했더니 힘들이지 않고도 잘 다려지더군요.

다림질을 할 때 스프레이를 쓰지 않는 습관 때문에 괜한 수고스러움을 자초한 셈이었습니다. 습관의 중요성을 강조한 작가 미상의 글이 떠오릅니다.

"나는 모든 위대한 사람들의 하인입니다. 또한 모든 실패한 사람들의 하인이기도 합니다. 엄격하게 대해 주세요. 그러면 세계를 지배하게 해 주겠습니다. 나를 너무 쉽게 대하면, 당신을 파괴할지도 모릅니다." 우리 곁에 좋은 습관은 가까이 두고, 나쁜 습관은 멀리하며 살아야 되는 이유입니다.

다림질을 할 때 물을 뿌리면 구겨진 옷감이 잘 펴지듯 사람과의 관계에서도 소통이란 윤활유를 잘 활용하면 불편한 심기가 봄눈 녹듯 풀릴 것입니다. 옷만 다림질을 할 것이 아니라 살면서 상처를 받아 구겨지고 얼룩진 마음을 치유할 수 있는 위로와 사랑의 다림질을 하면 어떨까요.

모든 것을 다 알면서 사는 것은 불가능합니다. 그래서 다른 이의 충고를 받아들일 수 있는 마음의 밭이 필요합니다. 나는 요즘 아내 덕분에 스프레이로 물을 뿌리며 쉽게 다림질을 하는 호사를 누리고 있습니다.

밥이 고맙다

🌿 사람의 향기

삼라만상의 만물에는 자기만의 향이 있습니다. 꽃에서만 향기가 나는 것이 아닙니다. 심마니들은 산삼 향기 덕택에 산삼을 만나기도 합니다. 산행을 하다 보면 더덕향이 코를 자극할 때도 있습니다. 동물들은 배설물로 냄새를 풍겨 영역을 표시하거나 이정표로 활용합니다. 음식물에도 독특한 향들이 있습니다. 향기는 존재감을 알리는 또 다른 수단입니다.

향기에는 코를 자꾸 벌름거리게 만드는 좋은 냄새도 있고, 숨쉬기를 잠시 멈추고 싶게 하는 역겨운 냄새도 있습니다. 달콤한 향을 풍기는가 하면 썩은 냄새로 불쾌감을 주기도 합니다. 생명의 향기는 유쾌감을 주지만 죽음의 향기는 불쾌감을 줍니다.

사람에게도 자신만의 독특한 향이 있습니다. 길을 걸을 때면 지나치는 사람의 냄새를 맡게 됩니다. 엘리베이터 안에서도 방금 전에 있었던 사람의 체취를 느낄 수 있습니다. 어떤 냄새는 맡을 만한데 어떤 때는 코를 틀어막고 싶을 때도 있습니다. 사람의 향기에는 묘한 특성이 있습니다. 사람은 자신의 향기를 맡을 수 없다는 것입니다. 다른 사람의 향기만을 맡을 수 있습니다. 가끔 내 향기는 어떤지 물어보면서 사는 것도 나쁘지 않습니다.

언젠가 외국인에게서 맡았던 치즈냄새를 잊을 수가 없습니다. 그 외국인도 내 몸에서 김치와 마늘 냄새를 맡고 괴로워했을지 모릅니다. 무엇을 먹고 사는지가 내 몸의 향기를 결정짓습니다.

몸에서 풍기는 냄새도 있지만 인격에서 풍기는 향기도 있습니다. 무엇을 주로 먹느냐에 따라 몸의 향기가 달라지듯, 어떤 사고를 하고 어떤 마음가짐으로 살아가느냐에 따라 인격에서 풍기는 향기가 달라집니다. 인품과 인격이란 그릇에 무엇을 채울지 더 고민해야겠습니다. 몸에서 나는 냄새보다 인격의 향기가 더 멀리 퍼지고 더 오래 머무르기 때문입니다.

"오늘날 우리 사회는 우리의 자화상이다. 그 모습이 추하든 아름답든 그것을 피할 수 없다. 그 자화상을 똑바로 보길 게을리할수록, 회피할수록 우리의 비극은 더 길어질 수밖에 없다."

작가 조정래의 말입니다. 이것은 비단 사회에만 해당되는 말이 아닙니다. 인격의 그릇에서 풍기는 향기 역시 내가 살아온 자화상입니다.

사람은 임신을 하게 되면 태교를 합니다. 태교를 할 때는 좋은 것만 보고 나쁜 것은 보지 않으려 합니다. 좋은 말만 하고 나쁜 말은 하지 않습니다. 칭찬하는 말만 듣고 비난하는 말은 듣지 않으려 합니다. 몸에 좋은 음식만 먹고 몸에 해가 되는 음식은 멀리합니다. 태아의 몸과 마음에 아름다운 향기만을 담고 싶은 엄마의 간절을 읽을수 있습니다. 임신한 여성만 태교가 필요한 것은 아닙니다. 우리의 삶은 살아가는 내내 태교하는 마음과 정성을 요구합니다.

인격의 그릇이 나에게 묻습니다. 어떤 생각을 하면서 사는지, 어떤 책을 읽고 있는지, 어떤 사람을 만나고 있는지, 어떤 가치를 추구하며 사는지, 어떤 꿈을 갖고 사는지.

"세상의 대부분의 일들은 생각을 깊이 해보면 예상할 수 있는 일이다. 뜻밖이라고 말하는 일들도 곰곰 생각해보면 일어날 일이 일어난 것이다. 뜻밖의 일과 마주치는 것은 그 일의 앞뒤를 깊이 생각하지 않았다는 증거일 뿐."

작가 신경숙의 말입니다. 내 인격에서 풍기는 향기가 감미롭든 역겹든 뜻밖에 생긴 것이 아닙니다. 내가 살면서 인격의 향기를 어떻게 만들어왔는지의 몫입니다.

🌿 삶에서 힘 빼기

사람이 살아가려면 힘이 필요합니다. 힘이 없다는 것은 퇴락과 소멸을 의미합니다. 누구든지 성장과 존재를 갈망합니다. 한평생 힘을 키우고 기르는 데 안간힘을 다합니다. 힘은 나와 타인을 살리는 생명과 희망의 젖줄입니다.

삶의 과정에는 힘을 줄 때가 있고 힘을 뺄 때도 있습니다. 힘의 쓰임을 묻는 질문입니다. 힘이 필요할 때 힘이 없으면 낭패입니다. 힘이 필요하지 않은데 힘을 너무 쓰면 부작용이 생깁니다. 힘을 제대로 쓰지 못하면 힘이 아닙니다. 그런 힘은 오히려 독(毒)이 됩니다.

인생이란 여행을 하다 보면 힘을 주는 것보다 힘을 빼는 연습이 더 필요하다는 것을 경험하게 됩니다. 자동차의 바퀴가 모래밭에 빠졌을 때 나오기 위해서는 타이어의 공기압을 낮춰야 합니다. 모든 운동의 기본은 힘 빼기부터 시작됩니다. 마사지를 받을 때도 힘을 빼라는 말을 꼭 듣게 됩니다. 다리에 쥐가 났을 때 힘을 주면 안 됩니다. 근육에 힘이 들어가는 것만큼 고통의 강도가 커집니다.

우리는 살아가면서 목에서의 깁스를 풀라는 말을 자주 하고 또 듣게 됩니다. 힘이 있다고 뽐내거나 과시하지 말라는 충고입니다. 목에 힘이 잔뜩 들어가면 보기도 안 좋지만 건강에도 해롭습니다. 누군가에게 영향력을 행사하는 힘은 목에 힘을 준다고 생기지 않는 법입니다. 목의 힘을 빼는 순간부터 영향력은 오래가고 멀리 가게 됩니다. 목의 힘을 뺀다는 것은 겸손함이고 겸손함에는 상대방에 대한 배려의 마음이 담겨 있습니다.

선인들은 마음의 힘을 빼라고 주문합니다. 분노, 미움, 교만, 시기심 등은 마음에 힘이 들어가게 만듭니다. 이런 마음은 타인의 마음이 내 마음에 들어올 틈을 주지 않기 마련입니다. 마음에 힘이 들어가면 경직이란 불청객이 찾아옵니다. 스트레스도 많아집니다. 마음의 힘을 빼면 더불어 살아가는 즐거움이 찾아옵니다.

　이 세상은 힘세고 강한 것만이 전부가 아닙니다. 힘이 너무 세면 유연성에는 치명적입니다. 유연하면 부러지지 않습니다. 구부러졌다가 다시 일어서는 힘은 유연함에서 나옵니다. 강풍에 견디는 것은 소나무가 아니라 갈대입니다. 나그네의 외투를 벗기는 것은 태풍이 아니라 태양입니다. 마음의 정원에 갈대와 따뜻한 마음을 잘 키우고 보살펴야 합니다.

　얼굴도 마찬가지입니다. 얼굴은 정신을 뜻하는 '얼' 과 꼴을 의미하는 '굴' 의 합성어입니다. 얼굴을 예쁘게 만들기 위해 비싼 화장품을 바르고 성형을 하는 행위는 헛수고입니다. 정신을 가다듬는 일과 얼굴에서 힘 빼기가 우선입니다. 얼굴에 힘이 들어가면 인상과 표정이 만들어 집니다. 이 세상을 인상과 표정으로 살아가기란 쉽지 않습니다. 얼굴에서 힘을 빼야 모나리자 표정을 만들 수 있습니다.

　"아름다운 얼굴이 추천장이라면 아름다운 마음씨는 신용장이다" 는 말이 있습니다. 아름다운 얼굴과 마음은 힘 빼기에서 가능해집니다. 아름다운 얼굴과 마음은 경쟁력의 또 다른 이름입니다.

　삶의 무게를 버티는 힘은 삶의 무게를 줄이는 데 있습니다. 삶의 무게를 줄이려면 긴장을 하지 않는 마음이 필요합니다. 삶의 긴장은 힘을 빼주기보다 힘을 주는 요인으로 작용합니다. 살면서 일이 잘 풀리지 않을 때일수록 긴장을 풀어야 합니다. 삶의 힘 빼기는 일상의 초조함과 긴장을 줄여주고 해소시켜 줍니다.

요즘 건강을 챙기려 운동하는 사람들이 부쩍 늘었습니다. 살아가면서 살 만 뺄 것이 아니라 마음의 힘 빼기도 게을리 하지 않았으면 좋겠습니다.

불안하니까 삶이다

삶에는 꿈과 희망의 크기만큼 불안도 공존합니다. "꿈꾸고 희망하는 것이 과연 이루어질 수 있을까?" 라는 불안심리를 안고 삽니다. 어제보다 못한 오늘과 내일이 될 수 있기 때문에 불안합니다. 시작하는 모든 존재는 늘 아프고 불안합니다.

삶의 환경이 불확실할수록 불안으로부터 자유로울 수 있는 사람은 없습니다. 사회의 예측가능성이 낮아질수록 불안을 껴안고 살 수밖에 없습니다. 다만 불안에 휘둘리며 사느냐 그렇지 않느냐의 차이가 있을 뿐입니다.

지금 불안하다는 것은 기대치와 현실 사이의 차이를 수용하지 않겠다는 마음의 다짐입니다. 매일 불안을 먹고 산다며 자학할 필요는 없습니다. 개인의 역사는 불안을 뚫고 쌓아온 일상의 흔적이기 때문입

밥이 고맙다

니다. 불안은 세상살이에서 발생하는 문제들을 해결해주는 해법입니다. 일상의 무기력과 실행력 부족이란 항아리에 빠지지 않게 해줍니다. 불안을 극복하는 과정에서 삶의 놀라운 에너지를 얻게 됩니다. 불안은 창의성을 높여주고, 끊임없이 더 나은 사람으로 만들어주는 원동력이고 자극제입니다.

인간의 삶은 불안과의 동행입니다. 불안을 다스리기 위해서는 '불안하니까 삶이다'를 인정하고 받아들이는 마음이 필요합니다. 우리를 불안하게 만드는 요인을 회피하는 것이 불안의 진짜 진원지입니다. 불안 요인과 맞붙어 씨름하고 싸우는 것이 불안을 극복하는 지름길입니다.

불안을 스트레스로 여기지 않기 위해서는 문제의 본질을 큰 틀에서 생각하고 읽을 수 있는 전략적인 사고가 요구됩니다. 불안을 야기시키는 문제에 빠지게 되면 진흙탕에서 허우적대는 꼴과 다름없습니다.

일상에서 불안을 멀리하며 살기 위해서는 상대적인 비교를 하기 좋아하는 삶의 습관부터 바꾸는 것이 우선입니다. 일상의 불안은 남과 비교하는 삶에서 옵니다. 인간은 절대적인 것에서 불안을 느끼기보다 상대적인 것에서 불안이 증폭되기 때문입니다. 워렌 버핏이나 빌 게이츠에게는 불안을 느끼지 않지만 갑작스레 출세하고 부자가 된 동창을 만나면 배가 아프고 위기의식이 발동하여 불안감이 엄습합니다. 나보다 못한 동기가 먼저 승진하면 마음이 불안해지면서 부글부글 끓게 되는 것도 같은 현상입니다. 상대적인 빈곤감과 박탈감만큼 불안지수를 높이는 것은 없습니다.

불안은 욕망과 밀접하게 닿아 있습니다. 욕망의 끝이 보이지 않는 세상에서 욕망을 줄이며 산다는 것은 고통입니다. 욕망을 버리고 산다는 것이 불가능하다면 남과 다른 욕망을 찾는 것이 불안을 줄이며 사는 방법일 수 있습니다. 남과 다른 욕망을 찾기 위해서는 자신이 좋아하고 잘할 수 있는 일이 무엇인가를 찾는 것이 우선입니다.

불안을 즐기며 세상살이를 꿈꾸며 살 수 있다면 그 삶은 행복입니다.

영수증이 전하는 말

영수증은 돈이나 물건을 받아들인 표로 쓰는 증서입니다. 영수증의 신세가 시대의 변화만큼 달라지고 있습니다. 예전에는 상대방과의 거래 관계에서 분쟁이 발생했을 때 증거 자료로 활용되었습니다. 빛이 바래 누렇게 된 영수증 꾸러미를 뒤적이던 할아버지 모습이 떠오릅니다. 금액이 많고 적음을 떠나 영수증은 극진한 대접을 받았습니다. 영수증을 보관하는 데 의미가 컸습니다.

요즘은 영수증을 굳이 신주 모시듯 할 필요가 없어졌습니다. 영수증이 없어도 거래 관계를 확인할 수 있는 시스템이 통용되고 있기 때문입니다. 물건을 구입할 때 금액을 확인하는 정도의 신세로 전락하고 있습니다. 예전에 비하면 영수증이 푸대접을 받고 있습니다.

영수증은 삶의 흔적입니다. 영수증을 보면 개인의 인생을 읽을 수 있습니다. 지금까지 어떻게 살아왔는지를 보여주고, 지금은 어떻게 살고 있는지를 말해주며, 앞으로 어떻게 살게 될지도 짐작하게 해줍니다. 영수증을 보면 한 달, 일 년, 일생의 삶을 엿볼 수 있습니다. 영수증은 개인의 역사입니다.

영수증에는 개인의 가치관과 인생관이 담겨 있습니다. 영수증의 사용내역을 보면 삶의 가치가 무엇인지를 알 수 있습니다. 돈을 도서 구입이나 자격증 취득 등에 쓰면 생산적인 영수증이 남게 됩니다. 생활의 중심이 자기계발을 위한 스펙을 쌓는 데 있다는 반증입니다. 생산적인 영수증에는 미래의 희망이 묻어 있습니다. 반면에 삶의 무게중심이 먹고 마시는 미각의 맛에 빠져 있다면 소비적인 영수증이 넘쳐납니다. 소비적인 영수증에는 삶의 힘을 빼는 기운이 가득합니다.

우리는 좋든 싫든 삶의 흔적인 영수증을 돌아보며 살아갑니다. 매 달 어김없이 신용카드 사용명세서가 단골손님 찾아오듯 합니다. 삶의 결과물인 영수증에서 기쁨과 보람이 느껴진다면 당당하고 부끄럽지 않은 삶을 살았다는 증거입니다. 삶의 명세서를 보는 순간 불안감과 두려움이 엄습한다면 아쉬움과 후회가 많은 삶을 살았을 가능성이 농후합니다. 삶에서 돈의 쓰임을 고민해야 되는 진짜 이유입니다.

삶의 행복과 불행은 영수증의 많고 적음에 달려 있지 않습니다. 영수증이 많아야 행복하고 성공한 인생도 아닙니다. 삶의 가치는 영수증의 양과 금액보다 영수증에 적혀 있는 내용으로 결정됩니다. 나는 얼마 전 아이들 책상을 정리하다 잘 보관된 영수증 몇 장을 발견했습니다. 학생의 신분으로 영수증을 받게 되는 일은 흔하지 않는데, 아이들 세계에서는 영수증이 '나 이런 사람이야'를 과시하는 용도로 쓰이는 모양입니다. 특히 외국에서 사용한 영수증을 애지중지합니다. 이런 것도 모르고 영수증을 무심코 버렸다가 곤욕을 치른 적이 있습니다. 어른이 아이들 수준의 가치척도에 머물러 영수증을 과시용으로 인식한다면 큰일입니다. 영수증이 말을 합니다. 삶의 흔적인 영수증을 꼼꼼히 살펴보라고. 삶이라는 영수증에 어떤 내용을 채우고 기록할 것인지도 묻습니다.

 역린(逆鱗)을 생각한다

역린의 의미를 안 것은 몇 해 전입니다. 지인에게 역린에 대한 이야기를 듣는 순간 부끄러운 생각이 들었고 마음의 명징(明徵)을 느꼈습니다. 내가 부끄러워 했던 것은 세상살이의 지혜를 이제껏 알지 못했다는 무지 때문이었습니다. 마음의 명징은 역린이 담고 있는 깊은 뜻에서 왔습니다.

역린은 한비자의 〈세난편〉에서 유래합니다. '용은 상냥한 짐승이다. 가까이 길들이면 탈 수도 있다. 그러나 용의 턱 밑에는 지름이 한 자나 되는 비늘이 거슬러서 난 것이 있는데 이것을 건드리면 용은 그 사람을 반드시 죽이고 만다. 군주에게도 이런 역린이 있다.' 국어사전에서는 역린을 임금의 분노로 설명하고 있습니다.

모든 사람에게는 용의 거슬러 난 비늘처럼 마음의 역린이 있습니다. 사람마다 마음의 역린은 다릅니다. 마음의 역린은 타인과 나를 구분하는 경계선입니다. 사람마다 지닌 마음의 역린은 생명입니다. 마음의 역린이 다치면 목숨과 바꾸는 사람도 있습니다. 마음의 역린을 쉽게 파는 행위는 부끄러운 일입니다. 마음의 역린은 험난한 세상을 버텨내고 난관을 극복하는 힘이 되기도 합니다. 타인과 자신이 지닌 마음의 역린을 존중해주고 존중받아야 되는 이유입니다.

누구든지 마음의 역린을 지키며 살기란 쉽지 않습니다. 마음의 역린을 지키며 살기 위해서는 자신의 삶을 사랑하고 유혹을 떨쳐낼 수 있는 힘이 필요합니다. 이런 힘은 일상이 뚜렷한 목적의식과 냉철한 이성으로 채워질 때 생깁니다. 마음의 역린을 잃게 되면 삶의 존재 이유가 흐려집니다. 마음의 역린에 상처를 받게 되면 평상심을 잃게 됩니다. 일상의 평상심이 깨지면 세상살이가 버거워집니다.

상대방의 마음속 역린도 관심을 기울여 볼 줄 알아야 합니다. 다른 사람이 가진 마음의 역린이 무엇인지를 알고 헤아려주는 것이 배려의 시작입니다. 지렁이도 밟으면 꿈틀댄다고 했습니다. 상대방이 소중히 지키고자 하는 역린을 몰라서는 깊고 오랜 만남을 유지할 수 없습니다. 상대방에게 한 발짝씩 다가가기도 힘듭니다. 마음의 역린을 모르고 맺는 인간관계는 성냥불을 들고 기름에 뛰어드는 행위와 같습니다. 상대방의 마음속 역린에 상처를 주어서는 관계 맺기가 이루어질 수 없습니다. 상대방의 소중한 가치에 흠집을 내게 되면 얻는 것보다 잃는 것이 더 많게 됩니다. 인생의 동반자와 더불어 살아야 할 세상에서 마음의 역린이 존중되는 정서와 문화는 필수품입니다.

마음의 역린은 자존감의 다른 표현입니다. 자존감은 그 사람만이 갖고 있는 색깔로서 변하지 않는 아름다운 빛입니다. 모든 사람이 뿜어내는 자존감의 아름다운 빛깔이 조화를 이룰 때 함께 사는 세상이 가능합니다. 내가 우주 공간에 단 하나뿐인 걸작으로 존재하는 것은 마음의 역린 덕분입니다. 내 마음의 역린이 소중하고 값지다면 상대방 마음의 역린을 인정하는 것이 예의 있는 사람의 덕목입니다.

어린 잎사귀와 봄꽃의 향기가 품고 있는 역린이 내 마음의 역린도 살펴보라고 전합니다. 다른 사람 마음의 역린을 보라는 메아리도 전해옵니다. 너와 나의 역린이 공존할 때 세상은 인격과 품격으로 채워집니다. 연초록의 어린 잎사귀와 형형색색의 봄꽃에서 용의 역린과 마음의 역린을 생각하게 되는 봄날입니다.

🌿 우리 집 바가지

삶은 에피소드로 채워집니다. 누구든지 남이 모르는 이야기 한두 개 쯤은 간직하며 살아갑니다. 그 이야기를 남에게 말해주고 싶어 안달이 나기도 하지만 마음속에만 간직하고 싶을 때도 있습니다. 에피소드의 사전적 의미는 '남에게 알려지지 않은 재미있는 이야기'입니다. 그렇다고 에피소드가 꼭 재미있어야 하는 것은 아닙니다. 재미가 없는 이야기도 삶의 에피소드가 되기에 충분합니다.

나에게는 바가지에 얽힌 에피소드가 있습니다. 우리 집 바가지와 생이별을 하게 된 것은 이사를 하면서입니다. 새 집을 장만하게 되면 그 집에 어울리는 물건들로 구색을 맞추기 마련입니다. 돈 되는 물건이 아니면 이삿짐에 들어가기가 쉽지 않습니다. 이삿짐을 쌀 때 버림의 기준은 일상 속에서의 유용성입니다. 우리 집 바가지도 혼수품이라는 것 빼고는 특별할 것이 없어 생명력을 잃었습니다. 아내와 나는 바가지를 버릴 때 한참 고민을 했습니다. 우리 집 바가지는 17년 동안의 희로애락을 지켜본 증인이기 때문입니다. 우리 가정의 역사와 함께한 골동품이란 생각이 들어 쉽게 버리지 못하고 망설였던 것입니다.

우리는 소비가 미덕인 시대에 살고 있습니다. 이런 시대의식이 반영된 결과인지는 몰라도 17년 동안 쓴 바가지에 얽힌 에피소드를 말해주면 바가지 장사 굶어 죽겠다는 이야기를 듣게 됩니다. 마케팅 시대의 트렌드에 맞춰 너도 나도 버리고 바꾸는 데 익숙해져 있습니다. 아직 쓸 만한 물건을 버리는 데도 주저함이 없습니다. 어제의 동지를 오늘의 적으로 만드는 것도 식은 죽 먹기만큼이나 쉽습니다. 버리고 바꾸는 데 어떤 미련이나 눈치도 없는 듯합니다. 버림과 바꿈에는 물건만이 아니라 사람도 예외가 아닙니다.

물건은 돈을 주고 사면 그만입니다. 유사한 기능성을 지닌 상품들도 수두룩합니다. 사람은 돈으로 내 곁에 두고 싶다고 해서 두어지는 것이 아닙니다. 내가 싫어 관계를 끊고 헤어진 사람만큼의 인격을 지닌 사람을 다시 만나기도 쉽지 않습니다. 나와 이해관계의 끈이 끊어졌다 해서 타인과의 인연을 헌신짝 버리듯 해서는 곤란합니다. 버림과 바꿈에는 신중함이 필요합니다.

우리 집에는 바가지가 두 개 있습니다. 하나는 주방에 있고 다른 하나는 아내의 마음속에 숨겨져 있습니다. 우리 집 주방에는 새로 구입한 아이보리 색상의 바가지가 5년째 당당하게 버티며 기능과 역할을 충실히 하고 있습니다. 아내의 마음속에 있는 바가지는 21년산입니다. 오래 써서인지 여기 저기 상처가 보입니다. 아내의 마음속에 있는 바가지의 상처를 볼 때마다 마음이 짠합니다. 아내의 바가지는 내가 잘못 산다 싶을 때 어김없이 모습을 드러냅니다. 예전에는 아내의 바가지가 밉게 보일때도 있었습니다. 지금은 아내의 바가지가 싫지 않고 오히려 고맙습니다. 아내의 바가지는 나에 대한 사랑과 관심의 징표이기 때문입니다.

밥이 고맙다

주방의 바가지가 깨지면 바가지의 운명은 끝입니다. 사람의 마음속에 있는 바가지는 신뢰를 먹고 삽니다. 신뢰가 깨지는 순간 마음속의 바가지도 깨집니다. 가족들의 마음속 바가지가 깨지는 순간 가정의 행복은 멀어집니다. 구성원들의 마음속 바가지가 깨지는 순간 조직의 성장은 불가능합니다. 사람 사는 세상에서 마음속의 바가지는 필수품입니다. 마음속의 바가지를 애지중지하며 곁에 두고 살 일입니다. 우리 집 바가지가 이래저래 고맙게 느껴지는 하루입니다.

🌿 한약복용법과 인생사용법

살다 보면 누구나 한 번쯤 약을 먹게 됩니다. 약이 먹고 싶어서 먹는 사람은 없습니다. 몸과 마음이 아프면 어쩔 수가 없습니다. '돈을 잃으면 조금 잃은 것이고 명예를 잃으면 많이 잃은 것이며 건강을 잃으면 전부를 잃은 것'이란 말이 있습니다. 인생의 전부인 건강을 잃지 않기 위해 우리는 약을 먹어야 합니다.

건강을 지켜주는 약이지만 약 먹기를 좋아하는 사람은 드뭅니다. 약 먹기가 싫은 것은 약을 삼킬 때 목구멍에 느껴지는 이물감 때문입니다. 몸에 좋은 약일수록 쓰다는 말을 확인이라도 시키려는 듯 고약하게 쓴 맛도 한몫합니다. 건강은 건강할 때 지켜야 한다는 것을 알고 있기에 눈을 질끈 감고 코를 틀어막으며 약을 먹습니다. 이래저래 약을 먹지 않고 산다는 것은 축복이고 감사할 일입니다.

얼마 전부터 아내와 딸이 보약을 먹고 있습니다. 보약을 지을 때 한의사로부터 보약 먹는 방법을 들었습니다. 생 무, 냉 음료, 짜고 매운 음식, 커피, 밀가루 음식 등은 가급적 먹지 않는 것이 좋다는 내용이었습니다. 이 정도는 보약을 먹어본 사람이라면 익히 알 만한 상식 수준의 한약복용법입니다. 아내와 딸이 같은 한의사에게 동일한 내용의 한약복용법을 들었습니다. 그런데 아내는 한약복용법을 밥 먹듯 어기고 딸은 꼬박꼬박 지키는 것입니다. 보약 먹는 횟수도 아내는 거르기 일쑤지만 딸은 복용시간까지도 맞추어 먹는 정성을 들입니다. 아내와 딸 중에 누가 더 보약의 효과를 보게 될지는 자명합니다. 약의 효과를 보려면 복용법을 지키는 것이 중요합니다.

보약을 먹을 때는 한약복용법을 따라야 하듯 삶에도 지켜야 할 인생사용법이 있습니다. 인생사용법의 첫 페이지는 '지켜야 할 것들을 지키며 사는 것'으로 채워져 있지 않을까요. 인생에서 지켜야 할 것은 법, 윤리, 도덕, 규범, 원칙 등 더불어 살아가는 데 필요한 덕목들입니다. 반드시 지켜야 할 것들을 지키지 않으면 세상과 인생은 엉망진창이 됩니다. 보약을 생각날 때만 대충 먹으면 약효가 떨어지듯 세상살이에서 지켜야 할 것을 무시하면 만족스러운 성과물을 내기가 어렵습니다. 보약을 먹는 목적이 불분명하면 복용법을 지키기 어렵듯이 삶의

밥이 고맙다

방향이 뚜렷하지 못하면 인생사용법은 무용지물이 되기 십상입니다.

인생사용법을 제대로 지키며 살기 위해서는 순수한 마음이 필요합니다. 국어사전을 찾아보니 '순수'의 뜻은 '다른 것이 조금도 섞이지 않음 혹은 사념이나 사욕이 없음'입니다. 세상을 살아가는 데 지켜야 할 모든 것을 유치원에서 배운다고 합니다. 유치원에서 배운 것을 나이들어도 지켜가며 살 수 있는 지혜는 순수한 마음이 있을 때 터득할 수 있습니다. 배우고 들은 바를 있는 그대로 수용하고 실천하기 때문입니다. 딸이 한약복용법을 지킬 수 있었던 것은 순수한 마음을 간직한 덕분입니다. 삶의 원리와 원칙들을 지키며 사는 힘은 순수한 마음에서 나옵니다. 인생사용법대로 삶을 살기 위해서는 사념이나 사욕을 버리는 것도 도움이 됩니다. 사념이나 사욕을 멀리할수록 정도를 지키며 살 수 있기 때문입니다.

"우리는 평생토록 사는 방법을 배워야 한다."

로마의 철학자 세네카의 말입니다. 보약이 아내와 딸에게는 기력을 회복시켜 주고 나에게는 삶의 자세와 살아가는 지혜를 생각하게 해주는군요.

🌿 텃밭 행복

최근 주말농장을 찾는 사람들이 늘고 있습니다. 부모가 자녀에게 자연친화적인 정서를 심어주고 농작물의 성장과정을 보고 느끼면서 배울 수 있다는 교육적인 기대 효과의 결과입니다. 여기에 멋진 노후를 꿈꾸는 사람들의 기대가치가 맞물려 나타난 현상입니다. 농사체험을 하려는 이들이 많아지면서 텃밭의 가치가 높아지고 있습니다.

나도 농사체험의 대열에 동참하고 있습니다. 농사의 경험이 없는 초보자로서 가꾸는 데 힘들지 않은 상추, 토마토, 고추를 심었습니다. 상추는 씨앗을 뿌렸고 토마토와 고추는 모종으로 심었습니다. 상추 씨앗은 두둑을 넓게 하여 뿌려야 하는데 좁은 두둑에 고추와 토마토 모종 심듯이 뿌렸습니다. 농사 초보자의 면모를 유감없이 보여주고 말았습니다.

텃밭에 올라오는 잡초의 기세는 대단했습니다. 두둑에는 비닐을 깔아 괜찮았지만 고랑에 나는 풀이 문제였습니다. 풀 뽑기를 하루 이틀 미룬 게으름이 준 고통의 무게는 만만치 않았습니다. 풀이 억세져서 연할 때 들어가는 힘의 몇 갑절을 써도 잘 뽑히지 않습니다. 호미로 막아도 될 일을 가래로 막는 꼴입니다. 풀 뽑는 시기를 놓친 결과입니다. 평소 미루며 사는 것에 익숙한 내 모습이 떠올라 피식 웃음이 납니다.

텃밭을 자주 찾고 정성을 들여서인지 심은 작물이 잘 자라주었습니

밥이 고맙다

다. 토마토는 곁가지로 나오는 순을 따주어 성장에 필요한 양분의 손실을 줄였습니다. 성공한 사람들이 선택과 집중을 하며 사는 모습과 닮았습니다. 세상을 살면서 힘을 써야 할 곳에 제대로 쓰고 있는지에도 생각이 머뭅니다.

장맛비가 내린 후에 찾은 텃밭의 상추와 토마토가 엉망진창입니다. 상추 잎이 물러 터져 축 처졌습니다. 토마토는 껍질이 갈라졌습니다. 조금 더 키워서 따먹겠다는 욕심이 화를 불렀습니다. 물러터진 상추와 갈라진 토마토를 보면서 속은 상했지만 '때'를 맞추며 사는 지혜를 만날 수 있는 행운을 얻어 다행입니다.

장맛비가 내릴 때의 바람 때문인지 토마토 가지 하나가 수액을 겨우 공급할 정도만 남겨진 채 부러져 있습니다. 부러진 가지에 토마토가 주렁주렁 매달려 있어 안타까움이 더했습니다. 부러진 가지 부분을 동여 매주려 하자 농사경험이 있는 지인이 말립니다. 한두 개라도 수확하고 싶으면 적과(摘果)하라고 일러주어 미련이 남지만 눈 딱 감고 따냈습니다. 눈앞에 보이는 이익과 손에 넣을 수 있는 결과를 멀리하기란 쉽지 않습니다. 무엇을 움켜쥐고 있기에 내려놓고 버리는 것을 두려워하고 힘들어하는지 질문을 던져봅니다.

처음에는 몰랐는데 수확할 때쯤 보니 토마토가 유난히 작았습니다. 거름이 부족했던 모양입니다. 거름은 주지 않고 토마토만 많이 따먹겠다는 심보 탓입니다. 세상에 공짜로 얻을 수 있는 것은 없는데도 공짜로 얻으려는 마음이 지천인 것을 보면 아이러니합니다.

장마 끝에 찾아온 햇볕을 쐬며 토마토와 고추가 얼마나 컸는지를 보기 위해 오고가는 재미가 쏠쏠합니다. 나 자신을 만나고 내 삶의 뒷모습을 볼 수 있어 좋습니다. 남은 생에 여름의 햇볕을 몇 번이나 쐬며 살수 있는지를 생각하자 따가운 햇살도 싫지 않습니다. 내가 직접 키운 신선한 고추와 토마토를 은근히 기대하는 아내를 보는 행복도 그만입니다.

삶의 아름다움은 과정에 있다

거실에서 아내와 딸의 언쟁소리가 들립니다. 규칙을 살짝 어겨서라도 좋은 결과를 얻고 싶은 딸과 어떠한 경우라도 원칙은 지켜야 된다는 아내의 강경한 입장이 팽팽하게 대립되면서 목소리가 커집니다. 나의 의견을 묻는데 딸이 제시한 '성적 향상' 이라는 달콤한 결과물에 현혹되어 "좋은 결과를 위해서인데 한 번쯤은 규칙을 어길 수도…" 하고 말을 꺼내자 아내의 눈총이 따갑습니다.

삶은 과정일까요, 결과일까요? 이런 질문을 받게 되면 과정을 중시해야 한다고 답하기는 쉬워도 실천하며 살기란 만만치 않습니다. 결과보다 과정을 중시하는 삶을 중심에 놓다가도 부러울만한 결과를 얻는

밥이 고맙다

이들을 보면 금세 결과에 눈이 쏠립니다. 내 마음의 변덕스러움이 부글부글 끓는 죽을 닮았습니다.

삶을 먼저 경험한 이들은 결과도 중요하지만 과정에 주목하라고 주문합니다. 그러나 성공을 지향하는 시대 탓인지는 몰라도 결과를 좇다가 한방에 훅 가는 사람을 보게 됩니다. 삶의 결과에 눈이 멀면 과정은 보이지 않고 결과만 크게 보이는 현상 때문입니다. 결과 지향적인 삶은 인생 대박을 꿈꾸게 합니다. 과정을 도외시하는 삶은 짧고 굵게 살고 싶도록 유혹합니다. 김정운 교수는 "짧고 굵게 살려는 사람이 많게 되면 사회적 변비 현상으로 고생하게 된다"고 일침을 놓습니다. 개인이든 사회든 변비에 걸려 고생하지 않으려면 과정을 중시하는 삶이 필요합니다.

일상의 밥상에서도 과정의 중요성을 만날 수 있습니다. 음식을 만드는 데 1시간 이상이 걸린다면 먹는 데는 20여 분 남짓이고 설거지는 10분도 걸리지 않습니다. 음식을 만들 때의 노고가 보입니다. 음식을 먹는 사람이 만든 이의 정성을 몰라주면 섭섭하고 서운합니다. 음식을 만들 때 들인 정성을 인정받지 못해 서운하고 손해 보는 느낌이 들기 때문입니다. 음식을 만드는 사람의 수고스러움은 과정을 중시하는 마음에서 만날 수 있습니다.

세상살이에서 성취와 성공에 도취되어 머물 수 있는 시간은 잠깐입니다. 삶은 성취와 성공만이 아니라 성공을 이끈 과정도 중요합니다. 성공을 이루기 위한 과정이나 수단이 상식을 벗어나고 부도덕해서는 곤란합니다. 일상의 과정을 등한시한다는 것은 인생을 막 살겠다는 것과 다름없습니다. 인생의 희로애락을 과정에서 찾아야지 결과에서만 찾으려 한다면 허무개그로 끝날 가능성이 큽니다. 삶의 과정을 중시하게 되면 어떤 어려움이나 힘겨움이 있어도 참고 견딜 수 있는 힘이 생깁니다. 어떤 역경도 피하지 않고 당당히 맞설 수 있는 용기도 얻습니다. 살면서 잔머리를 굴리지 않고 정도를 걷게 해줍니다. 삶은 과정의 연속입니다. 과정이 없는 결과는 존재할 수 없습니다. 삶의 결과물은 과정의 산물이기 때문입니다.

한여름 날 아내와 딸의 언쟁이 구상 시인의 시구를 떠올리게 합니다.

'네가 시방 가시방석처럼 여기는 너의 앉은 자리가 바로 꽃자리니라.'

삶은 현재의 과정을 곱씹으며 즐기는 사람의 몫입니다.

"딸아. 좋은 결과를 위해서라면 한 번쯤은 규칙을 어길 수도 있다고 생각하겠지만, 좋은 결과는 정직하고 성실한 과정에서 얻어지는 법이란다."

밥이 고맙다

🌿 명품 인생

아내와 백화점에 들렀습니다. 경기가 어렵다는 말이 무색할 만큼 백화점 안은 손님들로 북적거렸습니다. 명품 매장에도 발 디딜 틈이 없는 것은 마찬가지입니다. 아내가 명품 가방을 들었다 놨다 합니다. 아내가 가격을 확인하고 있음을 눈치 챘습니다. 아내가 "여보! 이 가방은 디자인이 별로지?"라고 말하는 속뜻도 알고 있습니다. 나 역시 아내에게 "마음에 드는 걸로 골라 봐"라는 호기를 부리지 못했습니다.

누구나 명품으로 치장하며 살고 싶어 합니다. 하지만 웬만한 사람은 값이 비싸 명품을 구입할 엄두도 내지 못합니다. 그러다 보니 명품은 오래도록 부자의 전유물과 상징으로 자리 잡고 있습니다. 명품을 갖고 싶은 이유 중에 명품을 갖지 못한 사람과는 다르다는 우월의식을 느끼며 살 수 있는 '살맛'을 빼놓을 수 없습니다. 명품이 주는 '살맛'이 명품대열을 만듭니다. 이런 세태가 진짜 같은 가짜로라도 위안 받고 싶은 심리와 맞물려 짝퉁을 만들어냈습니다.

명품은 쉽게 탄생되지 않습니다. 오랜 시간에 걸쳐 장인의 혼과 정성이 쌓여 명품이 됩니다. C자 두 개를 교차한 모양의 샤넬 로고는 전 세계 어느 곳에서나 볼 수 있는 부유함과 아름다움의 상징입니다. 샤넬이란 명품도 여섯 살 때 어머니가 죽고 아버지에게 버림을 받아 수녀원에서 성장하며 배운 샤넬의 감각과 바느질이란 역량에 혼과 정성이 더해져 나왔습니다.

모 방송국에서 방영한 '쩐의 전쟁'이란 드라마에서 주인공 남자가 던진 말입니다. "짝퉁 인생에 명품 걸친다고 명품 인생 되는 거 아니야!" 명품만으로는 명품 인생을 담보할 수 없다는 얘기입니다. 돈으로 명품을 살 수는 있지만 명품 인생까지 보장받을 수는 없습니다. 중년에 접어 든 나는 명품 인생이란 단어 앞에서 생각이 깊어집니다.

"20대 얼굴은 자연이 만들어주고, 30대 얼굴은 삶이 만들어준다. 하지만 50대 얼굴은 자신이 만드는 것이다." 1930년대에 샤넬의 창업자 가브리엘 샤넬이 쓴 글입니다. 나는 지금껏 타인의 삶을 흉내 내며 살기에 급급한 것은 아니었는지 두려워집니다.

작가 박은몽은 명품 인생의 조건으로 재능과 끼, 역할과 위치, 열정, 사랑의 카리스마, 에너지를 들고 있습니다. 명품 인생을 위해서는 나만의 색깔로 정체성을 지켜가며 사는 것이 중요합니다. 인생은 타인이 내게 준 의미가 아니라 내가 만든 나만의 의미로 흔적을 남기는 것이기 때문입니다. 자신의 꿈을 실현하기 위해 땀을 흘리는 일상이 짝퉁 인생을 막아줍니다. 명품에 쏟던 눈길을 명품 인생을 만드는 일로 돌리는 것은 어떨까요? 삶의 덕목들이 시류에 편승해서 바람 불 듯 흔들려서도 곤란합니다. 사람의 도리를 지키며 사는 것도 명품 인생의 기본입니다.

명품과 명품 인생의 공통점은 하루아침에 만들어지지 않는다는 것입니다. 명품 도자기는 수없이 많은 도자기를 깨뜨리는 도공의 아픔이

밥이 고맙다

있어야 얻게 되듯이 명품 인생도 삶의 힘듦을 극복해야 만날 수 있습니다. 명품 인생은 날 때 타고나는 것이 아니라 인생의 여정을 거치며 만들어집니다. 명품 인생은 장인정신과 프로정신의 합작품입니다.

회초리

　주말을 이용하여 충북 괴산에 있는 낙영산을 다녀왔습니다. 가을 들녘의 황금물결이 감탄사를 자아내게 만듭니다. 마음까지 여유롭고 넉넉해집니다. 느긋한 마음으로 산행을 하는데 초입에 있는 싸리나무가 눈에 띄었습니다. 내가 어렸을 때 보았던 싸리나무와 닮았습니다. 싸리나무를 보는 순간 회초리와 빗자루가 떠올랐습니다.

　나는 어릴 적에 매를 많이 맞아가며 크지는 않았습니다. 그렇다고 싸리나무로 만든 회초리 맛을 모를 정도는 아니었습니다. 할아버지가 회초리로 잘못을 추궁할 때의 두려움은 지금도 선합니다. 그때 매를 막아준 할머니의 따뜻한 마음과 손길도 그립습니다.

　회초리는 '어린아이를 때릴 때 쓰는 나뭇가지' 입니다. 한자로는 편태(鞭笞)라고 합니다. 편태는 채찍이나 회초리 혹은 몽둥이 등으로 매질하는 태형(笞刑)이나 편형(鞭刑)을 말합니다. 혹자는 회초리(廻初理)

를 '처음 이치로 돌아가게 하는 막대기'로 풀이하기도 합니다.

하지 말아야 되는 일을 하고 나면 어김없이 회초리가 종아리를 칩니다. 처음 마음먹은 것을 게을리 할 때도 인정사정이 없습니다. 사람으로 지켜야 할 도리를 어겼을 때도 약방의 감초처럼 나타나 불호령을 내립니다. 회초리로 매를 맞을 때면 눈물이 납니다. 아프거나 억울하고 서러워 울기도 하지만 잘못을 뉘우치는 눈물이기도 합니다.

회초리는 나의 잘못된 행위를 바로 잡아주는 스승이었습니다. 첫 단추를 잘못 끼워 다시 끼워야 되는 번거로움도 줄여주었습니다. 인생을 100점으로 살아갈 수 있는 정답을 정답지에 한 칸씩 밀려 써 속상해하고 허망해하는 것도 막아주었습니다. 회초리는 나에게 길을 잘못 들어 고생하는 것을 막아주는 내비게이션과 같습니다.

회초리는 어린아이에게만 필요한 것은 아닙니다. 어른에게도 회초리는 필요합니다. 개인의 일상에서 회초리가 필요하듯 정책을 의결하고 집행하는 과정에서도 회초리는 필요합니다. 회초리는 개인과 조직의 방향을 잡아주는 나침반입니다. 싸리나무를 회초리로 쓰는 이유는 세상을 싸리나무의 결처럼 단단하고 조밀하게 살아야 된다는 의미가 담긴 것은 아닐까 싶습니다.

산행을 마치고 공림사 앞뜰에 다다르자 싸리나무로 만든 빗자루로 비질을 한 흔적이 보입니다. 누군가가 싸리비질을 한 수고스러움이 느껴져 마음까지 정갈해집니다. 앞뜰이나 마당의 지저분함은 비질을 하면 해결됩니다. 앞뜰과 마당에만 비질이 필요한 것은 아닙니다. 인생

밥이 고맙다

을 살면서도 때때로 비질이 필요합니다. 생각이 잘못됐다 싶으면 마음의 비질을 통해서 바로잡아야 합니다. 타인에게 고통과 아픔을 준다 싶을 때도 마음의 비질을 부지런히 해야 합니다. 나만의 이기심도 마음의 비질로 쓸어내어 상대방의 입장을 배려하는 마음이 머물도록 해야 합니다.

이민규 교수는 "질문하는 자는 답을 피할 수 없다. 현재 관점에서 미래를 묻는 것보다는 미래 관점에서 현재를 묻는 질문을 하는 습관이 중요하다"고 말합니다. 지금 마음의 비질을 하며 살고 있는지를 자신에게 물어보라는 얘기입니다. 마음속에 회초리를 두고 사는지도 묻는 것 같습니다.

 염치없는 세상

올 설에도 나와 아내는 염치없는 아들과 며느리가 되었습니다. 대개 며느리들은 명절증후군으로 고생을 한다지만 우리 집은 좀 다릅니다. 일흔이 넘으신 어머님은 며느리가 오기 전에 음식을 거의 다 마련해두십니다. 교직에 몸담고 있는 며느리의 고생을 염두에 둔 어머니의 사랑 실천법입니다. 아내는 염치없는 며느리가 되었다며 부끄러워합니

다. 나 역시 염치없는 아들로 부끄러워하긴 마찬가지입니다. 설 아침에 차례를 지낸 후 집에 오는 길이 막히는 것을 우려하여 부모님 곁을 서둘러 떠나오기 때문입니다.

염치는 '청렴하고 결백하여 수치를 아는 마음' 입니다. 세상을 살다보면 염치가 없는 사람들을 자주 보고 만나게 됩니다. 염치없음은 이기심에서 옵니다. 내 몫이 아닌 것을 탐내고 욕심낼 때 염치없는 사람이 됩니다. 이 과정에서 학연, 지연, 혈연 등과 같은 비공식적인 관계의 힘과 권력, 재력, 직위 등의 공식적인 영향력까지 더해집니다. 염치없는 삶에서는 타인을 보듬어주는 아름다운 마음은 보이지 않습니다. 타인의 아픔과 불편함을 이해하려는 마음도 없습니다. 염치없는 사람은 심신이 힘들고 지친 사람이 기댈 어깨와 마음조차도 내어주지 않습니다.

염치없음은 부끄러워할 줄 모르는 마음에서 싹틉니다. 살면서 무엇이 염치없는 것인지를 안다면 부끄러운 일을 만들지 않을 가능성이 큽니다. 윤동주 시인은 서시에 '죽는 날까지 하늘을 우러러 한 점 부끄러움이 없기를' 염원했습니다. 누구나 부끄럽지 않게 산다는 것은 쉽지 않습니다.

염치없는 사람이 많은 사회와 조직은 미성숙하여 발전 가능성이 희박합니다. 글로벌 시대의 가치 기준에도 함량미달입니다. 염치없는 일이 비일비재하고 염치없는 사람이 넘쳐나면 원칙이 설 자리를 찾지 못합니다. 원칙이 대접받지 못하는 사회에서는 개천에서 용이 나올 가능성이 낮습니다. 신분 상승의 기회가 누구나에게 공평하게 개방되어 있는 사회에서는 개천에서 용이 나오고, 그런 사회가 선진국이고 세련된 조직입니다. 원칙과 공정한 룰이 적용되는 사회가 되기 위해서는 열린 문화가 정답입니다. 침실 같은 내실 문화가 자리하면 투명성과 공정성은 확보되기 어렵습니다.

나는 스포츠 경기를 즐겨 봅니다. 스포츠 경기에는 공정한 룰이 적용됩니다. 우리 사회의 어느 분야보다도 염치없는 일이 덜 일어납니다. 경기규칙을 아는 관중들이 지켜보고 있는데 심판이 한 선수와 팀을 위해 '봐주기 식' 같은 편파 판정을 하기는 쉽지 않습니다. 또한 경기장에서 뛰는 선수의 몸값은 오로지 선수의 실력으로 결정됩니다. 실력만 키우면 몸값을 높일 수 있는 기회가 누구에게나 열려 있습니다. 선수에겐 엄청난 힘의 원천이며 희망의 장입니다.

우리 사회의 모든 문제는 염치를 모르는 마음에서 생깁니다. 염치를 모르는 사람들이 넘쳐날 때 부끄러운 사회가 됩니다. 주변에 염치를 아는 사람이 많아져 상식이 통하는 사회가 되었으면 좋겠습니다. 나부터 염치없는 일을 경계하고 염치없는 사람이 되지 않으려 애쓰고 볼 일입니다.

🌿 원룸 체험기

요즘 오십이 넘은 나이에 원룸 생활을 하며 살고 있습니다. 직장 근무지가 바뀌면서 생긴 전리품입니다. 이 전리품이 내 인생에 어떤 영향을 주게 될지는 미지수입니다. 지금껏 살아온 것과 사뭇 다른 경험이라 기대감과 불안감이 반반입니다.

나는 주말마다 아내와 이별을 합니다. 아내와의 이별이 매번 버겁고 안쓰럽기만 합니다. 한 주간의 이별 연습도 마음이 짠한데 영원한 이별을 해야 하는 사람의 고통은 어떨지 새삼스럽게 다가옵니다.

나는 아직도 원룸 문을 열고 들어갈 때의 차가운 공기가 낯설기만 합니다. 처음 가보는 여행지에서의 어색함 같은 기운이 외로움을 자극합니다. 마음의 허전함이 밀려올 때 아내와 아이들을 생각하면 기분이 좀 나아집니다. 원룸 생활이 나에게 주는 첫 번째 선물은 가족의 소중함을 느끼게 해준다는 점입니다. 가족이 있다는 것만으로도 감사하고 행복한 하루하루입니다.

아내는 매주 밑반찬을 챙겨줍니다. 끼니를 거르지 말고 꼬박꼬박 챙겨 먹으라는 사랑이 담겨 있습니다. 어느 날 집에서 먹는 김치 맛과 원룸에서 먹는 김치 맛이 다르다는 것을 체험했습니다. 일회용 김과 김치만으로 저녁을 먹는데 김치가 어찌나 맛있던지 아직도 기억이 생생합니다.

밥이 고맙다

삶은 상황입니다. 김치 맛이 상황에 따라 다르게 느껴지듯 삶도 마찬가지란 생각이 듭니다. 주어지는 상황을 어떻게 해석하고 수용하느냐가 중요합니다. 나의 원룸 생활은 두 집 살림을 하는 데서 오는 불필요한 지출로 손해가 큽니다. 아내에 대한 미안함과 아내의 심리적인 힘듦까지 더하면 손실은 더 커집니다. 지난주에는 아내가 마음이 왜 이렇게 우울한지 원인을 곰곰이 생각해보니 나를 빼앗겼다는 느낌 때문이라고 전합니다. 아내에게 힘내라며 위안을 주긴 했지만 가슴이 아팠습니다. 이처럼 원룸 생활을 하면서 불편하고 힘든 상황만 부각시킨다면 나에게 득이 될 것은 없어 보입니다.

그러나 원룸 생활이란 상황을 다른 시각에서 바라보니 장점도 많습니다. 나만의 공간이 확보되었고 누구의 방해도 받지 않는 금쪽같은 시간을 얻었습니다. 원룸에서 무엇을 하며 어떻게 보내느냐에 따라 내 인생의 결과물이 달라질 수 있다는 얘기입니다. 분명한 것은 소비적인 일상의 흔적들을 경계하고 생산적인 활동으로 유익한 결과물을 얻을 수 있는 데 집중해야 한다는 생각입니다. 좋은 생각을 하면 좋은 결과가 나온다는 사실을 믿고 실천하며 살고 싶습니다.

명지대 김정운 교수는 "삶은 순서이다"라고 했습니다. 원룸 생활이 주는 좋음과 싫음 가운데 우선순위를 좋음에 두고 싶습니다. 원룸 생활이 내 인생에 플러스가 되기 위해 무엇을 어떻게 해야 되는지 고민하는 시간이 늘고 있습니다. 답이 나올 때까지 질문의 끈을 놓지 않으려 합니다. 나이 오십에 체험하는 원룸 생활이 내 인생의 역사에서 어떻게 평가되고 기록될지 자못 궁금해집니다.

🌿 고속도로와 인생길

나는 매주 고속도로를 두 차례 이용합니다. 금요일 저녁의 고속도로는 견우와 직녀를 만나게 해주는 오작교처럼 아내와 나를 이어주는 사랑의 끈입니다. 월요일 아침의 고속도로는 나의 실행력을 자극하여 성과물을 내도록 유도하는 기대와 희망입니다.

고속도로에는 우리나라의 인구밀도를 연상케 할 만큼 차가 많습니다. 차량의 종류와 색상도 천차만별입니다. 사람마다 성향과 생김새가 다름을 닮았습니다.

어느 순간 트럭이 눈에 들어옵니다. 짐을 하나도 싣지 않고 가볍게 달리는 트럭과 집채만 한 짐을 싣고 힘겹게 달리는 트럭이 대조적입니다. 세상을 살면서 지고가야 하는 인생이란 짐의 무게가 사람마다 다른 것을 보는 것 같습니다.

세상을 살면서 중요한 것은 가는 길이 버겁고 힘들다고 짐을 벗어던지면 목적지에서 초라해진다는 사실입니다. 짐을 잔뜩 싣고 달리는 트럭이 인생의 무게에 겁먹지 말라는 눈치를 주며 힘차게 내달립니다.

삶이라는 무거운 짐을 지고 살아가는 우리에게 힘이 됩니다.

고속도로에서 차량의 속도는 제각각입니다. 자동차 경주를 연상시킬 정도로 고속 질주하는 차도 있고 규정 속도를 지키며 달리는 차와 규정 속도보다 느리게 달리는 차들도 있습니다. 사람이 살아가는 모습도 다르지 않습니다.

어느 날인가는 차 한 대가 뒤에서 어찌나 위협적으로 몰아붙이던지 간담이 서늘했던 적이 있습니다. 그 순간 '5분 먼저 가려다 50년 먼저 갈 수 있다'는 말이 뇌리를 스쳤습니다. 인생에서 서둘러 좋을 것은 별로 없습니다. 기껏 차이 나 봐야 오십 보 백 보입니다. 어떤 때는 기분 좋게 양보하는 차도 만납니다. 몸과 영혼이 함께 붙어 다니는 운전자임이 분명합니다. 이런 사람을 만나면 마음이 맑아지고 기분까지 좋아집니다.

나는 운전을 할 때 끼어들기를 하는 편보다 양보하는 쪽에 속합니다. 그럴 때마다 아내에게 잔소리를 듣습니다. 당신처럼 끼어들기를 허용하는 사람이 있으니까 자꾸만 염치없이 끼어들려 한다는 것입니다. 나에게도 일말의 책임이 있다는 논리에 대꾸하지 못하고 매번 속수무책입니다. 끼어들기는 남의 몫을 가로채는 행위와 다를 바 없습니다. 어쩔 수 없이 끼어들어야 한다면 뒤 차량과의 거리가 충분한지를 감안하여 끼어드는 것이 기본 예의입니다. 이를 무시하게 되면 차량의 흐름은 방해받게 되고 사고 유발 가능성은 높아집니다.

사람 사는 세상과 조직도 마찬가지란 생각이 듭니다. 끼어들기와 같은 편법을 즐기는 사람이 많아지면 원리와 원칙은 사라지고 성숙한 사회를 기대하기란 멀어 보입니다.

고속도로에 언제나 차가 많은 것은 아닙니다. 어느 구간에는 차량이 꼬리를 물다가도 그 구간만 지나면 유독 차량이 뜸한 경우도 있습니다. 차량이 많은 구간을 지날 때면 긴장감이 더해집니다. 그 만큼 돌발 변수가 발생할 가능성이 높아지기 때문에 방어운전이 필요합니다. 인생을 살다 보면 차량이 꼬리를 물 듯 어려움도 겹겹이 올 때가 있습니다. 인생의 여정이 어렵고 힘들어도 잘 버텨내면 차량이 뜸한 도로를 만나듯 좋은 날이 올 수 있습니다. 고속도로에서 삶의 단편들을 생각하고 고민하는 재미가 쏠쏠합니다.

🌿 경로(經路)의존성

어렸을 때 개에게 물렸던 경험이 있습니다. 그래서 개가 나타났다고 하면 울다가도 멈췄습니다. 회초리는 내 울음을 멈추게 하지 못했지만 개가 나타났다는 말 한마디로 울음보는 봉해졌고 행여 어디서 개가 나타날까 늘 경계하며 다녔습니다. 나이가 들고 나서는 무서워하고 경계하는 것이 또 하나 생겼습니다. 바로 스탠퍼드대 폴 데이비드 교수와

밥이 고맙다

브라이언 아서 교수가 주창한 '경로(經路)의존성' 입니다. 경로의존성은 '한 번 일정한 경로에 의존하기 시작하면 나중에 그 경로가 비효율적이라는 것을 알면서도 여전히 그 경로를 벗어나지 못하는 사고의 관습'을 일컫는 말입니다.

19세기 초 영국은 석탄 운반용 마차 선로를 지면에 깔아 첫 열차 선로를 만들었습니다. 이때 마차 선로의 폭은 2천 년 전 말 두 마리가 끄는 전차 폭에 맞춰 만들어진 로마 가도의 폭이 기준이 되었다고 합니다. 2007년 8월 발사된 우주왕복선 엔데버호에 쓰인 추진 로켓의 너비는 4피트 8.5인치(143.51㎝)였습니다. 사실 기술자들은 추진 로켓을 좀 더 크게 만들고 싶었습니다. 하지만 열차 선로 폭이 문제였습니다. 로켓은 기차로 옮겨지는데 중간에 터널을 통과하려면 너비를 열차 선로 폭에 맞춰야 했기 때문입니다. 결국 인간은 2천 년 전 말 두 마리의 엉덩이 폭으로 길을 정한 굴레를 벗어나지 못하고 있는 것입니다.

개인이든 조직이든 말 두 마리의 엉덩이 폭과 같은 경로의존성이 존재합니다. 직장의 근무지를 옮긴 후 일을 하다보면 맘에 들지 않는 것들이 한두 가지가 아닙니다. 예전 사무소에 익숙해져 있던 경로의존성이 새로운 환경에 대한 비판의식을 자극하기 때문입니다. 물론 새로운 곳에서의 일과 사람에 대한 불안과 두려움이 작용했을 수도 있습니다. 이처럼 경로의존성은 익숙한 것과의 결별을 어렵게 만듭니다. 그러나 시간이 흐를수록 예전 사무소의 경로의존성은 새로운 사무소의 경로의존성으로 대체되기 마련입니다. 경로의존성의 또 다른 이름은 매너리즘입니다. 혹자는 새로운 사무소에서 경로의존성이 생기기 전에 변화를 시도하는 것이 중요하다고 합니다. 누구든 매너리즘에 빠지면 변화가 어려워지기 때문입니다.

작가 정진홍은 "누구나 예외 없이 삶의 어느 길목에선가 자신의 인생배낭을 다시 싸고 꾸려야 할 때가 있다"고 말합니다. 지금이 내 인생배낭에서 '비효율적인 경로의존성'은 털어내고 '효율적인 경로의존성'으로 채워야할 때란 생각이 듭니다. 비효율적인 경로의존성은 나쁜 습관이고 효율적인 경로의존성은 좋은 습관입니다. 인생배낭에 들어 있는 비효율적인 경로의존성과 나쁜 습관은 무겁고, 효율적인 경로의존성과 좋은 습관은 가볍습니다. 지금껏 메고 온 인생배낭에서 비효율적인 경로의존성과 나쁜 습관을 비워내면 인생길이 훨씬 가벼워질 수 있을 것입니다. 사람의 멋과 삶의 멋은 효율적인 경로의존성과 좋은 습관에서 나옵니다. 내 인생배낭에 비우고 채워야 할 '비효율적인 경로의존성'과 '효율적인 경로의존성'은 무엇인지 분류해서 짐을 다시 꾸리는 시간을 가져야 하겠습니다.

🌿 다초점렌즈로 마음읽기

내 몸이 힘들다고 야단입니다. 50년 동안 썼으니 그럴 만하겠다는 생각이 들면서도 한두 군데가 아니라 걱정이 됩니다. 그나마 몸이 힘들 때마다 신호를 보내주어 손을 봐가며 쓸 수 있어 다행이긴 합니다. 나에게는 몸의 노화 현상들이 오지 않을 수도 있다고 한 때 생각했던 적이 있습니다. 요즘 내 몸이 나의 어리석음을 증명해주고 있습니다.

어릴 적에 안경을 쓰신 어르신이 신문이나 책을 볼 때 안경을 왜 벗는지 궁금했습니다. 그런데 어느 날부터 내가 안경을 코 밑으로 내려 쓴 채 렌즈의 힘을 빌리지 않고 안경 너머로 책을 보고 있었습니다. 내 눈에 노안이 오고서야 어릴 적에 생겼던 궁금증이 풀렸습니다. 나는 안경 너머로 볼 때마다 아내의 잔소리를 들어야 했습니다. 젊은이가 그러면 봐줄 만한데 나이 들어 안경을 내려 쓰고 곁눈질해서 보는 것은 보기 흉한 모습이라는 것입니다. 나이 먹을수록 젊은 감각을 지니고 살아야지 나이 먹은 것 티낼 일 있느냐며 핀잔을 줍니다.

노안(老眼)은 눈의 수정체에 탄력성이 감소되어 가까이 있는 물체에 초점을 맞추는 능력을 잃는 것입니다. 가까이 있는 사람이나 사물을 제대로 보지 못하는 증상입니다. 노안 증상이 나타나면 눈 뜨고도 제대로 보지 못하며 살게 됩니다. 일상생활의 불편함이 이만저만 아닙니다. 작가 이지성은 "인간은 너무 가까이 있는 것과 너무 큰 것을 보지 못한다"고 했습니다. 나 역시 가까이 있는 사람을 잘 보지 못하며 살고 있는 것은 아닌지 걱정이 됩니다. 가까이 있는 사물이나 사람을 있는 그대로의 모습으로 보며 산다는 것은 삶의 축복입니다.

　나는 노안의 불편함을 해소하기 위해 다초점렌즈를 맞춰 쓰고 있습니다. 다초점렌즈 덕택에 가까이 있는 사물이나 사람을 보는 데 불편함이 줄었고 세상이 달라 보입니다. 여기에다 가까이 있는 사람의 마음까지 읽고 보면서 살 수 있다면 얼마나 좋을까, 아쉬운 생각이 듭니다. 나는 지금껏 상대방의 마음을 헤아리고 읽지 못하며 산 것 같아 부끄러워집니다. 인생을 살면서 사람공부를 게을리 한 탓에 상대방의 마음을 읽기가 버거운 것도 사실입니다. 이참에 내 마음속에도 다초점렌즈를 만들어 쓰고 싶습니다. 상대방의 마음을 제대로 보고 읽을 수 있는 마음의 다초점렌즈 말입니다. 그렇게 되면 가까이 있는 사람이나 멀리 있는 사람이나 똑같이 볼 수 있는 마음의 눈을 가질 수 있지 않을까요.

　혜민 스님은 "내 마음의 렌즈가 '지금 무엇이 필요해' 라는 상태에서 세상을 바라보면 세상 그 어느 곳보다도 내가 찾는 그 부분만 보이게 된다. 내 주위 사람들은 다 똑같은 사람들인데 내가 어떻게 보느냐에 따라 좋고 싫은 것이 결정되는 것이다" 말합니다. 내 마음의 렌즈를 통해 상대방의 보이지 않는 마음까지 읽을 수 있는 마음공부가 필요함을 느낍니다.

　눈의 노안 증상도 염려할 일이지만 마음의 노안 증세가 시작되면 더

밥이 고맙다

큰일입니다. 마음의 노안 증세를 경계하고 줄이며 살고 볼 일입니다.

이정록 시인은 "쓰다듬는 손길이 세상을 키운다"고 했습니다. '쓰다듬는 마음과 눈길이 사람을 키울 수도 있겠다' 는 생각이 듭니다.

🌿 돌을 품고 사는 남자

새벽에 오른쪽 옆구리 통증으로 고생을 했습니다. 두세 시간 정신이 혼미해질 정도로 통증이 심하다가 갑자기 통증이 사라졌습니다. 누가 보면 영락없는 꾀병입니다. 그런 후 별다른 통증이 없어 병원을 찾지 않았습니다. 누구나 병원가기 좋아하는 사람 없겠지만 나는 유독 싫어합니다. 그런데 일주일 후쯤 왼쪽 옆구리 뒤쪽에서 다시 통증이 시작됐습니다. 이번에는 통증이 바로 멈추지 않고 사흘 내내 이어졌습니다. 옆구리가 끊어질 것 같은 통증으로 도저히 참을 수 없어 병원을 찾았습니다.

이런저런 두려움을 안고 비뇨기과에 갔습니다. 옆구리 통증 때문에 왔다고 하자 "제대로 찾아오셨네요"라고 말합니다. "대부분 내과를 들렀다가 오시는 분들이 많은데……"라는 말도 덧붙입니다. 살면서 병이 나고 나쁜 일이 생기면 주변에 알리라고 말합니다. 내가 겪은 통증을 직장 동료들에게 이야기를 했고 그 덕분에 바로 비뇨기과를 찾을 수 있었습니다.

먼저 소변 검사를 한 후 원장 선생님과 상담을 하는데 첫 마디가 "아프지요?" 묻습니다. '당연히 아프니까 왔지요' 라고 속으로 대답하는데 "천만다행 입니다. 소변에 혈(血)이 보입니다. 아프지 않으면 골치 아파집니다"라고 얘기합니다. 조금은 편안한 마음으로 CT검사를 받았고 그 결과 나는 '신장결석' 이란 진단을 받았습니다. 돌(石)이 떨어지면서 요로에 상처를 내거나 요로를 막아 통증을 유발시켰다는 것입니다.

나는 마취 없이 30분 정도 의료기계로 충격을 주어 돌을 깨는 체외충격파 쇄석술이란 시술을 받았습니다. 시술과정의 고통은 참을 만했는데 광산에서 돌을 깨듯 들리는 '탕탕' 소리가 신경을 예민하게 자극했습니다. 시술 후 돌이 배출되면서 4~5일 정도 옆구리 통증이 있었지만 지금은 통증을 느끼지 않으며 살 수 있어 살맛이 납니다.

몇 년 전에는 귀에 이상이 생겨 어지럼증을 동반하는 '이석증' 으로 고생을 했습니다. 이번에 또 '신장결석' 진단을 받자 아내가 나에게 '돌을 품고 사는 남자' 라는 애칭을 붙여 주었습니다. 병원에 가서 정확한 진단을 받고 치료를 받는 일은 누구에게나 귀찮고 불편하고 두렵고 익숙하지 않은 일입니다. 그렇다고 치료를 늦추거나 방치하면 병을 키우고 치료 기회를 놓칠 수 있습니다. 나의 경우도 병원에 가서 치료를 받는 것이 가장 필요한 일이었습니다. 귀찮고 두려운 마음에 병원 가

밥이 고맙다

기를 포기했다면 지금의 편안한 잠자리는 보장받지 못했을 것이고 통증을 끼고 살아야 했을 것입니다.

우리는 살면서 문제가 생기면 덮으려하기 바쁩니다. 문제를 해결하고 싶다면 문제를 감출 것이 아니라 들춰내는 것이 먼저입니다. 사람 관계도 마찬가지입니다. 상대방과의 관계가 꼬이면 꼬임을 풀어야 관계가 좋아지는 것과 같습니다.

중국 진나라 때 책 《여씨춘추》에 '각주구검(刻舟求劍)' 이란 말이 나옵니다. 초나라의 어느 한 사람이 배를 타고 강을 건너가다가 그만 칼을 물에 빠뜨렸습니다. 그는 얼른 뱃전에다 자국을 내어 칼이 떨어진 지점을 표시해 두었습니다. 그리고 얼마 지난 후, 배를 세우게 하고 표시해둔 뱃전 근처의 물속으로 들어가 칼을 찾으려고 했다는 이야기입니다.

무슨 일이든 원래의 목적과 본질을 벗어나면 문제 해결에 도움이 되지 않습니다. 외면이나 도피로는 삶의 문제들을 해결할 수 없습니다. 칼이 떨어진 지점에서 칼을 찾는 것이 상식이고 문제해결의 핵심입니다.

일기일회一期一會

우리의 하루는 무거운 눈꺼풀을 치켜뜨는 것으로부터 시작됩니다. 하루의 출발이 이처럼 힘겨운 만큼 삶의 무게 역시 만만치 않습니다. 오늘이 내일의 꽁무니를 물고 뱅뱅 도는 형국입니다. 하루가 무엇으로 어떻게 채워졌는지 모를 만큼 정신없이 빠르게 지나갑니다. 장맛비가 계곡물의 빠른 흐름을 이끌듯 시간이 삶의 종착역으로 빨리 가라고 자꾸 재촉하는 것 같아 정신이 번쩍 듭니다.

삶이란 바구니에 무엇을 어떻게 채울지가 중요하다는 생각이 듭니다. 삶에는 정답이 없다고 합니다. 그래도 삶의 방향과 균형감각을 잡아주는 선인들의 지혜가 있지 않을까 생각하다 일기일회(一期一會)가 다시금 떠올랐습니다. 일기(一期)는 지금까지 살아온 수많은 시간 가운데 지금 이 시간은 딱 한 번밖에 없다는 것입니다. 일회(一會)는 지금까지 거쳐온 수많은 만남 가운데 지금 이 만남은 딱 한 번밖에 없다는 뜻입니다. 일기(一期)는 시간의 가치를, 일회(一會)는 만남의 소중함을 가르칩니다.

일기(一期)는 "누구든지 언젠가는 반드시 혼자 죽는다"라는 사실을 일깨워 줍니다. 살면서 시간을 제대로 활용하라는 주문입니다.

우리는 시간을 과거, 현재, 미래로 설명합니다. 과거는 지나간 시간으로 부도난 수표를 의미합니다. 과거는 시간으로서의 가치가 이미 많이 떨어졌음을 알 수 있습니다. 미래는 희망을 걸 수 있는 시간이지만 언제 부도가 날지 모르는 약속어음입니다. 미래는 희망과 불안이 공존하는 삶의 공간입니다. 현재는 지금 나에게 주어진 현찰입니다. 현재는 부도가 날 염려가 전혀 없고 누구에게나 똑같이 주어지는 선물입니다.

삶은 현재의 연속입니다. 오늘의 삶을 채우는 모든 일에 열정을 쏟아야 합니다. 오늘을 꽉 채우지 않으면 시간에 공(空)이 생깁니다. 이렇게 생긴 시간의 공은 영원히 공(空)으로 남게 되어 채울 수 없습니다. 시간은 지나가고 나면 되돌릴 수 없기 때문입니다.

일회(一會)는 "지금 만나고 있는 사람이 가장 소중하다"는 사실을 알려줍니다. "어디서 무엇이 되어 다시 만나리"라는 대중가요의 노랫말이 일회(一會)의 소중함을 알려주네요. 오늘의 만남이 언제 어느 곳에서 다시 만남으로 이어질지 우리는 알지 못합니다. 그러니 "있을 때 잘해"라는 말을 예사로 들어서는 안 될 일입니다.

멀리서 백마 타고 오는 사람에 대한 그리움과 기대감 때문에 앞에 있는 사람을 하찮게 여기며 사는 사람이 많습니다. 지금 함께하고 있는 사람에 대한 감사함도 잘 모릅니다. 하지만 지금 만나고 있는 그 사람은 70억 명 중에서 선택된 사람이라는 사실을 잊어서는 안 됩니다.

삶은 만남의 연속입니다. 지금 만나고 있는 사람에게 정성을 다하십시오. 정성을 다하지 않는 만남은 상대방의 마음속에 자신의 이미지를 좋게 남길 수 없는 법입니다. 정성을 다하지 않아 서운함이 남게 된 채로 헤어지고 나면 그 서운함은 영원히 되돌릴 수 없기 때문입니다.

　다른 사람의 뒤통수를 치며 살아가는 사람이 많습니다. 그러나 일기일회를 실천하며 사는 사람은 절대로 뒤통수를 치는 법이 없습니다. 삶의 진리를 먼데서 찾느라 힘을 뺄 필요가 없습니다. 지금 하는 일과 지금 만나고 있는 사람이 삶의 스승이기 때문입니다. 삶의 지혜를 일기일회에서 찾아보면 어떨까요.

 ## 무엇을 탐(貪)하는가

　인간의 탐욕은 끝이 없습니다. 지금보다 더 많은 것을 가지거나 차지하고 싶어 욕심을 부립니다. 김정운 교수는 《남자의 물건》에서 사람마다 탐하는 대상이 다름을 맛깔나게 정리하고 있습니다. 어떤 이는 물질에 목말라하고 어떤 사람은 지적 호기심에 푹 빠져 살기도 합니다. 탐(貪)은 한 사람의 인격과 품격을 품고 있습니다. 그래서 무엇을 탐하는지를 보면 그 사람이 어떻게 살고 있는지 앞으로 어떤 삶을 살게 될지가 보입니다.

　내 친구 중 한 명은 공용으로 사용되는 물건에 유난히 탐(貪)이 많습니다. 물건 가격의 고하를 막론하고 공적으로 제공되는 물건을 사유화

　　　　　　　　　　　　　　　　　　　　밥이 고맙다

하는 데 강한 집착을 보입니다. 그 친구 집에 가보면 사무실에서 슬쩍 집어온 물건들로 넘쳐납니다. 모임 행사용으로 과자나 사은품을 준비하면 그중 몇 개는 어느새 그 친구 트렁크에 실려 있습니다. 초기에는 애교로 눈감아줄 정도이더니 이제는 행사에 지장을 초래할 정도로 슬쩍 집어가는 양이 늘어났습니다.

물욕이 강한 사람은 만족을 모릅니다. 노자는 "그릇을 비워야 쓸모가 있다"고 했습니다. 비워야 채울 수 있는데 물욕은 비우는 것은 고사하고 끝없이 더 많은 양을 갈구하게 만듭니다. 혜민 스님은 "만족할 줄 알면 나 자신이 스스로를 괴롭히면서 하는 분투를 쉴 수 있습니다. 만족할 줄 알면 지금 내 앞에 있는 사람과 지금 이 시간을 즐길 수 있습니다. 만족할 줄 알면 일이 끝나고도 마음에 아무런 찌꺼기가 남지 않습니다"라고 말합니다. 나이 들어갈수록 어려운 일은 멈추고 비우는 일인 것 같습니다. 족함을 아는 것이 행복의 비결이고 삶의 여유는 마음의 족함에서 오는 듯합니다.

물욕에 대한 탐이 많은 사람에게는 자존심을 찾아보기가 어렵습니다. 물욕에 눈이 멀어 내 것뿐 아니라 남의 것도 자기 것인 냥 마구 가져갑니다. 도둑질을 행하면서도 멈추지를 않습니다. 지나친 물욕은 최소한의 부끄러움이나 창피함마저도 모르게 만듭니다. 물욕으로 인해 자신의 격이 한없이 낮아지고 추해지는데도 눈치 채지 못합니다. 작가 정찬주는 《공부하다 죽어라》에서 "무아(無我)만 치열하게 절감해도 헛된 집착과 욕심의 덫에서 벗어나 남을 배려하는 거듭난 삶을 맞이할 수 있다"고 말합니다.

물욕에 대한 탐(貪)이 클수록 '세상에는 공짜가 없다'는 것을 망각하며 살게 됩니다. 물욕에 대한 탐(貪)이 큰 사람은 누군가의 노력으로 일궈낸 물건이나 결과물을 손짓 한 번과 말 한마디로 아무렇지도 않게 가로채서 제 삶으로 만들려 합니다. 그러나 삶은 손짓 한 번과 말 한마디로 자기 것이 되지 않습니다. 삶은 온몸과 정성으로 채워야 아름다운 빛과 색이 나오기 때문입니다.

요즘 나는 무엇을 탐하며 살고 싶은지에 대한 생각이 깊어집니다. 탐(貪)은 내 인격의 얼굴이고 내 마음의 거울이기 때문입니다. 세상과 사람에게 힘과 용기를 주고 희망을 주는 사람의 인생을 탐하며 살고 싶습니다. 선한 마음으로 진정성을 갖고 일상을 살아가는 사람을 닮고 싶습니다. 마음이 물욕 덩어리로 가득 채워진 사람은 멀리하며 살고 싶습니다.

"세상에서 가장 좋은 벗은 나 자신이며 세상에서 가장 나쁜 것도 나 자신이다. 나를 구할 수 있는 가장 큰 힘도 나 자신 속에 있으며 나를 해치는 무서운 칼날도 나 자신 속에 있다. 이 두 개의 나 자신 중의 어느 나를 좇느냐에 따라 운명이 결정된다."

작가 웰민의 말입니다.

밥이 고맙다

꿈, 우리 인생의 내비게이션

얼마 전 지방에 강의가 있어 운전을 하고 가다 길을 잘못 들어 고생을 했습니다. 여러 갈래의 도로가 있는 교차로에서 엉뚱한 방향으로 들어가 되돌아와야 했습니다. 교차로와 분기점에서는 지도를 보여주거나 지름길을 찾아주는 내비게이션도 도움이 되지 않을 때가 있습니다. 복잡한 교차로에 신경을 쓰다보면 길 안내 지도와 음성 안내를 놓치기 일쑤이기 때문입니다. 갈 길 바쁜데 지나친 길을 되돌아오려니 어찌나 성질이 나던지 화만 키웠습니다. 요즘 들어 나는 자꾸 길을 잘못 듭니다. 길치인 아내까지도 나에게 '찾아가는 길'을 미리 선행학습하고 출발하라고 권할 정도입니다. 길눈이 밝은 편인데 체면이 서지 않습니다. 길을 잘못 들어 체면을 구기는 것보다 더 큰 손실은 시간을 낭비한다는 점입니다. 잘못 간 거리를 되돌아올 때 소비되는 기름 값도 속을 태웁니다. 이래저래 쌓이는 덤은 스트레스 뿐입니다. 사람들은 낯선 길을 나설 때 내비게이션을 이용합니다. 그런데 목적지와 경로 선택을 잘못하면 내가 원하지 않는 곳으로 안내해서 곤욕을 치릅니다. 또 내비게이션을 업데이트 시키지 않으면 제 기능을 발휘하지 못하고 무용지물이 되기도 합니다. 그래서 길을 나설 때 내비게이션만 믿어서는 안 됩니다. 길을 잘못 들었다 싶으면 바로 멈추고 누군가에게 물어보는 것이 현명합니다.

고등학교에서 역사를 가르치는 아내가 임진왜란 수업을 하며 "지금 전쟁이 일어난다면 어떻게 될까요?" 질문했더니 한 학생이 대뜸 "야간자율 학습을 안 해서 좋을 것 같아요"라고 대답하더랍니다. 자율학습 시간에 어떤 학생은 열의에 차서 공부에 몰입하고 어떤 학생은 억지로 앉아서 시간만 때운다고 합니다. 이처럼 자율학습 시간에 임하는 자세가 다른 것은 간절히 이루고 싶은 꿈을 갖고 있는지와 꿈이 없는지에 의해서 결정됩니다. 내비게이션의 성능이 아무리 좋아도 목적지를 입력해야 길을 안내해주는 것처럼 세상살이에는 인생길을 안내해주는 자신만의 꿈을 찾는 일이 먼저입니다. 꿈은 삶의 방향성입니다. 목적지가 입력되면 가장 빠른 길을 안내해주는 내비게이션처럼 꿈은 세상을 살아가는 많은 길 중에 자신이 가야할 길을 안내해주는 나침반입니다.

'강연 100℃'에 출연한 김기선 씨는 은행장 퇴직 후 인생 제2막의 꿈을 택시기사로 정했습니다. 초보 택시기사가 되었을 때 길을 잘 못 찾아 허둥대거나 미터기도 켜지 않고 달리거나 진상 손님들로부터 자존심 상하는 일도 여러 번 겪었다고 합니다. 하지만 그는 매일 12시간씩 3년간 하루도 쉬지 않고 운전해 개인택시 자격을 얻었다고 합니다. 여기에는 사회의 폐기물이라는 좌절감 속에서 불행하게 사는 노인이 아니라 노후에도 하고 싶은 일을 하며 보람 있게 사는 사람이 되고자 하는 꿈이 있었기 때문에 가능했다고 봅니다. 그는 강연에서 우리가 꿈을 이루고 행복하게 살기 위해서는 첫째, 남의 시선을 버리고 둘째, 나

밥이 고맙다

이를 버리고 셋째, 체면을 버려야 한다고 강조했습니다. 노후에도 택시기사를 하며 자신의 삶을 당당하게 살아가는 그의 모습이 인상적이었습니다.

세상을 살다가 고통과 힘듦의 끝이 보이지 않으면 막막하고 답답해집니다. 인생의 무게가 버겁고 인생여정에서 길이 보이지 않을 때는 꿈부터 찾는 것이 먼저입니다. 꿈은 인생의 내비게이션이기 때문입니다. 꿈이 없는 인생길은 아무리 걸어도 목적지가 보이지 않아 지치지만 꿈이 있는 인생길은 걸을수록 목적지가 가까워져 힘이 납니다. 인생길을 즐기려면 지금 당장 나를 일으켜 세울 수 있는 꿈을 만나야 합니다. 내 마음 밭에 있는 꿈들이 오늘도 잘 자라고 있는지 살펴보며 살일입니다.

🌿 어떤 관계를 맺을 것인가

직장을 옮기면서 주말 부부로 생활한지 1년이 넘었습니다. 첫 해는 자가 운전을 해서 집에 오다가 요즘은 시외버스를 이용합니다. 대중교통을 이용하면 오고 갈 때 운전하느라 긴장하지 않아서 좋고 교통비를 줄일 수 있어 기분이 좋습니다. 그러나 세상이치가 다 그렇듯 좋은 점이 있으면 불편한 점도 있다는 것을 지난 주말 느꼈습니다.

나는 버스를 타면 멀미로 고생을 해서 앞자리를 선호합니다. 지난 주말 내 옆자리에는 60대로 보이는 여자 분이 앉아 있었습니다. 내가 눈인사를 하고 옆자리에 앉자 그분이 인사를 받으며 혼자말로 "음~ 좋네"라고 합니다. 그분의 말에서 풍기는 어감이 묘했습니다. 젊은 영계와 함께할 수 있어 좋다는 표정이 역력했습니다. 그분이 던진 좋다는 말에 경계심을 풀 수 없어 내내 바늘방석이었습니다.

버스가 출발한 지 10여 분쯤 지났을 때 나에게 찰옥수수를 건네며 먹으라고 권합니다. 그분의 성의는 고맙지만 옥수수를 좋아하지 않기에 정중히 거절을 했습니다. 그런데 큰 소리로 "독 안 뿌렸어요"를 연발하며 자꾸 먹기를 강요합니다. 어쩔 수 없이 옥수수 하나를 집어 들었습니다. '이젠 되었겠지' 싶은 마음이 드는 순간 이번에는 "왜 안 먹느냐"며 혼을 내기 시작합니다. 몇 번을 강권하는 데 못 들은 척하며 눈을 감았습니다. 그랬더니 기분이 상했는지 나에게 줬던 옥수수를 빼앗아갑니다. 그런데 이번에는 막걸리를 꺼내더니 한잔 주며 마시라고 권합니다. 술 못 마신다 했더니 남자가 술도 못 마시냐며 힐난합니다. 나는 그분과 더 이상 엮이고 싶지 않아 '자는 척' 모드로 전환했습니다.

그분은 혼자서 막걸리를 홀짝거리며 마시더니 갑자기 박수를 치기 시작합니다. 운전기사에게 "운전하는데 옆에서 자면 안 되지요?"라는 말까지 덧붙입니다. 옆에서 자는 척하는 내가 못마땅하다는 감정표현임이 읽혀집니다. 그러자 운전기사는 "박수가 건강에 좋고 졸음을 깨

밥이 고맙다

위주는 효과가 있어도 다른 손님들에게 방해가 되면 안 되지요"라며 때와 장소를 가려가며 칠 것을 부탁합니다. 그분은 라디오에서 흘러나오는 노래를 따라 부르기도 하고 손장단과 발장단까지 맞춰가며 몸을 흔들기도 했습니다. 옆 사람에게 가해질 불편함은 아랑곳하지 않습니다. 목적지에 도착해서는 운전기사에게 "사장님께 월급 많이 달라고 하세요"라는 오지랖까지 떨며 내립니다.

살다보면 우리는 자의든 타의든 누군가와 관계를 맺게 됩니다. 나와 맺어진 관계가 시외버스 옆자리처럼 몇 시간의 짧은 관계도 있지만 '부부관계'처럼 평생을 함께 동행해야하는 관계 맺기도 있습니다. 시외버스조차도 옆자리에 누가 앉느냐에 따라 목적지까지의 편안함과 불편함이 결정되는데 먼 인생길을 누구와 관계 맺으며 동행하는지는 너무나 중요한 일입니다.

몇 년 전 해외여행을 하며 우연히 커넥션 룸에 든 적이 있습니다. 가족이 왔다니까 방과 방 사이가 문으로 연결된 커넥션 룸을 준 것입니다. 바깥 통로를 통하지 않고 우리 가족끼리만 소통할 수 있는 문이 있어 매우 편리하고 오붓했습니다. 그런데 공교롭게도 다음 여행지에서는 외국인과 연결된 커넥션 룸에 묵게 되었습니다. 물론 방과 방 사이의 연결 문은 굳게 잠겨 있었지만 문틈으로 들려오는 낯선 말소리에 여간 불안한 게 아니었습니다.

커넥션 룸처럼 '인생 룸'도 어떤 사람과 관계 맺기를 하느냐에 따라 소통과 사랑의 공간이 되기도 하고 불안과 공포의 공간이 되기도 합니다. 직장에서 나는 누군가에게 좋은 관계를 맺고 싶어 하는 사람인지, 가정에서는 편안한 관계를 맺고 싶은 남편이고 아빠인지 궁금해집니다.

 대접받고 싶으세요?

　지난 달 미국에 유학 중인 아들이 다녀갔습니다. 아들은 그동안 미국에서 겪은 다양한 문화적 충격들을 이야기했습니다. 인턴을 하기 위해 이력서를 제출하는데 나이를 적거나 사진을 붙이는 칸이 없었다는 것이었습니다. 기업에서 나이와 사진을 요구하면 벌금을 물게 할 만큼 나이나 인종 때문에 차별받지 않는 공평한 사회를 추구하는 합리성이 뛰어난 것 같다 합니다. 반면 공공기관의 서비스만큼은 우리나라가 최고라며 엄지손가락을 치켜세웠습니다. 미국의 합리적인 관계를 긍정적으로 받아들이다 보니 우리나라에서 유학 온 학생들의 불합리함에 마음이 상했던 일도 이야기합니다.

　우리나라에서 유학 온 형들을 알고 지냈는데 그중 한 형이 집을 얻게 되었답니다. 그 집이 학교에서 제법 먼 거리에 있어서 만류했는데도 먼 길 걸어 다니는 것이 운동에 더 좋다며 그 집을 계약했다고 합니다. 그런데 어느 날 차가 있는 아들에게 하루만 자신의 집까지 태워달라고

밥이 고맙다

부탁을 하더랍니다. 마침 시간이 나서 기분 좋게 태워다줬고 그 형도 고마워했답니다. 그런데 요구하는 횟수가 점점 더 늘더니 어느 날부터는 당연시하더라는 것입니다. 도서관에서 공부를 하거나, 모임에서 토론 중이거나 아랑곳없이 시도 때도 없이 집까지 태워다 줄 것을 요구하는 그 형의 태도에 스트레스가 쌓여 조심스럽게 거부의사를 표시했다고 합니다. 그랬더니 감히 연장자에게 건방지게 거부의사를 표시하느냐고 불쾌해하더라는 것입니다. 1년 만에 만나는 부모에게 이야기를 꺼내는 걸 보면 아들의 속이 많이 상했던 모양입니다.

　얼마 전부터 나는 외출을 할 때 휴대폰과 지갑을 아내 가방에 넣고 다니는 버릇이 생겼습니다. 이전에는 내 바지주머니에 넣고 다녔었는데 어느 날 어쩌다 아내의 가방에 맡기고 다녀보니 여간 편한 게 아니었습니다. 아내도 선뜻 동의해 그날부터 아내의 가방에 내 휴대폰과 지갑을 넣고 다니는 것이 일상화되었습니다. 그런데 얼마 후 아내가 진지하게 이 일에 거부의사를 표시해왔습니다. 앞으로는 직접 갖고 다녔으면 좋겠다는 것입니다. 별 것도 아닌 일에 심통을 부리는 것 같아 "아니, 이 일이 뭐가 힘들다고 그래요? 무겁기를 한가, 부피가 크기를 한가……"하며 언짢아했더니 아내는 이 일의 심각성을 이야기합니다. 처음엔 가방에 여유 공간도 있어 흔쾌히 맡아주었다는 것입니다. 그런데 전화가 올 때마다 허겁지겁 휴대폰을 꺼내서 건네주고 통화가 끝나면 공손히 받아서 가방에 집어넣고, 카드로 계산할 때마다 "여보, 지갑 좀 줘요"하는 말에 재빨리 꺼내주는 자신의 모습이 마치 수행비서나 하녀가 된 것 같아 마음이 편치 않았다고 합니다. 그러다 어느 날부터인가 외출할 때면 당연하게 "여보, 내 휴대폰과 지갑 챙겨요"라는 지시와 "안 챙겼나요?"라는 문책까지 듣게 되면서 선의(善意)가 주종관계로 변해버린 느낌을 받았다는 것입니다.

누군가에게 대접받고자 하는 마음에는 주종관계(主從關係) 설정이 내재되어 있습니다. '주인'과 '갑'의 입장이 담겨 있는 것입니다. 대접받고자 하는 마음은 '일을 하는 입장'보다 '일을 시키는 입장'입니다. 일을 시키겠다는 '갑' 의식과 일을 하지 않겠다는 회피의 마음이 읽혀집니다. 그래서 대접만 받으려는 사람이 넘쳐나는 조직에서는 생산성이 높을 수가 없습니다. 대접받고자 하는 마음을 조직에서 심각한 위험으로 경계해야 할 이유가 여기에 있습니다. 대접받고 싶다면 대접해주는 것이 먼저입니다. 아내의 가방에 내 휴대폰과 지갑을 맡기고 다니는 일이 아주 편해서 앞으로 함께 외출할 때면 내가 아내의 가방을 들고 다녀야겠습니다. 아내의 전화가 오면 공손히 아내에게 건네주고 집을 나설 때면 아내의 휴대폰과 지갑도 챙겨 넣어주어야겠습니다. 그러면 아내가 다시 허락해주겠지요?

밥이 고맙다

🌾 운은 공이다

세상을 살면서 제일 무서운 병은 암(癌)이 아니라 공짜심리라는 생각이 듭니다. 최근에는 사람을 공포와 두려움으로 몰아세우는 암조차도 조기에 발견되면 완치가 가능해진 세상이 되었습니다. 그러나 공짜심리는 명의(名醫)의 도움을 받아도 치료가 불가능합니다. 공짜심리를 치료할 수 있는 사람은 오직 자신뿐이기 때문입니다. 이런 공짜심리에는 살면서 땀 흘리는 과정을 생략한 채 세상을 거저 살겠다는 심보가 깔려 있어 문제의 심각성이 매우 큽니다. 세상살이에는 공(空)으로 얻을 수 있는 것이 병아리 오줌만큼도 없습니다. 그런데도 공짜를 찾아 헤매느라 일상이 분주한 사람들을 자주 보게 됩니다.

TV에서 조계사에 온 어느 불자와의 인터뷰를 듣던 중 한 구절이 귀에 들어왔습니다. "'운' 자를 거꾸로 하면 '공' 자가 됩니다." 평범해 보이는 아주머니가 던진 한마디에 무릎을 쳤습니다. 삶의 우여곡절 끝에 얻었을 그분의 깨달음과 지혜가 큰 감동으로 와 닿았습니다. 그 분이 말하는 '운'은 그냥 거저 굴러 들어오는 공짜가 아니라 분명 정성의 산물이라는 점입니다. 매사에 정성을 들이며 사는 사람에게 운이 온다는 것을 강조하고 싶은 그 분의 마음이 느껴졌습니다. 세상을 살면서 운을 만나려면 정성을 들이는 공이 있어야 된다는 측면에서 볼 때 결국 운은 공입니다.

누구나 자신에게 운이 오길 바라며 삽니다. 그런데 삶에 정성을 들이지 않고 운이 오기만을 기다리는 사람들은 자신에게 운이 오지 않는 것을 타고난 사주팔자나 남 탓으로 돌리며 살기 급급합니다. 살면서 운을 만나려면 사주팔자를 잘못 타고난 운명 때문이거나 남 탓이 아니라 삶을 대하는 내 자세가 잘못되었음을 아는 자성이 필요합니다. 내 탓임을 아는 자성의 시작은 삶에 공을 들인다는 것에서 출발합니다. 자신이 대하는 사람들과 자신이 하는 일에 정성을 다하는 노력이 공짜 심리를 치유하는 마법사이고 운을 만들어내는 요술방망이입니다.

당나라 때 백장(百丈) 스님이 '일일부작(一日不作) 일일불식(一日不食)' 이란 말을 남겼습니다. '하루 일하지 않으면 하루 먹지 않는다' 라는 뜻으로 일을 하지 않으면 먹지 말아야 한다는 메시지가 담겨있습니다. 세상을 살면서 가장 나쁜 놈은 일은 하지 않고 거저먹으려고 하는 사람이라고 일깨워줍니다. 삶이 팍팍할수록 일은 안하고 대박을 꿈꾸며 운에 기대는 사람이 늘어납니다. 이럴 때 개인이든 조직이든 일일부작 일일불식을 가까이 두면 어떨까 싶습니다.

철학자 강신주는 "세상에서 제일 무서운 사람이 솔선수범하는 사람이다"고 말합니다. 솔선수범 그 자체가 상대방에게 무언의 압력으로 작용한다는 것입니다. 가정이 어려울수록 가족과 내가 하는 일에 정성을 다하는 부모의 모습이 자식들에게 희망의 빛이 될 것이고 결국 그 가정에 운을 가져다 줄 것입니다. 조직이 어려울수록 솔선수범하는 지도자의 모습이 열심히 일하는 조직문화를 만들어 조직을 살리는 운으로 작용하지 않을까 싶습니다. 운을 바라며 사는 삶이 천박하고 무의미하다는 것은 아닙니다. 힘든 삶을 버텨내며 일할 때 이왕이면 정성을 들였으면 좋겠다는 것입니다. 일을 한다는 것은 살아있다는 증거이고 삶을 생산적인 것으로 채우겠다는 의지의 표현이고 먹을 자격이 있다는 것이기 때문입니다. 운은 곧 공임을 아는 사람이 많아질 때 공짜가 통하지 않는 세상이 빨리 올 것임은 확연합니다. "그날그날 헛되이 살지 않으면 좋은 삶이 될 것"이라는 법정 스님의 법문이 삶에 희망을 더합니다. 봄이 오면 온 들판에 새싹이 움트듯이 모든 이들의 마음속에 정성이 담긴 운이 가득하길 기대해봅니다.

평범하게

살았다고?

제**2**부

🌿 애들 공부 잘하니?

아내가 들려준 이야기입니다. 단골 미용실에서 20년 만에 고등학교 동창을 만나서 주고받은 대화의 내용입니다.

"그동안 어떻게 지냈어?" "남편은 뭐해?" "돈 좀 많이 벌었어?" "너 요즘 뭐해? 전업주부? 맞벌이 전사?"

그런데 이 친구 대뜸 하는 말이 "애들 공부 잘하니?"여서 아내가 많이 당황했다고 합니다. 오랜만에 만난 친구와의 첫 대화치고는 너무나 어처구니가 없었다는 것입니다.

나이가 들면서 기(氣)가 꺾여 고개를 숙여야 하는 경험을 하게 됩니다. 부모들의 기는 자식들의 공부와 비례합니다. 돈 많은 재벌에 대한 부러움도 잠재울 수 있는 것. 출세한 사람들도 부럽지 않게 만드는 삶의 자신감. 어깨와 말(言)에 힘이 들어가게 해주는 에너지. 이처럼 부모들을 살맛나게 하는 것은 자식들의 성적입니다.

만약 자식 놈의 성적이 별 볼일 없다 치면 죽을 맛입니다. 매사 의욕상실증에 걸린 사람 마냥 힘이 쭉 빠집니다. 이쯤 되면 친구와 사람들 만나는 것이 재미가 없고 껄끄러운 마음까지 듭니다. 자식들 공부 이야기만 나오면 쥐구멍이라도 찾고 싶은 심정이고, 바쁘다는 핑계로 그 자리를 급하게 뜨고 싶습니다. 자식 공부 제대로 시키지 못한 죄인의 모습이 따로 없습니다.

이제 공부는 아이들 몫만이 아닙니다. 지식정보화 시대에 공부를 하지 않으면 세상과 겉돌게 되고 세상살이에서 뒤처집니다. 공부를 안 하게 되면 누구든지 3S병(病)에 걸리게 됩니다.

첫째, 스마일 병(Smile 病)입니다.

공부를 안 하면 누군가와 대화를 할 때 쥐뿔 아는 것이 없어 할 말이 없게 됩니다. 말은 하고 싶어 죽겠는데 웃는 것으로 그 상황을 넘기게 됩니다. 이 경우는 그래도 웃음이 있어 상대방에게 불쾌감은 주지 않기 때문에 다행입니다. 이런 경험 하지 않고 살기란 쉽지 않습니다.

둘째, 사일런트 병(Silent 病)입니다.

세상 살아가는데 필요한 공부를 안 하면 왕 두꺼비 신세를 면할 수가 없습니다. 누군가와 대화를 할 때 눈을 부릅뜬 상태에서 눈꺼풀의 상하운동만을 하게 되는 꼴이 됩니다. 상대방이 이야기를 하면 모르는 것이 너무 많아 호기심 천국의 시민으로 살아가야 하는 신세를 벗어나기 어렵습니다. 살아가며 이보다 더 처절할 순 없습니다.

셋째, 슬립 병(Sleep 病)입니다.

누구나 공부하기가 싫으면 관심이 없게 됩니다. 삶의 지혜라고 강조하는 선택과 집중을 만나기도 쉽지 않습니다. 일상에 긴장감이 사라지면서 눈의 초점을 잃게 됩니다. 세상에서 가장 무겁다는 눈꺼풀의 노예가 되고 맙니다.

우리는 땅덩어리가 작고, 자원도 부족한데 사람은 콩나물시루이다 보니 경쟁의 논리에서 한 치도 벗어날 수 없습니다. 교육의 화두가 용

광로처럼 늘 뜨겁습니다. 누구나 교육전문가를 자처하며 한마디씩 거들며 삽니다.

이런 상황이 20년 만에 만난 친구와의 첫마디를 "애들 공부 잘하니?"로 만들었는지 모를 일입니다. 우리 사회의 한 단면이지만 왠지 서글퍼집니다.

아내 친구에게 "너 왜 그렇게 변했니?"라고 당당하게 이야기할 사람이 과연 몇이나 될까요.

'인생이란 학교에서 공부를 잘할 수 있는 왕도는 없나요?' 란 질문을 받는다면 '모기도 모이면 천둥소리를 내고, 거미줄도 수만 겹이면 호랑이를 묶는다' 는 옛말로 답을 주고 싶습니다.

🌿 등(等)과 류(流)의 차이

일등과 일류는 다릅니다.

" '등' 은 순위나 등급 또는 경쟁을 나타내고, '류' 는 위치나 부류의 질적 가치를 나타낸다. '등' 에서 외양적 의미가 파악된다면, '류' 에서는 내면적 의미가 파악된다. 그리고 '등' 보다 '류' 에 최선의 노력을 다했다는 긍정성이 있을 것 같다. 모든 사람이 다 일등은 될 수 없지만,

밥이 고맙다

모든 사람이 다 일류는 될 수 있기 때문이다."

정호승 시인이 말하는 '등(等)' 과 '류(流)' 의 차이점입니다.

요즘같은 변화와 경쟁의 메카니즘에서 등수가 매겨지는 것은 당연하지만 모든 사람이 다 일등이 될 수는 없습니다. 모든 사람이 다 일등이 될 수 없기에 오히려 일등이 아니어도 행복할 수 있고 가치 있는 삶을 살 수 있다는 희망이 내포되어 있습니다. 등수는 단순한 순위를 결정할 뿐 인생의 가치마저 매길 수 없기 때문입니다. 등수는 삼등이지만 인격과 삶의 깊이에서는 일류일 수 있고, 조직에서의 직급은 낮지만 삶을 생각하는 깊이와 인격에서는 조직의 최고가 될 수 있다는 얘기입니다.

그러나 일류와 삼류는 다릅니다. 모든 사람이 다 일류가 될 수 있다는 말에는 일류가 되지 않아도 괜찮지만 삼류가 되는 것을 경계해야 한다는 의미가 담겨 있기도 합니다. 어떤 경쟁그룹에서 일등을 하지 못하는 것과 어떤 위치나 부류에서 삼류가 된다는 것은 전혀 다른 문제입니다. 순위에 있어서는 삼등을 해도 괜찮지만, 질과 가치에 있어서는 삼류, 즉 삼류인생이 되어서는 안 됩니다. 등수는 일등이지만 인격과 인품이 삼류이거나, 직급은 고위직이지만 인격과 인품이 하급이면 큰일입니다.

누구든지 세상을 살다보면 삼류족을 만나게 됩니다. 어떤 위치나 부류에서 자기들 끼리만의 성(城)을 구축하며 사는 것은 일류와 거리가 멉니다. 어떤 조직이 끼리끼리 패거리 문화를 만들고 자신들만의 기득권 유지를 위해 명분 찾기에 바쁘다면 삼류조직입니다.

조직의 직급에 도취되어 상대방의 인격까지 지배하려는 사람은 삼류인격의 소유자입니다. 내가 하면 괜찮고 남이 하면 문제 삼는 이기적인 판단기준을 가진 사람도 삼류인생에 머물며 살 가능성이 큽니다.

조직사회에서 직급이나 시스템을 무시할 수는 없겠지만 타인에 대한 배려와 인품에서 우러나오는 사람 냄새를 맡을 수 없는 몰 인간적인 사람 역시 인생에서는 삼류족에 속합니다.

그리고 자신은 상식과 삶의 기본기를 쓰레기통에 버리고 살면서도 잘난 척하며 목소리 높이기 바쁜 사람도 삼류임에 틀림없습니다.

《일본전산 이야기》란 책으로 우리에게 익숙해진 김성호 씨는 또 다른 책 《답을 내는 조직》에서 "시키지 않으면 꼼짝도 안 하는 삼류직원 때문에 골치 아프다"고 했습니다.

나는 조직에서 일류직원인지 삼류직원인지 생각해 봅니다. 내 삶이 일류인생인지 삼류인생인지도 고민스럽습니다. 지금 삼류인생에 머물러 있다면 일류인생을 살기 위한 답을 찾는 데 치열하게 생각하는 시간을 가져야 합니다.

여기에 일등인생의 유혹에 허둥대다 일류인생으로 살 수 있는 기회를 상실하고 있지는 않은지도 고민해야 합니다. 일류인생의 답을 찾을 때까지 생각의 끈을 놓아서는 안 됩니다.

왜냐하면 그 안에는 삼류인생을 일류인생으로 바꿀 수 있는 신의 선물이 있기 때문입니다.

밥이 고맙다

🌿 까꿍 ! 플레이

웃음이 경쟁력인 시대입니다. 서비스 분야에 근무하는 직장인들만의 이야기가 아닙니다. 웃음이 현대인의 생존 키워드로 자리 잡은지 오래입니다. 웃음은 밥줄이고 생명입니다. 웃음이 없는 일상은 생명력을 잃은 무미건조한 삶입니다. 웃음의 가치와 효용성은 다양합니다. 세상에 웃음치료사가 넘쳐나고 웃음이 고통을 줄여준다는 의학계의 연구결과만 봐도 알 수 있습니다. 웃음의 위력은 대단합니다.

웃음은 마케팅 시대에 필수품이고 성공의 핵심 역량입니다. 서양인들은 입으로 웃고, 동양인들은 눈으로 웃는다고 합니다. 입으로 웃느냐 눈으로 웃느냐가 중요한 것은 아닙니다. 웃으면 얼굴에 웃음꽃이 피어 인상이 좋아지게 됩니다. 얼굴은 명함이고 개인사의 기록 보관소인 것입니다. 좋은 인상을 만드는 데 부지런을 떨어야 되는 이유입니다.

백만 불짜리 얼굴 명함을 만들 수 있는 방법이 있습니다. 그것은 바로 '까꿍!' 입니다. 까꿍은 어린 아기를 귀여워하며 어를 때 내는 말이지요. 나는 요즘 강의를 하면서 아기가 아닌 어른을 대상으로 까꿍을 하는 재미에 빠져 있습니다. 얼굴 표정이 무섭다며 교육생들에게 까꿍을 유도합니다. 엄마들이 아기를 어르고 달랠 때 절대로 갑자기 까꿍하지 않습니다. 아기가 놀라면 안 되기 때문입니다. 그래서 사전에 '오로로~' 라는 의성어로 주의를 환기 시킵니다. 엄마로부터 평소에 잘 든지 못했던 '오로로~' 라는 말을 듣는 순간 아이는 '어? 엄마가 왜 저러지?' 하며 눈 맞춤을 하게 됩니다. 엄마는 그 타이밍을 이용하여 눈을 크게 뜨고 볼을 한껏 부풀리며 손을 오므렸다 펴면서 "오로로 까꿍!' 을 외칩니다. 이렇게 했는데도 떼를 쓰던 아기가 웃지 않는다면 응급실 신세를 져야 할 거라고 말하면 교육생들이 까르르 웃습니다.

교육생 상호간에 얼굴을 쳐다보며 까꿍을 하게 합니다. 까꿍을 하기 전에 119구급차를 몇 대 호출해야 되는지 까꿍하는 것을 보면 알 수 있다고 말하면 여기저기서 웃음이 터져 나옵니다. 까꿍을 서너 번 하고 나면 교육생들의 얼굴에 금세 웃음꽃이 핍니다. 얼굴에서 아름다운 빛이 반짝거려 전등을 꺼도 되겠다고 하면 더욱 환하게 웃습니다. 지금처럼 아름다운 표정을 가족이나 고객들이 보고 싶어 하는 얼굴이라고 덧붙이면 진지해집니다.

세상살이는 경쟁의 연속이 아니냐고 부추기며 까꿍을 누가 더 잘하는지 팀별로 시켜보면 까꿍 소리가 점점 더 커지고 교육장은 금세 웃음바다가 됩니다. 기업의 CEO라면 고객에게 인사를 할 때 "까꿍! 행복한 하루 되세요"라는 인사말을 적용해보면 어떨까요. 운이 좋으면 '세상에 이런 일이' 라는 방송 프로그램에 나올 수도 있습니다. 돈 한 푼안들이고 기업을 홍보할 수 있습니다. 직장이나 가정에서 까꿍 소리가 넘쳐나기를 희구해 봅니다.

'모든 날 가운데 완벽하게 실패한 날은 웃지 않은 날이다' 라는 프랑스 격언이 있습니다. 오늘 하루 아직 한 번도 웃지 않았다면 까꿍을 하며 성공한 날로 만들어 보면 어떨까요.

'행복의 시계는 웃음의 벽에 걸려 있고 희망의 노래는 웃음의 라디오에서 흘러나온다'는 작가 정용철의 글이 와 닿습니다. 교육생이 웃으며 다가와 왜 까꿍을 안 하느냐고 묻습니다. 웃음은 전염성이 크다는 것을 확인하는 순간입니다. 요즘 나는 "오로로~ 까꿍!" 덕분에 "까꿍!교수"라는 별칭을 얻어 행복합니다.

 ## 인생의 오답노트를 기록하라

인생은 성공하는 삶이 전부가 아닙니다. 성공을 꿈꾸지만 실패란 불청객을 만나기도 합니다. 누구든지 성공과 실패를 넘나들며 삽니다. 삶은 성공인생만을 허락하지 않습니다. 그렇다고 실패인생만으로 내몰지도 않습니다. 삶이 주는 오묘함입니다.

삶은 경험의 산물입니다. 성공한 경험이든 실패한 경험이든 나름대로 가치가 있습니다. 삶에는 정답노트가 중요한 만큼 오답노트도 유용합니다.

지금은 현장의 목소리가 강조되고 현장사례가 중시되는 시대입니다. 현장경험과 체험의 가치가 높아지고 있습니다. 현장에서 영업력을 키운 사람이 인정을 받고 몸값이 올라갑니다. 현장경험이 경쟁력으로 작용하기 위해서는 성공사례와 실패사례를 삶의 노트에 기록하는 것이 중요합니다.

삶의 노트는 꼼꼼하게 기록해야 합니다. 특히 실패와 실수의 현장을 증거인멸하거나 미화해서는 곤란합니다. 삶의 오답노트에서 배울 수 있는 기회를 상실할 수 있기 때문입니다. 삶의 오답노트는 삶을 성찰하며 살고자하는 마음의 표현이며 다짐입니다.

삶에서 성공하는 사람을 보면 성공노트를 끼고 삽니다. 성공노트에는 성공하는 방법과 요인들이 들어있습니다. 성공 경험이 있는 사람은 내면에 성공노트가 잠재되어 있어 성공 가능성이 높아지게 됩니다. 삶의 성공노트에서 성공습관을 배울 수 있기 때문입니다.

성공인생을 살고 싶다면 세상살이의 오답노트가 반드시 필요합니다. 시험문제는 100점 맞기가 가능하지만 인생문제는 100점 맞기가 여간 어려운 게 아닙니다. 삶의 실패 사례와 실수의 경험들을 오답노트에 반복해서 기록하지 않기 위해서는 오답노트에 적힌 문제를 내 것으로 만드는 것이 우선입니다.

공부 잘하는 학생의 공통점은 오답노트를 활용한다는 점입니다. 틀린 문제와 동일한 유형의 문제가 나오면 틀리지 않기 위해 반복해서 문제를 풀어보며 익힙니다. 사람은 누구든지 실패하고 실수할 수 있습니다. 하지만 동일한 내용의 실패와 실수를 반복하는 것은 문제가 있습니다. 삶의 오답노트에 적힌 문제들을 복습하는 자세가 실패와 실수

밥이 고맙다

를 줄여줍니다. 삶의 오답노트를 보고 반성과 성찰의 시간을 갖지 않으면 비싼 수업료를 내야 합니다.

삶을 지혜롭게 살기 위해서는 자신의 인생노트도 중요하지만 타인의 인생노트를 눈여겨보는 것도 필요합니다. 다른 사람의 오답노트를 통해서 삶의 방향성을 재정립할 수 있기 때문입니다. 삶의 성공노트와 오답노트는 성공대열에 있는 사람에게 자만심을 경계하고 겸손의 미덕으로 살게 해주고, 실패의 늪에 빠져있는 사람에게는 용기와 희망을 품고 살게 해줍니다.

"사람은 누구나 역경을 겪게 마련이다. 하지만 역경에 굴복하면 불행과 마주치고 역경을 딛고 일어서면 행복의 운동장에 들어서게 된다. 가전제품을 사면 사용설명서가 들어 있다. 사람은 인생사용설명서대로 살아야 한다." 작가 김홍신의 말이다.

가전제품의 사용설명서는 동일한 상품일 경우 언제나 똑같습니다. 인생사용설명서는 개인마다 다릅니다. 인생사용설명서는 자신이 갖고 있는 성공노트와 오답노트입니다. 삶에서 성공노트와 오답노트는 밥과 같은 존재입니다.

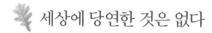# 세상에 당연한 것은 없다

아내가 근심어린 어투로 말문을 열었습니다. 딸아이와 쇼핑을 하면서 속이 상했다는 것입니다.

아내는 딸아이 마음에 드는 옷을 사주기 위해 꽤 오랜 시간 발품을 팔았다고 합니다. 많이 걷다 보니 지쳐서 힘들어 했더니 엄마가 딸을 위해 옷을 사주는 것은 당연한건데 왜 힘들어하냐고 짜증을 내더라는 것입니다.

지금 아내와 딸은 전쟁 중입니다. 아내가 '당연하다고 생각하는 것'에 익숙해진 딸의 사고방식을 바꿔주기 위해 싸움을 시작한 것입니다. '세상을 살면서 접하는 문제를 해결하기 위해서는 문제를 덮지 말고 마주해야 한다' 는 것이 아내의 상식입니다.

작가 김성호 씨도 《답을 내는 조직》에서 논쟁의 가치를 강조하고 있습니다. "능력도 있고 성실한데 실적이 떨어지는 직원들을 보면 십중팔구 소위 '싸우기 싫다' 는 사람들이다. 이들은 일이 잘되기 위해 꼭 필요한 논쟁조차 '싸움' 이라 생각하고 회피한다. 쓸데없이 부대끼며 스트레스 받을 필요가 있느냐며 '좋은 게 좋은 거지' 하고 적당히 타협해 버린다. 제대로 된 해법을 만들어내려면 논쟁을 벌일 줄 아는 문화, 개개인이 논쟁을 피하지 않는 문화가 있어야 한다."

스티브 잡스도 논쟁의 중요성을 언급했습니다. "나는 논쟁을 즐긴

밥이 고맙다

다. 논쟁의 목적은 분명하다. 더 좋은 아이디어, 가장 좋은 아이디어를 채택하기 위해서다. 창업 이래 애플의 핵심가치는 줄곧 '고객에게 최선의 제품, 최고의 서비스'를 제공하는 것에 있다. 논쟁의 본질은 바로 그것이다."

아내가 '세상에 당연한 것은 없다'는 것을 딸에게 깨우쳐 주기 위해 지금 벌이고 있는 논쟁과 싸움이 나쁘지 않고 희망적인 이유입니다.

세상을 살다보면 당연하게 여기는 경우가 흔합니다. 나이가 많으니 인사를 먼저 받아야 된다. 직급이 높으니 대우를 받아야 한다. 베풀었으니 대가를 받아야 한다. 부모는 자식에게 모든 것을 해줘야 한다. 부모는 자식에게 기대도 된다. 나는 옳고 너는 틀리다. 회식을 할 때 삼겹살을 굽는 사람은 신참이나 나이가 어린 사람이 해야 한다. 이처럼 당연하게 생각하는 일들은 조직생활이나 개인생활의 범주를 가리지 않습니다.

살면서 내게 베풀어지는 일들을 당연하게 받아들이는 순간부터 문제가 발생하기 시작합니다. 당연하게 생각하는 마음에는 감사함이 없습니다. 당연하다고 생각하는 순간부터 상대방에 대한 고마움이 사라집니다. 인생에서 감사함을 잃으면 행복이나 기쁨도 느끼지 못합니다. 당연하게 생각하는 마음은 사람과의 관계 맺기를 어렵게 만듭니다. 사람과의 관계는 두 사람 모두의 노력이 전제되어야 발전합니다.

어느 한 쪽이 다른 한 쪽의 노력을 당연하게 받아들이는 순간 서운한 마음이 들면서 관계가 불편해지기 시작합니다. 상대방이 당연시하는 순간 틈이 생기고 심리적 거리가 멀어집니다. 당연시함에는 상대방의 노력이나 배려를 인정하지 않는 요인이 잠재되어 있기 때문입니다.

오늘 쇼핑을 마치고 집에 들어오는 아내와 딸의 모습이 환합니다. 딸의 얼굴에는 힘든데도 이것저것 챙겨주는 엄마에 대한 감사함이 가득합니다. 그런 딸의 모습에 아내는 뿌듯해하며 활짝 웃습니다.

 ## 딱 5분만 더!

나이들면서 시간이 너무 빨리 간다는 생각이 자꾸 듭니다. 그만큼 아쉬움이 많다는 의미일 것입니다. 이런 아쉬움이 젊은 시절로 되돌아갈 수 있으면 좋겠다는 생각을 하게 합니다. 하지만 삶에는 되돌릴 수 없는 것들이 많습니다. 그 가운데 시간도 한번 지나고 나면 어쩔 수 없습니다. 삶의 과정에서 부지런을 떨며 살아야 됩니다. '일찍 일어난 새가 벌레를 잡는다'고 했습니다. 잠을 줄여 시간을 알차게 쓰라는 선인들의 지혜를 읽을 수 있습니다.

일상 속에서 우리는 '딱, 5분만 더!' 라는 말에 익숙해진 채 살아갑니다. 컴퓨터 게임은 이제 그만하고 제발 공부하라고 잔소리하는 엄마를 향해 아이가 "딱, 5분만 더요!"를 외쳐댑니다. 아침에 잠에서 깨울라치

밥이 고맙다

면 '딱, 5분만 더!' 라는 말 역시 자주 듣게 됩니다.

우리에게 주어진 하루의 물리적인 시간은 24시간입니다. 그러기에 '딱, 5분만 더!' 의 시간활용법을 고민해야 합니다. 어떤 분야에 있는 사람이든, 어떤 직업을 가진 사람이든 성공할 수 있도록 만들어주는 방법은 '딱, 5분만 더!' 를 소비적인 시간으로 쓰지 않고 생산적인 시간으로 활용하는 것입니다. 매일 15분 정도의 시간을 투자하여 300권 이상의 저서를 낸 사람도 있습니다. '딱, 5분만 더!' 를 소비적인 시간으로 쓰고 있는 사람이 생산적인 시간으로 활용한다면 100권의 저서를 남길 수도 있지 않을까요.

일상에서 '딱, 5분만 더!' 를 소비적인 시간에 쓰는데 익숙해져 있다면 '부질없는 일에 시간을 허비하기에는 생이 너무 짧다' 는 법정 스님의 메시지를 곱씹으며 살기를 권하고 싶습니다. 우리가 한 평생 60년을 산다면 20년은 잠으로 보낸다고 합니다. 잠자는 시간을 줄여 깨어 있는 시간을 많이 가져야 합니다. 작가 이외수는 "그대가 하루 두 시간 잠을 줄이면 그대의 하루는 스물여섯 시간이 되고, 그대가 하루 네 시간 잠을 줄이면 그대의 하루는 스물여덟 시간이 된다"고 말합니다. 이처럼 시간 관리를 잘하는 사람은 시간을 이끌고 다니지만 그렇지 못한 사람은 시간에 쫓겨 다닐 수밖에 없습니다.

삶에서 시간을 알차게 쓰는 것이 중요하듯 '때' 를 아는 것도 중요합니다. 말을 할 때와 말을 참을 때, 나아갈 때와 멈춰야 할 때, 심을 때와 거둘 때, 놀 때와 공부할 때 등 '제때' 를 아는 것이 필요합니다. '제때를 안다' 는 것은 좋은 타이밍을 안다는 것과 같습니다. '제때' 를 아는 사람은 마음에 품고 있던 꿈이나 계획을 현실과 맞아 떨어지게 만드는 방법을 압니다. 꿈은 잔 머리를 굴리면서 고민하는 데 시간을 낭비하는 사람에게는 다가오지 않습니다. 꿈은 간절히 원하는 것을 생각에 머물지 않고 실행에 옮기는 데 시간을 투자하는 사람에게 주어지는 선물이기 때문입니다.

시간 관리의 고수가 되려면 배(倍)의 법칙을 잘 활용해야 합니다. 다른 사람들이 잠잘 때, 먹을 때, 놀 때 무엇인가를 하게 되면 결국 시간은 단축되게 되어 있다는 이론입니다. 여기에 절반의 시간을 들이고도 해낼 수 있는 숙련도를 갖추게 되면 특별한 능력이 생겨납니다. '인생에 한 번은 뼈가 빠지게 일했다는 시간을 만들어야 한다' 고 샘표식품의 박승복 회장은 강조합니다. 한 시간 더 연구하고 한 시간 더 일하는 자세가 시간 관리의 고수가 되는 길입니다.

자신이 결심한 사항을 72시간, 즉 3일 내에 행동으로 옮기지 않으면 단 1퍼센트도 성공할 수 없다는 72 : 1 법칙을 상기하면서 '딱, 5분만 더!' 의 가치를 생각하고 실천하는 하루가 되었으면 합니다.

밥이 고맙다

🌿 가슴 뛰는 사람을 만나라

누군가가 나에게 '지금 하고 있는 일'이 가슴을 뛰게 하느냐고 묻는다면 어떻게 답할 것인지를 생각해봅니다. 어떤 사람을 만날 때 가슴이 뛰는지도 떠올려봅니다. 누구나 살면서 가슴을 뛰게 하는 일과 사람을 만나길 원합니다. 하지만 세상은 쉽게 허락하지 않습니다. 세상살이는 미리 귀띔해주는 법이 없기 때문입니다. 가슴 뛰게 하는 일을 찾고 가슴 설레게 하는 사람을 만나고자 할 때는 더욱 그렇습니다.

세상이 나에게 늘 기회를 주지는 않습니다. 그래서 기회다 싶으면 꽉 움켜잡고 놓쳐서는 안 됩니다. 기회는 관심에 비례합니다. 세상은 아는 만큼 보인다고 합니다. 기회도 관심의 크기와 넓이만큼 보이고 만날 수 있습니다. 세상을 살면서 기회가 있고 없고는 내 몫입니다. 얼마전 우리나라 최초로 대학에 '성공학개론'을 개설한 교수이자 성공컨설턴트로 연간 500회 이상의 강의와 방송에 출연하는 성공전략연구소 이내화 대표를 만났습니다. 자기계발 분야 도서 출간도 활발하게 하면서 1인 기업가로 성공한 분입니다. 내가 꿈꾸고 있는 분야에서 성공한 분과의 만남이라 그때의 가슴 떨림을 잊을 수가 없습니다.

이내화 대표와는 교육담당자와 강사라는 업무관계로 만났습니다. 처음 만났을 때 내가 간절히 하고 싶은 일을 이야기하면서 집에 초대를 받았고 인연이 되었습니다. 나는 처음 보는 사람과의 낯가림이 있는 편입니다. 그런데도 세 번 만난 분의 초대를 받아 저녁을 먹는데 전혀 불편함을 느끼지 못했습니다. 상대방을 편하게 해주는 그분의 배려심 덕분이 아닌가 싶습니다. 물론 성공한 1인 기업가의 삶을 간절히 보고 싶은 나의 기대감도 한 몫 했을 것입니다. 성공한 1인 기업가의 서재와 집필실을 구경할 수 있는 기회를 얻었습니다. 성공 컨설턴트로서의 삶이 한눈에 들어왔습니다. 서재를 가득 채우고 있는 신문 스크랩철, 핵심 키워드로 가득 채워진 메모판이 인상적이었습니다. 1인 기업가의 길을 걷게 된 배경부터 성공에 이르기까지의 여정을 듣게 되었습니다. 나는 이야기를 들으면서 성공한 사람의 열정을 보고 느꼈습니다. 나에게 한 가지라도 더 알려주고 싶어 하는 마음을 읽었습니다. 그분의 목소리 톤에서 지금 하고 있는 일을 얼마나 열렬하게 원하고 있는지가 느껴졌습니다. 그날 나는 그분이 최근 출간한 《웰레스트》란 책에 친필 사인한 책을 받는 덤도 얻었습니다. 나는 그분과의 만남을 잊을 수가 없습니다. 내 인생의 터닝 포인트가 될 수도 있겠다는 희망을 만나고 보았기 때문입니다.

　고도원 작가는 《꿈이 그대를 춤추게 하라》는 책에서 "좋은 사람을 만나려면 내가 먼저 좋은 사람이 되어야 한다. 나와 같은 울림을 가진 사람, 좋은 주파수를 함께 할 수 있는 이들이 내 주변에 많다면 그것이 성공한 인생, 행복한 인생일 것이다"라고 말합니다. 가슴 뛰게 하는 사람을 만나고 싶다면 내가 먼저 가슴 뛰게 하는 사람이 되어야 합니다. 우리가 특정 분야에서 한 획을 긋는데 성공한 사람들을 직접 만날 기회는 거의 없습니다. 나는 그분을 통해서 성공한 사람들의 일상을 그려볼 수 있는 기회도 얻었습니다.

프린스턴 대학의 심리학과 교수이자 노벨상 수상자인 다니엘 카너만은 행복에 대해 이렇게 정의 내렸습니다. "행복이란 하루 중에 행복한 시간이 얼마나 되느냐에 따라 결정된다. 하루 중에 기분 좋은 시간이 길면 길수록 행복한 거고 기분 좋은 시간이 짧으면 짧을수록 불행한 것이다." 이내화 대표를 만난 이후에 기분 좋은 시간이 늘고 있는 것만 보아도 나는 분명 행복한 사람입니다.

 ## 행복한 인생의 비밀 1%

최근 대한상공회의소에서 국내 매출액 상위 100대 기업의 인재상을 분석한 보고서가 눈길을 끕니다.

주요 기업들이 '전문성(Speciality)', '창의성(Unconventionality)', '도전정신(Pioneer)', '도덕성(Ethicality)', '주인의식(Responsibility)'을 갖춘 인재를 원하고 있다는 것입니다. 지금은 '슈퍼(S.U.P.E.R)맨'이 되어야 성공하는 시대라는 점입니다. 우리 사회의 1%에 해당하는 기득권층에 속하려면 기업이 원하는 인재상뿐 아니라 다방면에서 슈퍼맨이 되어야 가능합니다. '육체적으로나 정신적으로 보통 사람보다 훨씬 뛰어난 능력을 가진' 슈퍼맨이 되지 못하면 1%의 기득권층에 들어갈 확률은 희박합니다.

그럼에도 불구하고 사람들은 1%족에 들지 못하면 세상살이에서 밀려나 행복을 보장받을 수 없다고 여깁니다. 그러다 보니 다들 삶의 방향을 1%족이 되는 데에만 맞춰놓고 정신없이 살아갑니다. 돈, 출세, 학벌, 시험 등 모든 분야에서 1%족으로 살고 있는 사람을 부러워하며 일상을 보내고 있습니다. 부자 상위 1%를 꿈꾸고 수능 1% 성적이 되길 갈망하며 직장 내 상위 1% 직급으로 승진하기 위해 오늘도 불철주야 몸과 마음을 혹사시켜가며 노력합니다.

직장에서 최상위 직급까지 승진해 나름 성공했다는 퇴직 선배님의 이야기가 귓전에 맴돕니다. 직장생활을 할 때는 오직 승진에만 급급해 직장 일 이외에 다른 것은 마음 쓸 여력이 없었다고 합니다. 아이들이 언제 첫걸음마를 뗐는지, 입학식이나 졸업식이 어땠는지, 어떤 고민을 안고 사춘기를 넘겼는지……. 가족과 함께하는 소중한 시간을 갖지 못했다고 아쉬워 합니다.

그런데 퇴직을 하고 나서 인생 2막을 살다 보니 잘못 살아왔음을 알게 됐다는 것입니다. 직장에서는 1%족으로 살았는지 모르지만 인생에서는 99%를 잃은 것 같아 아쉬움이 크다는 선배님의 말씀이 오래 머무릅니다. 1%족으로 살려다 99%의 행복을 잃어버렸다는 선배의 회한을 들으며 1%족으로 살고 싶은 마음이 인생의 소중한 것들

밥이 고맙다

을 놓치게 할 수도 있겠다는 생각이 들었습니다.

인생을 멋지게 사는 비결은 1%족으로 살려는 욕심을 버리는 데 있습니다. 인생은 상위 1%가 되려고 하는 욕심만 버리면 99%를 얻을 수 있습니다. 1%를 버려야 지금 가지고 있는 99%에 감사하고 만족하며 살 수 있습니다. 인생을 행복하게 살고 싶다면 무조건 1%족이 돼야 된다는 생각을 버리고 지금의 자리에서 1%씩만 올리겠다는 사고의 전환이 필요합니다. 누구든지 1%족에 드는 것은 어렵지만 지금 가진 것보다 1%씩을 올리는 것은 충분히 도전해볼 만한 게임이기 때문입니다.

"나팔을 불지 않는 존재가 어디 있으랴. 작은 것들은 작은 나팔을 불고 큰 것들은 큰 나팔을 불기 마련이다. 세상이라는게 온갖 것의 '나팔소리' 그 오케스트라가 아니던가. 사람이야 더욱 그렇다. 무조건 크고 우렁찬 나팔만 불러야 하는 것도 아니고, 누구나 봄에만 나팔을 불어야 하는 것도 아니다. 남보다 꼭 빨라야 한다고 생각할 필요도 없다. 소중한 것은 '내 나팔'을 찾아서 때를 기다려 '나의 좋은 시절'에 냅다 부는 일이다." 작가 박범신의 말입니다.

인생의 행복은 내가 지금 가지고 있는 것을 소중히 여기는 마음에서 출발합니다. 지금 나의 위치에서 1%씩 올리는 즐거움을 알 때 나의 좋은 시절은 시작됩니다. 무조건 1%의 큰 나팔만을 욕심내다 내 나팔을 냅다 불어야 할 나의 좋은 시절을 영영 놓치고 있는 것은 아닌지 되돌아 볼 일입니다.

🌿 스토리가 힘이다

최근 빅히트한 문화상품 가운데 하나를 꼽으라면 강연 콘텐츠입니다. 이런 덕택에 KBS의 '강연 100℃'를 볼 수 있는 것은 행운입니다. 유명인이 아닌 보통사람들이 들려주는 이야기가 감동적입니다. 지금은 스펙보다 스토리가 대세임을 직감할 수 있습니다. 스펙에 의존하는 사람은 이제 더 이상 매력적이지 않습니다. 자신의 삶을 치열하고 진정성 있게 살아내어 자신만의 스토리를 만들어내는 사람이 주목을 받는 시대입니다.

스토리는 경험의 산물입니다. 에피소드 역시 경험의 산물이라는 점에서 스토리와 닮았습니다. 김미경 강사는 에피소드에도 격이 있다고 말합니다. "책 내용을 발췌하여 정리하는 것은 하급이다. 남의 경험을 이야기하는 것은 중급이다. 내가 직접 경험하고 판단해 다듬은 에피소드는 상급이다."

경험이 묻어 있는 스토리와 에피소드가 사람의 마음을 사로잡는 힘입니다. 구재상 미래에셋자산운용 부회장은 '배우는게 많이 없다고 생각되더라도 다양한 경험을 부지런히 쌓으라'고 말합니다. 작가 정진홍은 "경험해본 감각의 기억들이 쌓이면 레퍼런스가 된다"고 이야기합니다. 개인의 레퍼런스는 개인의 스토리이고 에피소드인 셈입니다. 그는 자기 삶의 레퍼런스를 키우기 위한 방법으로 세 가지를 권합니다.

밥이 고맙다

첫째는 남들 사는 것을 잘 보라는 것입니다. 둘째는 책 보고, 영화 보고, 음악 듣고, 공연 보듯 우리 삶 도처에 있는 텍스트로서의 환경을 잘 보고 듣고 느끼는 것입니다. 셋째는 여행하며 체험하는 것입니다. 결국 레퍼런스의 두께가 삶의 두께인 것입니다. 어떤 방법으로 자신의 레퍼런스 두께를 만들 것인지를 고민하는 것은 의미 있는 일입니다.

스토리는 개인브랜드를 결정합니다. 변화관리 전문가인 공병호 씨는 개인브랜드를 '그 사람 하면 확실히 떠오르는 이미지'라고 정의합니다. 개인브랜드의 가치를 법정 스님은 또 이렇게 풀어냅니다.

"천지간에 꽃이지만 꽃구경만 하지 말고 나 자신은 어떤 꽃을 피우고 있는지 스스로 물어보아야 한다."

자신의 삶을 어떤 스토리로 채우고 자신을 어떤 브랜드로 만들어갈 갓인지 묻고 있습니다.

미국 속담에 "주머니 속에 손을 넣고서는 성공이란 사다리를 올라갈 수 없다"는 말이 있습니다. 세상을 살면서 경험하지 않고서는 성공할 수 없다는 얘기입니다. 스토리가 없는 삶은 성공을 기대할 수 없다는 것입니다. 개인브랜드를 구축하지 않고서는 성공인생이란 사다리를 올라갈 수 없다는 것입니다. 프로골퍼 최경주 선수는 '강한 것'은 사람을 둘러보며 앞으로 가는 것이고 '독한 것'은 앞뒤 안 가리고 목표만을 향해 가는 것이라고 말한 바 있습니다. 개인브랜드를 구축해 가는 과정에서 사람을 둘러보는 안목이 필요하다는 점을 지적한 것입니다. 살면서 '강한 경험'을 쌓아야지 남들에게 상처를 주는 '독한 경험'은 멀리 해야 합니다.

어제는 '베스트(Best)'가 세상을 지배했지만 오늘과 내일은 '온리 원(Only one)'이 세상을 지배합니다. 최고가 되는 것도 중요하지만 오직 하나가 되는 것은 더 중요합니다. '온리 원'이 되기 위해서는 진정한 프로가 되어야 합니다. 아놀드 베네트는 "아마추어는 남을 상대로 싸우지만 프로는 자신을 상대로 싸운다"고 했습니다. 아마추어는 일을 하는 순간에만 일을 생각하는 사람이고, 프로는 일을 하고 있지 않을 때도 항상 자신의 일에 대해 고민하는 사람이라는 것입니다. 진정한 프로는 아마추어보다 스토리와 개인브랜드의 양과 질에서 다를 수밖에 없습니다.

 몰입의 힘

최근 몰입에 대한 연구가 활발하게 진행되고 있습니다. 몰입을 하면 아이디어가 떠오르고 황홀한 기쁨을 경험하는 등 삶의 변화를 추구할 수 있다고 합니다. 몰입(沒入)의 사전적 의미는 '어떤 데에 빠지는 것'입니다. 누구나 무엇인가에 빠져 삽니다. 누가 더 빠져 사는지 몰입의 정도만이 차이가 있을 뿐입니다. 이런 몰입에는 위기상황에서의 몰입

밥이 고맙다

과 위기상황이 아닌 경우의 몰입이 있습니다. 위기상황에서의 몰입은 누구나 쉽게 할 수 있습니다. '닥치면 다하게 되어 있다' 는 표현과 일 맥상통합니다. 이 경우에는 "시간이 약이다"라는 순기능과 과대망상, 환청, 환시를 일으키는 역기능이 있을 수 있습니다. 반면에 위기상황 이 아닌 일상에서의 몰입은 누구나 쉽게 할 수 있는 것이 아닙니다.

그렇다면 일상에서의 몰입을 높이려면 어떻게 해야 할까요.

톨스토이는 "죽음을 망각한 생활과 죽음이 시시각각으로 다가옴을 의식한 생활은 두 개가 서로 완전히 다른 상태이다. 전자는 동물의 상 태에 가깝고, 후자는 신의 상태에 가깝다"고 설파했습니다. 또한 '오늘 하루는 어제 죽은 사람이 그토록 바라던 내일이다' 라는 표현도 있습니 다. 하루하루를 어떻게 살아야 되는지에 대한 답을 찾지 못하면 어정 쩡한 삶을 살 수밖에 없다는 얘기입니다. 오늘 하루를 시한부 인생의 마지막이라는 절박한 마음으로 살아야 몰입을 하면서 살 수 있다는 것 입니다.

몰입을 하면서 살려면 무엇인가에 빠질 것을 찾는 작업이 선행되어 야 합니다. 스님들은 화두 하나를 가지고 생각에 생각을 거듭합니다. 한 가지에만 마음을 집중시키는 일심불란의 경지 즉 삼매(三昧)에 빠 져 구도(求道)를 합니다. 스님들의 삼매경(三昧境) 상태가 바로 몰입인 것입니다. 뉴턴은 "잠잘 때에도 그 생각만 한다"라고 했으며, 아인슈타 인은 "나는 몇 달이고 몇 년이고 생각하고 또 생각한다. 그러다 보면 99번을 틀리고 100번째가 되어서야 비로소 맞는 답을 얻어냈다"고 했습니다. 삶의 마지막 순간에 후회하지 않고 후회를 하더라도 덜 할 수 있는 삶의 방향을 찾는 데서 몰입은 시작됩니다.

몰입을 하다 보면 처음에는 아무런 진전도 없고 잡념으로 방해를 받게 되며 극도의 지루함을 느끼게 됩니다. 하루가 특별한 성과 없이 발버둥치다가 간 것 같습니다. 명상을 해봐도 잡념 때문에 고생을 하게 됩니다. 잡념이 생긴다는 것은 지금 마음의 상태가 산만하다는 것입니다. 이 단계만 넘기면 잡념이 줄어들면서 아이디어가 떠오르기 시작하고 생각을 하다 졸음이 오는 것을 경험하게 됩니다.

그 다음 단계에서는 잡념이 사라지고 기분이 좋아지며 아이디어가 머릿속에 떠 있는 것을 느끼게 됩니다. 이렇게 되려면 막 연애를 시작했을 때 수시로, 밥 먹을 때나 운전할 때, 세수하고 양치질할 때 등 가리지 않고 애인의 얼굴이 떠오르듯 무언가에 완전히 홀려 살아야 가능합니다.

이렇게 생각에 생각을 하다보면 문제가 자신을 끌어들이게 되는 끌림 현상을 경험하게 됩니다. 몰입의 성공여부는 자나 깨나 궁리하는데 있습니다. 몰입 상태가 되면 어떤 문제든지 목숨을 건 전투를 하게 되며 문제해결에 대한 자신감, 믿음, 신념을 갖게 됩니다.

서울대 황농문 교수는 "프로는 평생 목숨을 걸만큼의 중요한 일이 있는 사람이고, 아마추어는 목숨을 걸 만큼의 중요한 일을 찾지 못한 사람이다"라고 했습니다. 내가 하는 일이 세상에서 가장 중요하다고 생각하는 사람은 행복한 사람입니다. 평생 목숨 걸고 '하고 싶은 일'에 몰입을 하다보면 어느 날 성공대열에 동참하고 있는 자신을 보고 깜짝 놀라게 될 것입니다.

상대방을 제대로 보는 눈(眼)

세상사 모든 것이 내가 아는 만큼 보인다고 합니다. 새로운 곳으로 여행을 하게 될 때 자주 듣게 되는 말입니다. 사물을 볼 때에만 적용되는 말이 아닙니다. 사람과 인연을 맺을 때에도 소홀히 할 수 없습니다.

"지(知)의 가장 큰 적은 지(知)"라고 했습니다. 내가 무엇인가를 알고 있다고 생각하는 순간부터 알려고 하지 않는다는 의미입니다. 그렇다면 지(知)의 가장 큰 스승은 무지(無知)입니다. 무엇인가를 모른다고 생각해야 배움의 싹이 움튼다는 것입니다.

사람과의 만남에서도 지(知)이론은 통(通)합니다. 상대방에 대해서 잘 알지도 못하면서 모든 것을 알고 있는 것처럼 이야기하는 경우가 흔합니다. 자기가 알고 있는 내용만으로 상대방에 대한 평가를 하는데 익숙해져 있다는 것입니다.

사람에 대한 평가는 신중을 기해야 합니다. 내가 알지 못하는 장점이 많을 수 있기 때문입니다. 상대방 인격의 크기가 대접인데 내가 종지 그릇으로 평가하는 오류를 범해서는 안 됩니다. 내 인격이 우물이라서 바다인 상대방의 인격을 보지 못하는 것도 곤란합니다. 상대방의 인격을 과대 포장해서도 안 됩니다. 자기와 친분이 있다는 이유 하나만으로 마냥 좋은 점수를 주는 것 역시 경계해야 합니다. 그리고 나의 주관적인 잣대로 사람을 평가하고, 그 결과를 누군가에게 강요해서도 안 될 일입니다.

"어느 술자리든 지식이 많고 적고, 지위가 높고 낮고를 막론하고 술자리의 형태는 '남들 흉보기'로 해롱해롱한다. 좌중의 한 사람이 화장실에 가면 누군가의 입에서 '저 친구 말이야, 저거 아주……' 하며 흉보기가 시작된다. 흉을 잡히지 않으려면 화장실에도 가면 안 된다."

작가 조정래의 말입니다. 내가 누군가의 인격을 평가하듯이 나 역시도 누군가에 의해서 평가를 받는다는 사실을 잊어서는 안 됩니다. 내가 생각하는 나와 타인의 눈에 비친 나는 다를 수 있다는 것도 알아야 합니다. 더 나아가 상대방에 대한 평가가 좋든 나쁘든 일절 소문을 내지 마십시오. 남의 얘기를 전하는 것만큼 어리석은 짓은 없습니다.

우리가 사람을 평가할 때 신중을 기해야 하는 이유 가운데 또 하나는 오늘의 상대방을 어제의 사람됨으로 봐서는 안 된다는 것입니다. 상대방이 작년에는 별볼일 없었지만 올해에 별 볼일 있는 사람으로 바뀔 수 있기 때문입니다.

'나를 기준으로 삼지 않는 것이 '바르게' 보는 것이며, 사물을 있는 그대로 보는 것이다. '내'가 말하고 생각하는 것을 멈춘다면 '바르고

밥이 고맙다

완전하게 보기'가 시작될 것이다."

법정 스님이 던진 화두입니다. 사람을 평가할 때는 서둘러서 섣불리 경솔하게 하는 것은 금물입니다. 상대방을 제대로 보려면 미워하고, 좋아하고, 싫어하고, 사랑하는 생각에서 벗어나야 합니다. 그러면 마음이 평온해지면서 상대방을 제대로 볼 수 있게 됩니다.

🌿 시스템을 두려워하지 마라

여러분은 세상에서 가장 무서워하는 것이 무엇입니까? 어렸을 때 나는 호랑이가 가장 무서웠습니다. 할머니의 옛날이야기 보따리에 등장하는 호랑이는 울음도 멈추게 했지요. 요즘 아이들은 무엇을 무서워할까요. 호랑이보다는 사람을 무서워하지 않을까요. 주변에서 끔찍한 사건들을 자주 보고 들으며 큰 결과입니다.

나도 어느 때부터인지 사람이 무서워지기 시작했습니다. 옛 사람들이 산을 넘을 때면 호랑이를 두려워하던 것처럼 호젓한 산길을 걸을 때면 사람을 경계하는 버릇이 생긴 것입니다. 일상의 생활에서도 사람이 무서운 것은 마찬가지입니다. 요즘은 사람이 제일 무섭다고 했더니 드디어 세상 이치에 눈을 뜨기 시작했다고 말해주는 이도 있습니다.

사람을 무서워한다는 것은 세상을 제대로 볼 줄 아는 어른이 되었다는 것입니다.

나의 사람 무서움증(症)은 우리 사회가 사람 중심으로 움직인다는 사실과도 관련되어 있습니다. 물론 사람 사는 세상에 사람이 중심이 되는 것은 당연한 일입니다. 모든 사람이 마땅히 추구해야 할 가치입니다.

내가 사람 중심의 세상에서 가장 두려워하는 것은 정실(情實)입니다. 내가 정실을 두려워하는 것은 사람 중심의 세상에 끼지 못했을 때의 염려 때문입니다. 내가 세상의 변두리에 나앉았을 때 짐작되는 고통 때문입니다. 세상의 중심에 함께할 수 있을 때는 정실만큼 좋은 것이 없습니다. 사사로운 인정을 받을 수 있는 기회가 있다는 것은 큰 위안이기 때문입니다.

이런 정실의 부조리를 없애주는 것은 시스템입니다. 학연, 지연, 혈연 같은 정실의 부재로 세상의 중심에 끼지 못하는 사람에게 시스템은 희망입니다. 시스템은 사람보다는 객관적인 사실과 절차를 중시합니다. 시스템에는 인정이란 따뜻함 대신 원리와 원칙만이 존재합니다.

어떤 때는 사람보다 더 무서운 것이 시스템입니다. 시스템 중심의 세상에서는 봐주는 것이 통하지 않습니다. 도로에서 경찰보다 더 무서운 것이 감시카메라입니다. 감시카메라는 인정사정이 없습니다. 과속하다 찍히면 범칙금 고지서로 답할 뿐입니다. 사람이 사람을 무서워하는 것을 넘어 시스템을 두려워하는 세상으로 치닫고 있는 셈입니다.

밥이 고맙다

시스템 중심의 사회에서는 어떤 특정인이 없어도 걱정이 없습니다. 시스템에 의해서 잘만 돌아가기 때문입니다. 사람 중심 사회에서는 그 사람이 없으면 일이 안 됩니다. 좌충우돌, 우왕좌왕, 갈팡질팡하게 됩니다. 시스템은 포지션을 강조하기보다 멀티 플레이어를 필요로 합니다. 그래서 현대 사회에서는 멀티 플레이어의 몸값이 치솟습니다. 한 우물을 파는 장인보다 멀티 플레이어의 대접이 더 후하다는 것에 우리는 놀라기도 합니다.

시스템의 힘은 대단합니다. 시스템은 사람에 의존하고 얽매이지 않기 때문에 합리성과 효율성을 높일 수 있습니다. 시스템은 구성원들에게 동기를 부여하여 일하는 조직문화를 만들어줍니다.

시스템은 사람이 만듭니다. 결국 사람이 중요한 것입니다. 시스템을 만들 때 사심이 개입되면 큰일입니다. 시스템에 개인적인 불순한 의도가 개입되는 것을 차단해야 합니다. 시스템의 힘은 공익을 반영할 때 비로소 생깁니다.

시스템으로 운영되는 조직과 사회는 발전 가능성이 매우 큽니다. 시스템에는 공정성과 투명성이란 글로벌 스탠더드(Global Standard)가 살아 움직이기 때문입니다. 사람이 두렵지 않은 세상이 좋은 세상인 것처럼, 시스템이 두렵지 않은 사회 역시 사람살기 좋은 건강한 세상입니다.

🌿 위기의식은 희망의 씨앗

인생을 살아가다 보면 좋은 일만 생기지 않습니다. 좋은 일과 좋지 않은 일이 번갈아 일어납니다. 힘들고 어려웠던 일도 인내하는 시간이 지나고 나면 별것 아닌 것으로 받아들일 수 있는 마음의 여유가 생깁니다. 좋지 않은 일일수록 시간이 약이 되는 경우가 많습니다.

좋은 일이든 좋지 않은 일이든 우연은 없습니다. 모든 일의 결과에는 원인이 있습니다. 우리가 살면서 일의 결과에 영향을 끼치는 요인이 무엇인지를 알 수 있다는 것은 희망입니다.

인생에서는 어느 날 갑자기 이루어지는 것이 드뭅니다. 삶은 어떤 형태로든 신호를 보냅니다. 그 신호는 순조로움과 위태로움 등 다양한 형태로 나타납니다. 이런 신호가 누구에게나 보이는 것은 아닙니다. 일상을 진지하게 들여다보고 귀 기울이는 사람만이 삶이 주는 신호를 읽을 수 있습니다. 일상을 긴장감 없이 느슨하게 맞이하면 삶이 주는 위기의 징후들을 읽을 수 있는 기회가 줄어듭니다.

삶이란 긴장감과 여유로움의 균형을 유지하는 과정의 연속입니다. 나사못을 너무 느슨하게 조이면 나사못의 기능을 기대하기 곤란합니다. 그렇다고 나사못을 너무 심하게 조이면 나사못의 홈이 망가져 헛돌게 되어 기능을 상실하게 됩니다. 끼워야 할 나사못 하나를 끼우지 않으면 대형사고의 원인이 될 수도 있습니다. 나사못을 적당히 조이는 것이 중요하듯 삶에서도 긴장의 끈으로 조이고 여유의 끈으로 풀어주는 균형 감각이 필요합니다. 일상의 긴장을 놓는 순간 삶의 위기가 소리 없이 다가옵니다. 세상살이에 정신줄을 놓으면 삶이 엉망진창으로 될 가능성이 농후합니다.

음식은 신선도가 생명이듯 삶에서는 긴장감이 생명입니다. 삶의 긴장감은 위기의식을 느끼며 살게 해주고, 삶의 위기의식은 긴장 속에서 일상을 영위하는 사람이 갖게 되는 특권입니다. 성공한 사람들의 특징 중 하나가 위기의식을 갖고 산다는 점입니다. 일상의 위기의식 없이 살아가는 사람은 성공이란 단어와 가깝게 지내기 힘듭니다.

동물들의 위기 감지 능력은 경이로울 정도로 발달되어 있습니다. 중국에서 연구한 결과에 의하면 규모 3 이상의 지진이 발생할 때 진원지로부터 반경 50㎞ 이내에 있는 비둘기들이 위험을 감지하고 24시간 이내에 다른 곳으로 떠난다고 합니다. 환경의 변화를 민감하게 감지하는 능력은 어류, 파충류, 양서류, 포유류 등에서도 보도되고 있습니다. 동물들이 환경의 변화를 감지하듯이 삶의 위기를 느끼고 감지하는 방법을 배워야 합니다. 이를 위해서는 일상의 위기를 인식하며 살고 있는지를 자신에게 물어야 합니다. 지금은 위기를 인식하고 위기의식을 갖고 있는 조직과 개인만이 지속성장할 수 있는 시대입니다. 삶의 위기의식을 멀리하는 순간 성장과 발전은 멀어지고 맙니다.

삶의 위기가 무서운 것은 소리 없이 다가온다는 데 있습니다. 일상의 위기는 행복에 안주하고 긴장에서 오는 스트레스를 싫어하는 사람에게 접근합니다. 그렇다고 일상을 긴장하며 사는 것이 좋은 것만은 아닙니다. 그러나 일상의 위기의식이 또 다른 기회와 희망의 씨앗일 수 있다는 것은 자명합니다.

마케팅의 기본은 청(聽)자에 숨어 있다

지금은 마케팅 전성시대입니다. 마케팅을 잘하는 사람이 대접받습니다. 한마디로 몸값이 천정부지로 올라갑니다. 마케팅 역량이 현대인의 성공을 가늠하는 눈금입니다. 성공하고 싶으면 마케팅 마인드와 역량을 갖추는 것이 급선무입니다. 마케팅 능력은 성공지수이기 때문입니다.

마케팅의 본질은 '파는 것'입니다. 여기에는 상품이나 재화만 있는 것이 아닙니다. 무형의 이미지나 가치 등도 포함됩니다. 그렇다면 어떻게 팔아야 잘 파는 것일까요.

이왕이면 많이 팔고, 같은 값이면 비싸게 팔고, 다음에 또 사고 싶게 만드는 것이 마케팅의 달인이 되는 길입니다.

마케팅 시장을 들리지 않는 총성이 울리는 전장(戰場)으로 비유합니다. 죽느냐 사느냐의 문제가 달려 있는 마케팅 정글에서 살아남기 위

밥이 고맙다

해서는 차별화된 전략을 치열하게 고민해야 됩니다.

최근처럼 서비스 산업이 주도하는 환경에서는 똑똑한 머리보다 풍부한 감성이 대접받습니다. 조벽 교수는 "상대방을 배려하는 인성지수가 높은 직원을 누가 더 많이 확보하고 있느냐에 따라 기업의 성장 여부가 결정된다"고 했습니다. 마케팅의 기본기는 청(聽)자에 숨어 있는 뜻을 이해하는 데서 출발합니다.

첫째, 왕의 귀로 듣듯이(耳+王) 고객의 말을 어떤 편견이나 선입견 없이 있는 그대로 듣는 기술이 필요합니다. 마케팅의 고수가 되려면 말을 잘하기보다 잘 들을 줄 알아야 합니다. 잘나가는 영업 고수들의 공통점은 '예', '으응'과 같은 추임새를 잘 쓰고 고개를 끄덕이며 맞장구를 잘 쳐주는 것입니다.

둘째, 열 개의 눈으로 보듯(十+目) 상대방에게 시선을 맞추고 말소리는 물론 표정과 태도까지도 놓치지 말고 볼 줄 알아야 합니다. 고객과의 관계는 거울과 같습니다. 고객을 인정하면서 미소로 답하면 상대방도 미소를 짓습니다. 고객의 거절에 화를 내면 더 큰 거절로 돌아옵니다. 영업의 신이라 칭송받는 엘머 레터맨은 "거절당하는 순간 세일즈는 시작된다"고 말했습니다. 마케팅에서는 거절을 두려워할 필요가 없다는 메시지입니다.

셋째, 하나의 마음으로(一+心) 고객이 말하는 의미를 이해하고 진정으로 받아들이겠다는 마음을 가져야 합니다.

《성철 스님의 시봉이야기》란 책에 나오는 내용입니다. 삶의 화두를 얻고 싶은 한 신자가 스님을 찾았습니다. 부처님께 절값으로 삼 천배를 하고 나서 얻은 화두는 바로 "속이지 마라"였습니다. 영업을 하다 보면 고객을 속일 수도 있다고 생각합니다. 큰 오산입니다. 고객은 '진정성'을 갖고 자신을 대하는지 아닌지 꿰뚫고 있습니다. 영업맨은 고객의 손 안에 있습니다.

마케팅과 센바 상도는 찰떡궁합입니다. 센바 상인이란 17세기 쌀 시장을 중심으로 성장한 오사카의 선착장에서 일하던 사람을 일컫습니다. 센바 상도는 부두에서 장사를 하는 사람들 사이에 내려오는 상도로서 "손님에게 이기는 것이 아니라 손님에게 지는 정신"을 말합니다. 그 중심에 '돈'을 남기는 장사는 최하로 치고, '가게'를 남기는 장사는 중간이며, '사람'을 남기는 장사를 최고로 삼았다는 내용입니다.

무엇이든 '이기려 드는 병'에 걸려 있는 현대인에게 죽비를 내려치는 듯합니다. 영업의 달인이 되기 위해 도전장을 던지는 사람들에게 '고객에게 지는 연습을 게을리 하지 말라'고 따끔하게 충고합니다.

'어떻게 하면 고객을 많이 남길 수 있을까'라는 질문 안에 마케팅의 달인이 되는 비법이 숨어 있습니다. 청(聽)자에 담겨 있는 의미처럼 잘 듣고, 잘 보면서 진정성을 전할 때 고객의 마음은 움직입니다. 고객의 마음을 사로잡는 것이야말로 마케팅의 시작이고 끝입니다.

밥이 고맙다

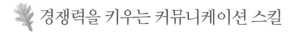 경쟁력을 키우는 커뮤니케이션 스킬

커뮤니케이션에 대한 관심이 높아지고 있습니다. 이는 인간이 말을 통해서 서로의 생각을 주고받으며 삶을 영위하기 때문에 나타나는 현상입니다. 사람은 하루 평균 2,500번 정도의 커뮤니케이션을 하고, 하루 중에 2만 번 정도의 경험을 하게 되는데 잠자는 시간을 제외하면 3초에 한 번 꼴입니다. 그만큼 우리는 커뮤니케이션과 떨어져 살 수 없다는 얘기입니다.

피터 드러커는 "내가 무슨 말을 했는가는 중요하지 않다, 상대방이 어떻게 받아 들였는가가 훨씬 더 중요하다"고 강조합니다. '커뮤니케이션은 일방이 아니라 쌍방' 이라는 메시지를 읽을 수 있습니다. 이제는 더 이상 '개떡같이 말해도 찰떡같이 알아들어야지!' 라는 말이 통하는 시대가 아닙니다. 개떡같이 말하면 개떡같이 들리는 것이 당연한 것입니다.

'통(通)하지 않으면 통(痛)한다', 즉 '소통이 되지 않으면 고통이 따른다' 라는 말만큼 쌍방향 커뮤니케이션을 강조하는 표현이 또 있을까요. 여름철에 창문을 하나만 열어놓으면 바람이 통하지 않아 시원함을 느낄 수 없는 이치와 같습니다. 반드시 반대편 창문을 열어 놓아야 맞바람이 통하여 시원함을 느낄 수 있습니다.

쌍방향 소통으로 상대방의 마음을 사로잡을 수 있는 커뮤니케이션

스킬은 무엇이 있을까요.

첫째, 좋은 말을 써야 합니다. 좋은 말 한마디의 가치는 얼마나 될까요. '말 한마디로 천 냥 빚을 갚는다' 라는 속담을 기준으로 따져보겠습니다. 금 1냥은 금 10돈입니다. 금 한 돈 값을 19만원으로 계산하면 말 한마디의 가치는 무려 19억 원이 됩니다. 평소에 툭툭 던지는 말 한마디가 19억 원을 벌을 수도 있고 까먹을 수도 있다는 점입니다. 어떤 부부가 싸움을 하는데 남편이 얼떨결에 "나가!" 라고 아내에게 큰 소리를 쳤습니다. 그러자 아내가 바로 바퀴 달린 가방을 끌고 나가는 것입니다! 남편이 이걸 어쩌나 심란해 하고 있을 때 아내가 다시 들어옵니다. 이때다 싶어 "왜 들어와?"라고 남편이 기세 좋게 이야기하자, 아내가 "중요한 것을 놓고 가서 챙겨가려고~" 합니다. 남편이 아내의 말을 바로 받아 "그게 뭔데?"라고 퉁을 놓자 아내가 씨익 웃으며 하는 말, "바로 당신!" 이런 말이 19억 원을 벌어주는 좋은 말입니다.

둘째, 좋은 질문을 던질 줄 알아야 합니다. 안철수 씨는 '지금은 답이 중요한 시대가 아니다, 오히려 답은 누구나 알 수 있는 시대가 되었다, 그렇기 때문에 좋은 질문을 던지는 것이 의미 있는 시대이다' 라고 강조합니다. 좋은 질문을 던지려면 말의 순서가 중요합니다. 처음에는 칭찬을 하다가 마지막에 비난을 하는 화법은 최악입니다. 반면 처음에는 비난을 하고 마지막에 칭찬을 하는 화법이 제일 좋다고 커뮤니케이션 전문가들은 말합니다. 이는 뇌가 마지막 정보를 가장 오래 기억한다는 사실과 무관하지 않습니다.

밥이 고맙다

셋째, 상대방이 말하는 숨은 뜻을 찾아내야 합니다. 남편이 바람을 피우는 것 같아 아내가 '당신, 애인 있지?' 라고 물었을 때 '어, 족집게 네, 어떻게 알았어?' 라고 답하는 남편은 없습니다. 아내가 질문하는 숨은 의도를 알고 있기 때문입니다.

이처럼 상대방이 말하는 숨은 뜻을 찾아내려면 무엇보다 경청하는 연습이 필요합니다. 또한 경청을 하려면 상대방이 말을 할 때 말의 허리를 자르지 않는 지혜가 필요합니다.

《어린 왕자》를 보면 '세상에서 가장 어려운 일은 사람이 사람의 마음을 얻는 일' 이라는 내용이 나옵니다. 커뮤니케이션을 통해 상대방의 마음을 얻으려면 '말로 입힌 상처는 칼로 입힌 상처보다 훨씬 깊고 오래 간다' 는 교훈을 잊지 않는 데서 출발합니다.

 어떤 프레임으로 살 것인가?

우리가 프레임이라는 마음의 창을 통해서 바라보는 세상이 천차만별입니다. 목사이자 신학자인 찰스 스윈돌은 "삶에 있어서 객관적 사실은 인생을 통틀어 겨우 10 %에 불과하고, 나머지 90 %는 그 일들에 대한 우리의 반응" 이라고 말합니다. 삶의 상황들은 일방적으로 주어지지만 그 상황에 대한 프레임은 철저하게 우리 자신이 선택해야 한다는 것입니다.

사회현상을 바라보는 창문의 크기에 따라서 세상이 달라 보일 수 있다는 얘기입니다. 어떤 프레임으로 세상을 접근하느냐에 따라 삶으로부터 얻어내는 결과물이 달라질 수도 있습니다. 따라서 세상을 어떤 프레임으로 어떻게 바라보고 살지가 중요합니다.

'세상은 요지경 속'이라는 노랫말처럼 애매함과 모호성으로 가득 찬 세상에 질서를 부여하고 의미를 부여하는 것이 바로 프레임입니다. 이런 맥락에서 삶을 지혜롭게 살아가기 위한 프레임을 제시해보겠습니다.

첫째, '따뜻한' 프레임은 사람 사는 세상에서 살맛을 느끼게 해줍니다. 따뜻함은 다정다감에 가깝고 냉정함과는 거리가 멉니다. 세상을 따뜻한 프레임으로 접근하면 온통 인간미가 넘치는 일들만 보이고 사람 냄새를 맡으며 살 수 있습니다. 얼마 전 숲속을 거닐다 산비둘기 새끼를 만난 적이 있습니다. 산책로에서 날아오르지 못하고 버둥거리는 새끼가 안타까워 손으로 잡아 풀숲에 옮겨주었습니다. 그때 손끝에 전해져 온 새끼의 따뜻한 체온을 잊을 수가 없습니다. 이처럼 따뜻함은 생명입니다. 음식도 종류에 따라 따뜻해야 미식가의 입 안을 즐겁게 할 수 있듯이 사람과의 관계에서도 따뜻함이 흐를 때 더불어 살아가는 사랑의 꽃이 피어나게 될 것입니다.

둘째, '진실' 프레임은 세상을 당당하게 살아가는 힘입니다. 진실과

거짓의 싸움에서 최종적인 승리의 웃음은 진실의 몫입니다. 진실은 진정성을 좋아하고 허구성을 싫어합니다. 식당에서 중국산 고춧가루를 국내산으로 둔갑시키는 행위와 밀가루로 만든 막걸리를 쌀 막걸리로 속여 파는 것은 비굴함입니다. 진실은 세상에 감미로운 향기를 발산하지만 거짓은 썩은 냄새를 풍깁니다. 진실은 삶에 긍정의 힘을 주지만 거짓은 부정한 기(氣)를 안겨줍니다.

셋째, '실행' 프레임은 성공을 꿈꾸는 사람이 가져야 하는 필수품입니다. 고 정주영 회장이 직원들에게 입버릇처럼 했다는 "해보기나 했어?"라는 말은 실행 프레임의 중요성을 잘 보여줍니다. 실행력은 무엇인가를 끝까지 하게 해주는 원동력입니다. 실행은 과거와 미래보다는 '지금, 여기'라는 현재와 함께 있기를 좋아합니다. '습관은 그 어떤 일도 할 수 있게 만들어 준다'고 도스토예프스키는 말했습니다. 이런 습관은 실행에서 시작됩니다.

최인철 교수는 "상위 프레임에서는 'Why'를 묻지만 하위 프레임에서는 'How'를 묻는다. 상위 수준의 프레임을 갖고 있는 사람은 No보다는 Yes라는 대답을 자주하고, 하위 수준의 프레임을 가진 사람은 Yes보다는 No라는 대답을 많이 한다"고 강조합니다. 우리는 생을 다하는 날까지 상위 프레임을 갖고 살아야 합니다.

우리는 주관적인 프리즘으로 세상을 바라보고 가치판단을 하면서 살아갑니다. 세상을 바라보는 내 프리즘만 옳고 상대방 프리즘은 잘못되었다는 인식에서 벗어나야 합니다. 역지사지의 프레임으로 살아야 됩니다. 어떤 프레임을 갖고 사느냐가 삶의 질을 결정합니다.

 '특별히' 라는 말의 가치

우리는 살면서 '특별히' 라는 말을 많이 하고 자주 듣게 됩니다. '특별히' 라는 말은 '보통과 다름' 을 뜻합니다. 그래서 '특별히' 라는 말을 들으면 왠지 다른 사람과는 다른 특별한 대접을 받는 느낌이 들어 기분이 좋습니다.

이런 맥락에서 접근해보면 '특별히' 라는 말에는 인간관계의 모범답안이 숨겨져 있습니다. '특별히' 라는 말에는 '잘 지내고 싶다' , '좋은 관계를 맺고 싶다' , '마음에 두고 있다' , '관심을 갖고 있다' 라는 뜻이 내재되어 있기 때문입니다. 상대방이 나에 대해 싫지 않다는 마음을 전하고 있는 것입니다. 상대방이 나를 좋아한다는데 싫어할 사람이 누가 있을까요. '특별히' 라는 말에는 사람을 끌어당기는 에너지가 있습니다. '특별히' 라는 말을 잘 활용하면 관계 맺기의 성공 가능성을 높일 수 있습니다.

'특별히' 라는 말은 마케팅 분야에서 성공한 사람들이 고객의 마음을 사로잡기 위해 쓰는 화법 가운데 단골메뉴입니다. "사은품이 몇 개

나오지 않아서 고객님만 특별히 챙겨 드리는 거예요", "삼겹살을 먹는데 음료수는 특별서비스로 드리는 거예요"라는 말을 자주 듣게 됩니다. 사실 나만 챙겨주는 것이 아니라는 것을 알면서도 '특별히'라는 말에 기분이 좋아집니다. 어느 날 내 강의를 들은 사람이 퀼트로 만든 열쇠고리를 주면서 "이거 만드는 데 시간이 많이 걸렸어요. 교수님만 특별히 드리는 거예요"라는 말을 덧붙였습니다. '특별히'라는 말에 그분의 정성까지 느껴져 고마운 마음이 배가 되었습니다. 이처럼 '특별히'라는 말에는 '대접 받는다'는 느낌을 들게 하여 상대방을 오래 기억하게 만드는 마력이 있습니다. 마케팅의 고수가 '특별히'라는 말을 좋아하는 까닭입니다.

마케팅 현장에서 '신속한 의사 결정을 하게 하는 정신적이고 실용적인 방법을 뜻하는 휴리스틱(Heuristic)'이란 이론이 활용되고 있습니다. 대중의 머릿속에 박혀 있는 일반적인 상식과 관념을 이야기해서 빨리 결정할 수 있도록 돕는 기술입니다. "오늘은 '특집'이니까, 지금 '세일'을 하고 있으니까, 고객님만 '특별히' 챙겨드립니다"라는 표현은 휴리스틱을 이용하여 고객의 마음을 빼앗는 화법입니다.

'특별히'라는 말에는 동기부여 전문가가 전하는 메시지도 담겨 있습니다. 직장이나 학교에서 특별한 존재라는 인식을 받게 되면 최선을 다합니다. 선생님으로부터 '특별히' 신경을 써주겠다는 이야기를 듣고 나면 부모님은 아이에 대한 걱정이 줄어듭니다. 상사로부터 '특별히' 관심을 갖고 있다는 말만 들어도 신바람 나는 게 샐러리맨입니다.

'특별히' 라는 말은 자신감을 심어주어 자발적인 학습과 자기계발을 이끕니다. '특별히' 라는 말을 자주 쓰는 선생님과 리더가 이 시대의 진정한 동기부여 전문가 입니다.

국어사전의 단어 수는 50만여 개입니다. 그렇다면 우리는 일상의 삶 속에서 몇 개의 단어를 사용하면서 살고 있을까요. 보통 사람은 하루 4,000단어 이상 사용하기가 쉽지 않다고 합니다. 17세기 영국 시인 존 밀턴이 작품을 쓰면서 구사한 어휘는 약 8,000단어였습니다. 윌리엄 셰익스피어가 구사한 어휘는 자그마치 2만 1,000단어나 된다고 합니다. 우리가 일상에서 구사하는 단어와 어휘에 따라 삶의 질이 결정된다는 의미를 찾을 수 있습니다.

음식은 좋은 재료가 많이 들어갈수록 국물 맛이 진해지고 맛도 깊어집니다. 삶의 격조는 어휘를 구사하는 능력에 따라 달라집니다. 나와 상대방을 살리고, 삶의 품위를 높여주는 '특별히' 라는 말을 자주 쓰고 많이 들으며 살고 싶습니다.

 ## 문제 해결 능력을 키워라

보통 사람은 하루에 2만 번 정도의 경험을 하며 산다고 합니다. 그 경

밥이 고맙다

험들 중에서 문제가 발생되면 골칫거리가 되어 속을 푹푹 썩이며 살게 되지요. 사람은 문제를 풀어가는 과정 속에서 성숙해지고, 조직과 사회는 문제를 해결해가는 과정에서 발전합니다. 인류사의 발전 단계에서 문제해결 과정이 기여한 공은 매우 큽니다.

문제의 사전적 의미는 '해답을 필요로 하는 물음, 연구하고 논의하여 해결해야 할 사항, 논쟁을 일으킨 사건, 성가신 일이나 귀찮은 사건' 입니다. 이러한 문제는 니즈(Needs)와 밀접한 관계를 맺고 있습니다. 독일의 철학자 카우프만은 니즈를 '현재의 결과와 바람직한 결과 사이의 차이' 로 정의하고 있습니다. 즉 니즈는 개인이 느끼고 있는 결핍 상태를 충족시키기 위한 희망사항이나 조건을 의미합니다. 그렇다면 문제는 왜 발생하는 것일까요. 그것은 개인이나 조직이 간절히 원하는 니즈가 충족되지 못했기 때문입니다.

주변을 살펴보면 문제로부터 자유로울 수 있는 사람이나 조직은 없습니다. 누구든지 문제와 더불어 살 수밖에 없다는 것입니다. 여기서 문제를 어떻게 인식하고 수용하느냐가 중요하다는 프레임을 끄집어낼 수 있습니다. 문제를 문제로 인식하는 지혜와 자세가 필요합니다. 문제를 해결하면 또 다른 성숙과 성장을 기대할 수 있기 때문입니다. 하지만 문제를 덮어 없애거나 감추려 하는 것은 곤란하고 어리석은 일입니다. 문제를 해결하지 않고 문제로 남겨두면 더 큰 문제로 확산될 뿐이니까요.

삶이나 일에서 발생되는 모든 문제는 반드시 해결하고 넘어가야 합니다. 어떤 문제든지 해결을 하려면 문제에 대한 정확한 진단이 이루어져야 합니다.

칼럼니스트 김선주는 "문제의 핵심을 피해간 처방은 설득력이 없다"고 말합니다. 병(病)에 대한 진단이 정확해야 약 처방을 제대로 하여 환자를 치료할 수 있는 이치와 같습니다. 문제에 대한 정확한 진단과 문제 해결은 곧 나와 모두에게 생명이고 희망입니다. 문제해결 능력은 현대인의 필수 자격증입니다.

문제해결 능력을 키우기 위해서는 진정성이 전제되어야 합니다. 문제를 속이려 해서는 안 된다는 얘기입니다. '속인다'는 것은 내 입장만 챙기겠다는 심리가 작용한 결과입니다. 내 입장만 챙긴다는 인상을 주게 되면 상대방의 신뢰를 확보하기가 어렵지요. 상대방의 신뢰를 얻고, 어떤 문제에 대해 진정성을 가지려면 문제가 된 사실을 있는 그대로 이야기할 수 있는 용기가 필요합니다. 크든 작든 문제 그 자체를 놓고 해결 방안을 모색해야 합니다. 그래야 문제가 되는 이해관계자 모두에게 득이 되는 해법을 찾을 수 있을 것입니다.

삶은 '마음먹기'입니다. 문제 역시 문제해결을 위해 어떤 마음을 먹고 접근하느냐가 중요합니다. 문제의 해결은 상식과 합리성 범주 내에서 풀어져야 합니다. 그렇지 않으면 어떤 문제를 해결하는데 급급한 나머지 과정보다는 결과에 집착하는 오류를 범할 수 있습니다. 삶의 여정에서 만나게 되는 문제를 슬기롭게 풀어내겠다는 마음먹기가 중요합니다.

사람이 살면서 문제가 생기지 않으면 좋겠지만 그런 삶은 어디에도 없습니다. 문제가 발생되지 않기만을 기대하면서 살 수도 없는 노릇입니다. 일과 생활에서 문제가 생기는 것을 두려워하지 마십시오. 우리가 문제를 두려워하지 않을 수 있는 힘은 문제가 해결되었을 때의 기쁨과 희열에서 나옵니다. 우리는 문제를 회피하는 것이 아니라 두 팔 벌려 맞이하는 성숙한 의식이 필요한 시대에 살고 있습니다.

어떻게 물을 것인가

세상살이는 묻고 답하는 과정의 연속입니다. 상대방의 생각을 알기 위해 묻고 또 묻습니다. 상대방의 속마음을 알기 위해서입니다. 상대방의 생각과 마음을 파악하지 못하면 세상살이가 그만큼 힘들어집니다. 사람과의 관계나 하는 일마다 온통 실타래 꼬이듯 합니다.

상대방의 마음을 읽기가 쉽지 않습니다. '천 길 물속은 알아도 한 길 사람 속은 모른다' 고 했습니다. 상대방의 속마음을 알기 위해서는 어떻게 하면 될까요. 상대방이 말을 많이 하도록 하면 됩니다. 하지만 이게 어디 쉬운 일인가요.

김대중 전 대통령이 야당 총재 시절에 가장 듣기 좋아했던 말이 "총

재님, 마이크 여기 있습니다"였다고 합니다. 상대방의 마음을 읽기 위해서는 대화의 주도권을 상대방에게 넘겨줘야 합니다. 언뜻 보기에는 쉬울 것 같지만 그렇지 않습니다. 상대방에게 대화의 주도권을 뺏기면 진다는 인식 때문입니다. 평소 상대방을 이겨야한다는 것에 익숙해진 사고방식이 말하기에서도 연장된 탓입니다. 상대방의 속마음을 알려면 대화에서 상대방에게 지는 연습이 필요합니다.

세상살이의 절반은 무엇을 어떻게 물을 것인가입니다. "과거에서 배우고 현재를 살며 미래에 희망을 가져라. 중요한 것은 결코 질문을 멈추지 않는 것이다." 물리학자 알버트 아인슈타인의 말입니다. 지금은 답을 찾기보다 좋은 질문을 던지는 것이 의미 있는 시대입니다. 우리가 살아가는데 어리석은 질문은 있어도 나쁜 질문은 없습니다. 상대방에게 질문하는 것을 어렵다고 생각하거나 두려워할 필요는 없습니다. 더 좋은 질문을 할 수 있는 능력을 키우는 것이 우선입니다. 상대방의 마음을 읽기 위한 좋은 질문화법을 생각해 봅시다.

먼저 상대방의 감정까지도 읽어낼 수 있어야 합니다. 상대방이 '좋아' '싫어' 가운데 하나만을 답하게 해서는 곤란합니다. 이런 물음으로는 왜 좋고 싫은지를 알 수 없습니다. 상대방의 속마음을 읽기에 한계가 있습니다. 상대방의 감정까지 알기 위해서는 어떻게 생각하는지를 물어야 합니다. 상대방이 무엇을 원하는지를 아는 것은 성공적인 대화의 기본입니다.

다음은 상대방의 마음을 읽으려는 의도를 들키지 않는 질문스킬이

밥이 고맙다

필요합니다. 누구든지 자신의 마음을 떠보기 위해 의도적으로 접근해 오면 마음을 열지 않습니다. 상대방에게 이용당할 수 있다는 경계심리가 마음을 닫게 만듭니다. 상대방의 마음을 사로잡기 위해서 성급함은 금물입니다. 상대방이 나에게 소중한 사람이고, 중요한 일을 처리할 때일수록 '대화의 뜸들이기'가 요구됩니다. 상대방에 대한 탐색과정을 통해 공감대의 폭을 높여야 대화를 성공적으로 이끌 수 있습니다.

좋은 질문에는 상대방을 배려하는 마음이 담겨 있습니다. 젊었을 때 친구와 자주 나누었던 이야기입니다.

"내가 뭐 하나 물어볼게 있는데?" "응, 그래 말해봐. 그런데 아프지 않게 살살 물어라?" 예전에는 우스갯소리로만 생각했습니다. 요즘 들어 '아프지 않게 살살 물어 달라'는 친구의 숨은 뜻을 알 것 같습니다. 사람은 누구나 말로 상처받는 것을 싫어합니다. 상대방에게 질문을 할 때 긴장감을 유발시키는 것도 삼가해야 합니다.

동요 〈퐁당퐁당〉 가사에서 좋은 질문 법을 배울 수 있습니다. 돌을 던져 건너편에 앉아서 나물을 씻는 우리 누나 손등을 간질여 주어라는 대목입니다. 상대방의 마음에 질문을 던져 가려운 곳을 긁어주는 것이 좋은 질문법입니다.

작가 조정래는 질문을 할 때마다 꼭해야 하는 질문인지 스스로에게 다시 물어보는 것도 중요하다고 말합니다.

✿ '쉬는 꼴'이 싫다면

사람은 평생 일을 하며 삽니다. 일과 함께 나이를 먹습니다. 요즘 일을 하며 나이를 먹지 못하는 젊은이들이 많아 안타깝습니다. 놀고 싶어서 노는 것이 아닙니다. 일을 하고 싶어도 놀 수밖에 없는 것이 현실입니다. 할 일이 없다는 것은 서글픔이고 불행입니다.

누구든지 일을 하며 산다는 것은 행복입니다. '하고 싶은 일'을 하며 살 수 있다는 것은 축복입니다. 일을 통해 자신의 정체성을 찾고 자존감을 느끼게 됩니다. 일은 나와 사회를 연결해 주는 생명줄입니다.

삶의 여정에는 땡볕이 내리쬐는 들판을 건널 때가 있습니다. 쉬지 않고 걸으면 열사병으로 쓰러져 가던 길을 포기할 수 있습니다. 뜻하지 않은 소나기를 만날 수도 있습니다. 소나기가 지나가면 피해가는 것이 상책입니다. 하는 일이 많아 몸이 힘들다고 하면 쉬면 됩니다. 몸이 우선이고 일이 그 다음입니다. 몸의 소리를 듣지 않으면 몸이 화를 냅니다. 몸이 화를 내면 영영 일을 할 수 없게 만듭니다.

일이 주는 행복과 축복을 누리며 살다가 좀 쉬고 싶은 때가 있습니다. 삶의 무게로 몸과 마음이 지쳐 잠시 쉬는 사람에게 어떤 마음이 드는지요. 상대방의 힘듦이 눈에 들어오는지요? 쉬는 꼴이 밉게 보이지 않아야 마음에 이롭습니다. 상대방의 힘든 상황은 종지의 마음이 아니라 대접의 마음에서 보입니다. '얼마나 힘이 들면 저렇게 쉬고 있을까'

라는 측은지심에서 나옵니다. '오죽 힘들면 쉬고 있을까' 라는 생각은 배려와 사랑의 마음에서 움틉니다. 힘들어 하는 사람의 일을 거들어 주고, 쉬는 꼴을 봐주는 것이 건강한 사회이고 화목한 가정입니다.

　일의 무게가 버거워 쉬는 꼴이 마음에 들지 않아 눈초리가 올라가는 지요? 쉬는 꼴이 싫어 잔소리를 하게 되면 마음이 편해지고 속이 후련 해지던가요? '왜 그랬지' 라는 생각이 들어 스트레스가 더 쌓이지는 않 는지요. 평소에 잘하던 일도 상대방이 쉬는 꼴을 보게 되면 하기 싫어 지고 성질이 나는지요. 나만 고생하고 손해 보는 것 같은 피해의식이 억울한 마음을 자극합니다.

　나만 일복이 터져 죽을 똥을 싸고 있다고 속상해할 필요가 없습니다. 일을 하고 싶어도 일할 기회를 찾지 못한 사람에 비하면 행복한 일이 니까요. 일복이 터진다는 것은 경쟁력의 또 다른 증거입니다. 나에게 일이 집중된다는 것은 능력을 인정받고 있다는 것입니다. '일복이 터 져서 행복하다!' 고 소리치며 사는 것이 삶의 지혜입니다.

　살면서 쉬는 것은 멈춤이 아닙니다. 더 멀리 가고 더 잘하기 위하여 힘을 비축하는 과정입니다. 일을 제대로 잘하기 위한 아이디어와 만나 는 시간입니다. 쉬는 것은 소비와 낭비가 아니라 축적이고 생산입니 다. 쉼은 에너지와 기를 받으며 성숙의 단계로 향하는 몸짓입니다.

　쉬는 꼴이 눈꼴사납게 보이는 것은 착취이고 몰인정입니다. 일을 할 때 쥐어짠다고 생산성이 높아지는 것은 아닙니다.

　쉬는 꼴과 노는 꼴을 혼동해서는 곤란합니다. 쉬는 꼴이 더 높이 날

기 위한 것이라면 노는 꼴은 멈추거나 퇴보를 의미합니다.

쉬는 꼴이 아름다운 모습으로 인정받는 성숙된 사회와 문화가 그립습니다. 살면서 힘들 때 누구 눈치 보지 않고 편안히 쉴 수 있는 직장이나 가정이 많아졌으면 좋겠습니다.

 더 절박하게

모든 일에는 때가 있습니다. 누구나 때를 맞춰 산다는 것이 쉽지 않습니다. 때의 소중함을 알고 살면 세상살이의 절반은 이미 성공입니다. 때를 놓치면 후회와 아쉬움이 남습니다. 삶이 꼬이고 엉망진창이 됩니다.

요즘 일상이 지낼 만한가 아니면 절박한가. 일상이 지낼 만하면 제 때를 알고 살기가 어렵습니다. 일을 해도 그만, 안 해도 그만이란 사고방식이 일상을 지배하기 때문입니다. '이걸 꼭 해야 돼? 안 한다고 큰일 나겠어?' 를 입에 달고 삽니다. 고통을 겪으면서도 변화하지 못하는 이유는 지낼 만하기 때문입니다. 지낼 만하다는 것은 아직도 버틸만하고 고통스럽지 않다는 것입니다.

반면에 삶이 절박하면 제 때를 놓치지 않습니다. 일을 미룰 수도, 안

밥이 고맙다

할 수도 없게 됩니다. 이 일만큼은 꼭 해야 된다는 간절함과 절실함이 작용하기 때문입니다. 일상의 절박함이 삶과 인생의 성패를 가릅니다.

삶을 성공으로 이끄는 키워드는 실행력입니다. 지닐 만한 마음에서는 실행력을 기대하기 어렵습니다. 절박한 마음에서 실행력이 나옵니다. 모든 일에 시간이 약이 되기 위해서는 마감시간이 필요합니다. 마감시간을 지켜야하는 절박함이 실행력을 이끌어냅니다.

인생에 종착역이 있듯이 일에도 데드라인이 있습니다. 데드라인의 절박함이 일상을 긴장하게 만들고 사력을 다해 몰입하게 해줍니다. 데드라인은 삶을 성과지향으로 이끕니다.

데드라인의 절박함이 자기계발을 가능하게 해 줍니다. 절박한 이유를 찾고 만들면 누구도 못 말리는 실행력이 발휘됩니다.

"잡지사에 최신기술에 대한 기사를 연재하겠다고 했다. 매번 발등에 불이 떨어지니 마감까지 자료를 찾고 원고를 쓸 수밖에 없었다. 그 결과 그 분야에 대해 잘 알게 되었고, 덕분에 여러 가지 일을 할 수 있었다."

안철수 씨의 말입니다. 자기계발에 잡지사의 마감시간을 활용하는 방법이 인상적입니다.

삶의 변화를 원하지만 변화하지 못하고 있다면 현재 상황이 절박하지 않다는 것으로 이해하면 됩니다. 현재 상태에서 벗어나고 싶다면 절박한 이유를 찾는 것이 우선입니다. 절박함은 어떤 상황이나 일이 벼랑 끝에 몰려있을 때 생깁니다. 상황이 절박해지면 방치할 수 없게 됩니다. 누구든지 절박한 마음이 들게되면 할 수 없는 이유를 찾기보다는 해야되는 이유를 찾게 됩니다.

삶의 성과물은 시간의 많고 적음으로 결정되지 않습니다. 시간이 많아도 실행하지 않으면 헛된 삶이 될 가능성이 농후합니다. 지금껏 일을 할 때 막판에 가서야 벼락치기를 해왔다고 자학할 필요가 없습니다. 발등에 불이 떨어져야 움직였다고 스스로를 게으른 사람으로 낙인찍을 이유도 없습니다. 우리 주변에는 마감의 법칙도 지키지 못하고 살아가는 사람들이 많습니다. 그래서 마감의 법칙을 지키며 사는 사람의 삶은 위대합니다. 삶에 마감의 법칙이 있다는 것은 오히려 다행한 일입니다.

월드스타 가수 비가 인터뷰에서 한 말입니다. "오디션을 볼 때 나는 벼랑 끝에 서 있었고, 더 이상 밀려날 곳이 없었습니다. 만약 내가 쥐였다면 내 앞을 막아선 고양이를 물고서라도 뛰쳐나가야만 하는 상황이었습니다. 이런 절박함이 있었기에 죽을 각오로 다섯 시간 동안 쉬지 않고 춤을 출 수 있었지요."

삶의 절박함과 마감의 법칙이 주는 교훈이 마음속을 파고듭니다.

밥이 고맙다

돈을 쓰는 맛 돈을 늘리는 맛

사람은 누구나 부자가 되기를 꿈꾸며 삽니다. 부자를 꿈꾸는 것은 돈이 없는 사람이나 돈이 많은 사람이나 똑같습니다. 돈은 무조건 많으면 좋다는 심리가 작용하기 때문입니다.

돈의 가치와 위력을 경험해본 사람일수록 부자가 되고 싶은 열망이 커집니다. 돈의 맛이 재테크에 대한 관심을 높입니다. 재테크 이야기를 하다 보면 신세를 한탄하는 사람들을 자주 보게 됩니다. 부모 잘 못만나 고생을 하며 산다는 것입니다. 돈에 쪼들리는 이유를 내 탓이 아니라 부모 탓으로 돌립니다.

최근 미국의 투자전문지 《머니》가 미국 전체 가구의 7%를 차지하는 백만장자를 대상으로 조사를 했습니다. 100만 달러를 모을 수 있었던 원인을 묻는 질문에 '근면' '현명한 투자' '절약' '위험감수' '운' 순으로 대답했고 부모 덕이라는 대답은 거의 없었습니다. 우리나라도 예외는 아닙니다. 부자가 되고 싶다면 자신의 삶을 되돌아보는 것이 우선입니다.

부자가 되는 비결은 삶을 리모델링하는데 있습니다. 저축보다 지출이 많다는 것은 밑 빠진 독에 물 붓는 격입니다. 저축하고 싶은 마음만으로는 돈이 모아지지 않습니다. 돈을 쓰는 맛에 빠지면 부자로 살 기회가 자꾸 멀어집니다. 부자가 되는 길은 밑 빠진 독을 때워 지출보다 저축을 늘리는데 있습니다. 돈을 버는 것 못지않게 돈이 어떻게 쓰이는지를 아는 것이 중요합니다. 낭비와 지출을 구조조정하지 않으면 아무리 많이 벌어도 소용이 없습니다.

홍사황 씨는 돈을 버는 것을 집전(集錢), 돈을 제대로 쓰는 것을 용전(用錢), 돈을 지키는 것을 수전(守錢)이라고 말합니다. 집전의 원칙은 목표기간을 정하여 끈질기게 저축하는 것입니다. 용전의 원칙은 검소한 소비생활입니다. 수전의 원칙은 위험한 행위를 피하는 것입니다. 돈은 집전보다 용전이 어렵고 가장 어려운 것이 수전입니다. 돈을 지키지 못하면 많이 벌고 열심히 저축을 해도 부자가 될 수 없습니다.

부자로 살고 싶다면 어떻게 해야 돈을 지킬 수 있는지 고민해야 합니다. 우리는 시장에서 장사하는 할머니가 10억을 모아 대학에 장학금을 기부했다는 미담을 듣고 삽니다. 일류대학의 교수가 주식으로 쪽박을 차게 되었다는 이야기도 듣습니다. 돈을 버는 데는 경제지식과 높은 투자 수익률이 전부가 아님을 알려줍니다. 재테크에서 지나치게 높은 수익률만을 고집하는 투자는 금물입니다. 평생 벌어놓은 재산을 까먹을 수 있는 투자는 위험합니다. 나이 든 사람의 자산관리 원칙은 투자가 아니라 절세와 안전입니다.

누구나 부자를 꿈꾸지만 아무나 부자가 되지는 않습니다. 부자 되기는 돈을 대하는 태도에서 결정됩니다. 돈의 맛을 쓰는 데서 찾고 있다면 부자가 되기는 어렵습니다. 부자가 되는 것은 돈이 늘어나는 맛을 느낄 때 가능합니다. 부자대열에 가장 빠르게 합류할 수 있는 지름길

밥이 고맙다

은 돈이 늘어나는 맛을 경험해보는 일입니다. 일상이 돈을 쓰는 맛으로 채워져 있다면 돈을 늘리는 맛으로 바꾸는 것이 부자가 될 수 있는 가장 빠르고 쉬운 길입니다.

　돈이 늘어나는 맛을 느끼게 해주는 적금 통장으로 부자들이 만끽하는 행복을 누려보면 어떨까요.

잃지 않고 얻는 법

　세상을 살다 보면 잃을 때도 있고 얻을 때도 있습니다. 항상 얻고만 살 수 없고 잃고만 살지도 않습니다. 삶은 잃었다 얻고 얻었다 잃는 과정의 연속입니다. 얻을 때는 잃을 때를 준비하고 잃을 때는 얻을 때를 기대하며 삽니다. 누구나 얻을 때는 기쁘고 즐겁지만 잃을 때는 화가 나고 슬픕니다. 그래서 우리는 잃지 않으려 안간힘을 쓰며 삽니다.

　세상살이가 만만치 않습니다. 잃지 않으려 안간힘을 써보지만 어쩔 수 없이 잃는 경우가 빈번하게 생깁니다. 삶에는 한 번 잃으면 다시 얻을 수 있는 것보다 그렇지 못한 것들이 더 많습니다. 건강이 대표적입니다. 건강할 때는 몸을 혹사시킵니다. 몸을 관리하는데 무관심합니다. 몸이 아프다며 신호를 주고 경고를 보내도 지나치기 일쑤입니다.

그러다 건강을 잃고 나면 정신이 번쩍 듭니다. 건강회복을 위해 온갖 정성을 들여 보지만 만만치 않음을 알고 속상해 합니다. 건강은 건강할 때 지키는 것이 상책입니다.

사람과의 관계도 마찬가지입니다. 이해인 수녀는 "꽃이 지고 나면 잎이 더 잘 보이듯이 누군가 내 곁을 떠나고 나면 그 사람의 빈자리가 더 크게 다가온다"고 했습니다. 함께 있을 때는 맡지 못했던 인품의 향기를 떠난 자리에서 느낄 때가 있습니다. 나에게서 떠난 누군가의 마음을 되돌리기도 쉽지 않습니다. '있을 때 잘하라' 는 말의 의미가 새롭습니다. 상대방과 나를 동일시하며 관계 맺기를 하는 것이 소중한 사람을 잃지 않고 가까이 둘 수 있는 비결입니다.

모든 것에는 때가 있습니다. 때를 놓치면 되돌릴 수 없습니다. 시간은 누구에게나 공평하지만 때를 놓친 사람에게는 매몰차기만 합니다. 상품에 유통기한이 있듯 일에도 때가 있습니다. 때를 아는 것이 인생의 성공을 가르는 중요한 변수입니다. "그날그날 헛되이 살지 않는다면 좋은 삶이 될 것이다"라는 법정 스님의 말이 크게 들립니다.

잃는다는 것은 고통이고 힘듦입니다. 잃어도 바로 얻을 수 있는 것은 그나마 덜 서럽습니다. 한번 잃으면 얻을 수 없는 것은 땅을 치며 후회하게 됩니다. 잃은 것이 크게 보여 속이 상하고 안타깝습니다. 소중한 것을 잃을수록 아쉬움과 미련이 오래 머뭅니다. 잃고 나면 소중함이 절절하게 다가옵니다.

우리는 소 잃고 외양간 고치는 시행착오를 반복하며 삽니다. 소 잃고

밥이 고맙다

도 외양간을 고치지 않는 사람보다는 낫습니다. 일이 잘못된 뒤에도 손을 쓰지 않는 사람을 보면 안타깝습니다. 외양간을 고친다는 것은 똑같은 실수를 반복하지 않겠다는 의지입니다. 위기를 기회로 만들겠다는 작심입니다. 이왕이면 소 잃기 전에 외양간을 손보는 것이 최상입니다. 잃지 않고 얻기 위해서는 위기를 사전에 예방할 수 있는 시스템이 필요합니다. 위기 극복 시스템 운영 여부가 조직의 성패를 가릅니다. 개인의 성공 여부도 위기관리 능력에 달려 있습니다.

잃지 않고 얻을 수 있는 것은 누구나 할 수 있는 것이 아닙니다. 잃지 않고 얻을 수 있는 사람은 행복합니다. 잃어도 되는 것과 잃으면 안 되는 것을 구분할 줄 아는 사람이 되고 싶습니다. 잃어도 얻을 수 있는 것과 잃어도 얻을 수 없는 것을 아는 지혜를 배우고 싶습니다.

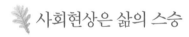 사회현상은 삶의 스승

사람은 사회현상과 더불어 살아갑니다. 사회현상을 떠난 삶은 존재할 수 없고, 기대할 수도 없습니다. 인간의 생로병사와 오욕칠정이 사회현상 속에서 잉태됩니다. 사회현상은 삶의 축소판입니다.

인간의 행복과 불행은 사회현상을 어떻게 보고 이해하는가에 따라 결정됩니다. 동일한 사회현상도 어떻게 보느냐에 따라 해석이 달라집니다. 보는 이의 가치기준에 따른 주관성이 개입되기 때문입니다.

삶의 소용돌이는 사회현상이란 결과물로 나타납니다. 요동치는 사회현상에서 중심잡기가 중요합니다. 균형을 잃는 순간 자신의 의도와는 상관없이 삶이 엉망진창으로 될 가능성이 커집니다.

최근 잘 나가던 기업이 하루아침에 망하고 쇠락합니다. 성공대열을 질주하던 사람이 한 순간에 끝도 없이 추락합니다. 사회현상을 제대로 읽지 못한 결과입니다. 사회현상을 간과한 탓에 치르는 인생수업이 혹독합니다.

인생에는 연습이 없습니다. 세상살이에서 경험이 대접을 받는 이유입니다. 사회현상은 세상살이를 간접적으로 경험하고 체험할 수 있는 인생학습장입니다. 모든 조직에서 현장의 경험을 중시하는 것도 같은 맥락입니다. 현장을 떠난 경영은 무용지물입니다. 현장의 경험들을 기록하고 정리하는 삶은 경쟁력으로 작용합니다.

개인의 사회현상은 개인의 역사입니다. 자신과 관련된 사회현상들을 소홀히 대접해서는 안됩니다. 자신의 사회현상을 도외시하는 것은 자신의 삶을 부정하는 행위입니다. 사회현상에 대한 꼼꼼한 생각과 치밀한 행동이 삶을 성공으로 이끕니다.

사회현상을 정확하게 읽기 위해서는 전체적인 틀에서 볼 수 있는 지혜가 필요합니다. 전체적인 틀에서 본다는 것은 정당성을 확보할 수 있는 근원입니다. 자신의 삶이 당당하기 위해서는 정당성이 없이는 불

밥이 고맙다

가능합니다. 사회현상이란 판을 정확하게 읽지 못하면 살아가는 힘을 얻을 수 없습니다.

사회현상의 판을 읽을 때는 객관성이 우선입니다. 주관적인 입장에 치우치다보면 일을 그르치기 쉽습니다. 감정이 개입되고 흥분된 상태에서는 사회현상을 제대로 볼 수 없기 때문입니다. 상대방을 설득할 수 있는 힘도 생기지 않습니다.

사회현상을 볼 때는 깨어 있는 의식과 사회현상을 자기 것으로 만드는 내면화과정이 필요합니다. 사회현상이 자기와 직접적으로 관련이 있든 없든 사회현상을 볼 때 문제의식을 갖고 보는 삶은 성장과 발전이 기대됩니다. 사회현상을 볼 때 '나라면' '내 입장이라면' 등과 같은 자기내면화 과정을 반드시 거쳐야 합니다. 이런 자기내면화 과정을 통해 의식의 성숙과 인격의 그릇을 키울 수 있게 됩니다.

세상에는 공짜가 없다고 합니다. 여기에는 '사회현상이 삶과 세상살이를 배울 수 있는 좋은 학습장이다' 라는 뜻이 함축되어 있습니다. 자신이 경험했던 사회현상과 앞으로 만나게 될 사회현상은 멋진 인생을 살아가는데 없어서는 안 될 담보물입니다. 사회현상은 삶과 인생의 거울입니다.

🌿 내려놓기

"움켜쥐고 사는 것이 무엇인가?"라고 누군가 물어온다면 무엇이라고 답하시겠습니까? 무엇을 움켜쥐고 사는지를 알게 되면 그 사람을 이해하기가 쉽습니다. 상대방이 어떤 것에 가치를 두고 사는지를 알 수 있기 때문입니다.

인생살이에는 움켜쥐고 살아야 할 것과 움켜쥐고 살아서는 안 되는 것들이 있습니다. 사람마다 움켜쥐고 살려고 하는 것과 움켜쥐고 싶지 않은 것들이 다릅니다. 이 과정에서 이해관계에 따라 오해와 갈등이 생깁니다. 인생에서 이를 구별해가며 사는 것이 중요합니다.

사람은 움켜쥐고 사는 것에 관심이 많고 익숙합니다. 뭔가를 단단히 움켜잡지 못하게 되면 상대방에게 뒤처진다는 심리가 작용하기 때문입니다. 무엇인가를 움켜잡지 못하면 큰일이 일어날 것 같은 불안감이 엄습합니다. 사람을 조급증 환자로 만들고, 무엇인가를 선택하고 결정할 때 무리수를 잉태하기도 합니다. 너도 나도 움켜잡는 일상으로 바쁩니다.

삶에는 무엇인가를 움켜잡기보다 내려놓는 연습이 필요합니다. 지금 움켜쥐고 있는 것과 움켜쥐려 하는 것이 내 인생의 전부가 아닐 수도 있습니다. 지금 움켜쥐고 있는 것을 잃으면 인생의 낙오자로 전락될 수 있다는 생각을 버리는 것도 중요합니다. 삶을 큰 틀에서 조명해

밥이 고맙다

보는 작업이 필요합니다.

지금 움켜쥐고 있는 것을 내려놓는 순간 더 '좋은 길'과 더 '좋은 일'이 기다리고 있을 수 있습니다. 또 다른 희열과 행복을 맛보며 살 수 있는 기회가 될 수 있습니다. 지금 움켜잡고 있는 것을 내려놓는 것이 인생의 마이너스가 아닐 수 있습니다. 지금의 마이너스 인생이 플러스 인생으로 바뀔 수도 있습니다.

지금 움켜쥐고 있는 것을 잃을까봐 안절부절못하는 것이 진정으로 나에게 값진 것인지를 냉철하게 따져볼 일입니다. 인생은 새옹지마(塞翁之馬)인 것입니다.

누구도 인생의 길흉과 화복을 예측할 수 없습니다. 지금 움켜쥐려 하는 것이 좋은 결과만을 가져다주지 않을 수도 있다는 얘기입니다.

사람은 움켜잡고 발버둥치는 자신의 모습을 볼 수 있어야 합니다. 일상의 거울을 통해서 움켜잡고 있는 실체를 정확하게 보는 것이 중요합니다. 살다 보면 기를 쓰고 아등바등 매달려 있는 발밑 허공이 어린아이 키 높이도 되지 않는데 천 길 낭떠러지로 착각하고 부들부들 떨며 움켜쥐고 살아가는 경우가 허다합니다.

삶의 여정에서 움켜잡게 되는 끈을 놓기 위해서는 두려움을 극복할 수 있다는 자신감을 갖는 것이 우선입니다. 지금 움켜잡고 있는 것을 내려놓으면 큰일 날 것 같던 일과 세상도 내려놓는 순간 아무것도 아님을 경험하게 됩니다.

바람을 마주보고 맞으면 역풍(逆風)이지만 뒤로 돌아서서 맞으면 순풍(順風)이 됩니다. 지금 움켜잡고 있는 것을 내려놓는 순간 또 다른 기회를 잡을 수 있는 인생의 순풍을 만나게 될지도 모릅니다.

인생은 시간경영

인생은 과거와 미래의 시간경영입니다. 삶에서 시간경영을 어떻게 하느냐에 따라 프로와 아마추어가 결정됩니다. 프로와 아마추어의 시간경영은 다릅니다. 프로의 시간경영에는 '대충'과 '적당히'가 통하지 않습니다. 반대로 아마추어의 시간경영에는 멍하니 지내는 시간이 넘칩니다.

프로와 아마추어는 시간경영에 채우는 대상과 방법도 다릅니다. 프로는 꿈과 희망을 채우지만 아마추어는 망상과 절망을 채웁니다. 프로는 땀과 부지런함으로 채우지만 아마추어는 편안함과 게으름으로 채웁니다. 치열하게 사는 프로의 삶은 아름답고 감동적입니다. 아마추어는 프로의 일상을 꿈꾸며 닮고 싶어 하지만 부러워하는 마음에 머뭅니다.

언젠가 강호동 씨가 진행하는 방송프로를 보았습니다. 방송 출연자들 중 강호동 씨가 게임에 이겨 촬영에 참여하지 않고 집으로 갈 수 있는 기회를 얻게 됩니다. 하지만 집으로 돌아가지 않고 몇 시간이 지난

밥이 고맙다

후 방송 담당자들과 만납니다. 담당 PD가 왜 가지 않았느냐고 묻자 강
호동씨가 답합니다. "카메라는 제 산소통입니다." 카메라가 있을 때는
카메라의 소중함을 몰랐다는 것입니다. 촬영을 해야 할 시간에 카메라
없이 시간을 보낸다는 것이 얼마나 큰 고통인지를 느꼈다고 합니다.
카메라가 없으면 행복할 줄 알았는데 오히려 불안해지고 힘이 빠져나
가는 느낌을 받았다는 것입니다. 환한 웃음을 띠며 촬영에 동참하는
강호동 씨 모습이 눈에 선합니다. 지금 하고 있는 일에 감사할 줄 아는
그는 프로입니다.

　미국의 메이저리그 야구선수들 간에는 '커피 한 잔' 이란 말이 통용
되고 있다고 합니다. 1군에 있는 선수가 2군으로 밀려나는데 커피 한
잔을 마실 시간도 걸리지 않는다는 의미입니다. '커피 한 잔' 이란 말이
2군에 있는 선수에게는 1군으로 갈 수 있는 희망이기도 합니다. 선수대
기실에서 타석까지의 거리는 불과 몇 미터밖에 되지 않지만 그 자리에
서기가 쉽지 않습니다. 타석에 서기 위한 선수들의 땀방울이 멈추지
않습니다. 어떤 분야에서든 자기관리가 철저한 사람은 '커피한잔' 이
두렵지 않은 프로가 될 수 있습니다. 프로의 세계에서는 실력만이 인
정받고 통합니다.

　최근 야구 선수로서 은퇴한 후 해설가로 활동하고 있는 양준혁 씨는
타격을 한 후 1루에 전력 질주하지 않는 선수는 진정한 프로가 될 수
없다고 목청을 높입니다. 프로는 아웃이 되기 전까지 끝까지 뛸 때 가
능하다는 것입니다. 프로는 언제든지 결과를 인위적으로 만들어 낼 수

있는 사람이기 때문입니다. 무조건 훈련하면 무엇이든 할 수 있다는 말에는 프로가 되는 길이 숨어 있습니다. 프로는 목표한 바를 포기하지 않고 끝까지 하는 실행력에서 아마추어와 다릅니다.

남이섬 CEO로 널리 알려진 강우현 씨는 "프로 기질을 한 번 쓸 수 있는 사람은 아마추어, 두 번 이상 반복해도 기질이 수그러들지 않는 사람은 프로가 될 수 있다"고 말합니다. 내가 키우고 갖추어야 할 프로 기질과 프로 근성은 무엇인가를 다시 한 번 생각해보게 됩니다.

아카시아 꽃향기 덕택에 일상이 행복합니다. 프로 인생을 꿈꾸는 맛은 아카시아 꽃향기만큼 달콤합니다. 나는 프로인가, 아마추어인가. 나도 프로가 될 수 있다는 희망을 품을 수 있어 기쁩니다.

 ## 1만 시간의 비밀

세계적인 비즈니스 작가 말콤 글래드웰은 저서 《아웃라이어》에서 비범한 성취를 이룬 사람, 즉 아웃라이어들의 공통적인 성공비결로 '1만 시간의 경험'을 지목했습니다. 신경과학자인 다니엘 레비튼 박사도 연구를 통해 어느 분야든 세계 수준의 전문가가 되려면 '1만 시간의 연습'이 필요하다는 결과를 BBC 과학 매거진을 통해 주장했습니다. 이

밥이 고맙다

들의 공통점이 있다면 1만 시간은 어떤 분야에서 숙달되기 위해 필요한 절대 시간이라는 것입니다. 1만 시간은 하루 3시간씩 10년을 보내야 확보되는 시간입니다. 하루 8시간씩을 확보해도 3년 이상이 걸리는 시간입니다. 비범한 성취를 이룬 사람이 되려면 천재적 재능이 아니라 1만 시간의 쉼 없는 노력이 필요하다는 것입니다. 한 분야의 전문가는 1만 시간의 터널을 통과할 때 탄생한다는 얘기입니다.

지금은 전문가(Specialist)의 몸값이 올라가는 시대입니다. 전문가는 누구든지 될 수 있지만 아무나 되지는 못합니다. 전문가는 오랜 시간의 관심과 열정으로 땀을 흘리는 습관에 의해서 만들어지기 때문입니다. 그래서 제너럴리스트(Generalist)보다 전문가가 후한 대접을 받습니다.

1만 시간을 참고 견딘 실행력을 높이 사는 것입니다. 삼성그룹 이건희 회장이 10만 명을 먹여 살릴 수 있는 S급 인재를 악착같이 확보하라고 주문하는 것도 같은 맥락입니다. 이 회장은 "S급 인재를 뽑는 데서 그치지 말고, 일할 수 있는 환경을 만들어줘야 한다"고 강조합니다.

1만 시간의 노력과 경험으로 쌓은 구성원의 역량을 어떻게 활용하느냐가 일류조직과 이류조직을 가릅니다. 제너럴리스트를 전문가로 만들어야 경쟁력을 확보할 수 있는 세상입니다. 하물며 어렵게 확보하고 키운 전문가를 제너럴리스트로 내몰아서는 이류도 못되고 삼류로 전락합니다. 전문가를 전문가답게 대접하지 못하는 조직문화에서는 미래의 성장 동력을 찾기란 요원합니다.

최근 인적자원개발(HRD)의 트렌드는 조직 구성원의 약점을 보완하기보다는 어떻게 하면 강점을 더 키워줄 수 있는가에 쏠려 있습니다. 축국선수인 박지성에게 박태환처럼 수영을 못한다고 구박했다면 오늘날의 박지성 선수를 만날 수 있었을까요?

'박지성 선수는 축구만 잘해, 박태환 선수는 수영만 잘해, 김연아 선수는 피겨스케이트만 잘해' 라는 이야기처럼 '~만 잘해'가 전문가를 만드는 모태입니다. 물론 박지성 선수가 수영도 박태환처럼 잘할 수 있다면 금상첨화겠지만 기대하는 것 자체가 무리입니다. '~도 잘해'에서 전문가를 기대하기란 어렵습니다.

김연아 선수의 연간소득이 115억 원이라고 합니다. 김연아 선수만큼 이익을 가져다주는 전문가를 누가 더 많이 확보하느냐가 조직과 기업의 흥망성쇠를 결정합니다. 김연아 선수가 스케이트 전문가로서의 진면목을 발휘할 수 있는 곳은 빙판 위입니다. 김연아 선수를 축구장으로 내모는 행위는 안타깝고 어리석은 일입니다.

누구든지 1만 시간의 경험을 쌓기 위해서는 '하고 싶은 일'이 있어야 가능합니다. 조직 구성원이 '하고 싶은 일'을 할 수 있도록 조직문화를 만들어가는 것은 리더의 중요한 몫입니다. 1만 시간의 긴 터널을 통과하려면 어둠을 밝혀줄 열정이란 불씨가 필요합니다. 리더가 조직 구성원들의 열정이란 불씨를 활활 타오르게 하지는 못할망정 타고 있는 불씨를 끄려 한다면 함량미달입니다.

요즘은 뭐 하나라도 똑 부러지게 잘하면 인정받으며 먹고사는데 문

밥이 고맙다

제없는 세상입니다. 퇴직연령이 빨라지는 시대에서 1만 시간의 법칙은 퇴직 후 노후의 행복을 보장하는 당첨복권입니다. 퇴직 후 잘하면 2만 시간을 경험할 수 있는 행운도 얻을 수 있습니다. 1만 시간의 비밀은 젊은 샐러리맨에게도 희망입니다. 1만 시간의 비밀에 채울 '꿈' 만 있어도 행복과 만날 수 있습니다.

🌿 성공의 비밀

세상은 동(動)입니다. 멈춤이 없습니다. 내 삶이 버겁고 힘들어도 나와 무관하게 세상은 요동칩니다. 나 역시 누군가의 삶이 벼랑 끝에 내몰려도 관심이 없습니다. 나와 다른 이의 마음속에 피장파장의 논리가 숨어있는 것 같아 무섭고 서글픕니다. 군중 속의 고독이 느껴져 쓸쓸합니다.

세상의 변화속도가 어릴 적에 둥근 모양의 놀이기구를 타면서 경험했던 회전 속도와 비슷한 것 같습니다. 내가 어지럽다며 그만하라고 소리쳐도 친구는 막무가내로 돌렸습니다. 내가 변화의 속도를 늦춰달라고 얘기해도 세상은 못 들은 척합니다. 나를 멀미로 애먹였던 얄미운 내 친구와 꼭 닮았습니다. 그때 멀미도 고통스러웠지만 회전하는 속도의 두려움이 더 크지 않았을까 싶습니다.

멀미는 눈과 귀 속에 있는 평형기관이 뇌와 따로 놀기 때문에 생긴다고 합니다. 이처럼 세상의 변화 속도에 따라가지 못하면 인생멀미를 피할 수 없게 됩니다. 살면서 인생멀미를 하지 않으려면 변화에 순응하고 적응하는 수고스러움이 필요합니다.

"인생의 비밀은 풀빵기계와 같다." 고승덕 씨의 말입니다. 붕어빵이 싫어 문어빵을 먹고 싶으면 붕어빵틀을 문어빵틀로 교체하면 됩니다. 인생멀미를 하지 않고 살려면 지금 살고 있는 인생의 틀부터 바꿔야 합니다.

인생의 틀을 바꿀 때 무엇을 선택하느냐가 중요합니다. 먼저 '무엇을 할 것인가'라는 질문에 답할 수 있어야 합니다. 목표를 찾는데서 눈을 떼지 않을 때 답을 찾을 수 있습니다. 골프를 잘하는 사람들의 공통점은 공에서 눈을 떼지 않는다고 합니다. '무엇을 할 것이다'라는 답이 나올 때까지 일상을 생각의 끈으로 묶어야 합니다.

세상에는 열심히 사는 사람들이 많습니다. 그냥 열심히만 살아서는 성공할 수 없습니다. 인생을 망치는 두 가지 방법이 있다고 합니다. 어떤 일을 할 때 생각만 하고 실천하지 않는 경우와 생각은 없이 실천만 하는 경우입니다. 성공인생의 기본조건은 생각하기와 실행하기가 동시에 이루어져야 한다는 점입니다. 어떤 일을 하든지 다음과 같은 3가지 질문법을 활용해보면 어떨까요. '내 강의를 들은 사람이 만족할까? 내 강의를 또 듣고 싶어 할까? 내 강의를 들은 사람이 다른 사람에게 들

밥이 고맙다

어보라고 말해줄까?' 인생의 틀을 '열심히'에서 '다르게'로 바꾸어 주는 질문법입니다. 자신에게 3가지 질문을 던지다보면 지금 하고 있는 일을 남들과 다르게 할 수 있는 답을 찾을 수 있을 것입니다.

인생의 틀을 바꿀 때 누구를 만날 것인지도 애써야 합니다. "인생도 처유상수(人生到處有上手)"란 말이 있습니다. 사람이 사는 곳에는 상수가 있다는 것입니다. 상수가 되고 싶으면 상수를 만나야지 하수를 만나서는 곤란합니다. 상수를 만나면 자극받아 정신이 번쩍 들어 어제와 같은 오늘을 살지 않도록 만들어주기 때문입니다.

 삼포 시대

방송에서 '삼(三)포시대'란 용어를 처음 들었습니다. 여기서 삼포는 세 가지를 포기해야 된다는 의미가 담겨 있었습니다. 포기의 대상은 졸업, 취업, 결혼입니다. 졸업 포기는 대학생들이 졸업을 자꾸만 늦추는 캠퍼스 문화의 한 단상을 반영합니다. 취업은 낙타가 바늘구멍에 들어가는 것만큼 어렵기 때문에 포기할 수밖에 없다는 것을 풍자합니다. 취업이 안 되면 먹고살기가 힘들어 결혼까지 포기하게 된다는 우리사회의 아픈 현상을 꼬집습니다.

포기는 '하던 일을 중도에 그만두어 버림'을 뜻합니다. 포기에는 어떤 일을 할 수 있는데도 하고 싶지 않기 때문에 스스로 그만두는 경우가 있습니다. 반면에 나는 하고 싶은데 외부환경 때문에 어쩔 수 없이 하지 못하게 되는 경우도 있습니다. 삼포시대는 후자에 가까운 포기라 씁쓸하고 아픕니다.

그때 방송에서 들은 대학생의 마무리 말이 아직도 귓전에 생생합니다. "지금이 삼포시대라지만 꿈만은 포기하지 않는 시대가 되었으면 좋겠습니다." 가슴이 뭉클해지고 공감이 갑니다.

삼포시대의 암울한 현실에서 유일한 희망은 꿈입니다. 대개 '꿈' 하면 대박과 한방을 꿈꿉니다. 이왕이면 꿈을 이루는 과정에서 행운을 얻고 싶어 하기 때문입니다. 그래서 우리는 행운을 상징하는 네잎클로버를 찾습니다. 젊은 날 나도 네잎클로버를 찾으면 행운이 와줄까 싶어 풀밭에서 네잎클로버를 찾으려 애쓴 적이 있습니다. 내 눈이 벌겋게 토끼 눈이 되도록 찾았지만 허사였습니다.

그런데 몇 해 전 그토록 찾던 네잎클로버를 만났습니다. 그날은 네잎클로버를 염두에 두지도 않고 토끼풀 군락을 무심결에 지나는데 네잎클로버 한 개가 눈에 띠었습니다. "와~" 감탄사가 절로 나왔습니다. 50년 만에 처음으로 네잎클로버를 찾은 감격스러움은 매우 컸습니다. 더구나 처음 발견한 장소에서 네잎클로버를 무려 서른 개 이상 찾았기 때문입니다.

이게 웬 엄청난 행운인가 싶어 아내에게 전화를 했습니다. "여보! 복

밥이 고맙다

권 사세요." 아내가 묻습니다. "왜요?" 나의 대답은 "묻지 말고" 였습니다. 대학에 다니는 아들에게도 전화를 했습니다. "아들! 복권 사라." 아들 역시 "왜요?"를 물었고 내 답은 역시 "묻지 말고" 였습니다. 나도 당연히 복권을 샀지요. 50년 만에 찾은 네잎클로버의 기대감은 그러나 당연하게도 '꽝'으로 깨졌습니다.

삼포시대에 꾸는 꿈은 대박과 한방으로 이루어지지 않습니다. 대박과 한방은 요령과 공짜의식이 넘쳐나는 사회와 문화에서만 통합니다. 상식이 통하는 사회에서의 꿈은 몰입과 실행력으로 이루어집니다. 꿈을 이루는 방법은 오로지 실천뿐입니다. 일상의 삶에서 실행력을 끄집어내기 위해서는 태도의 변화가 필요합니다. 삼포시대를 살면서 꿈을 이루기 위한 태도의 변화를 생각하며 의사겸 작가인 박경철의 글을 옮깁니다. '타인의 관점에서 나를 평가할 때는 '하나를 보면 열을 안다'는 속담이 통하고, 나의 관점에서 나를 볼 때는 '세살 버릇 여든까지 간다'는 속담이 통한다."

 40억 원짜리 점심

40억 원짜리 점심식사가 세인의 입에 오르내립니다. 40억 원의 점심

식사 주인공은 바로 투자의 귀재인 워렌 버핏입니다. 인터넷 경매업체인 이베이는 워렌 버핏 버크셔 해서웨이 회장과의 점심식사 기회를 경매에 부친 결과 역대 최고액인 345만 6,789달러에 마감됐다고 밝혔습니다. 익명의 낙찰자는 지인 일곱 명을 초대해 뉴욕 맨해튼의 스테이크 전문식당 '스미스 앤드 월런스키'에서 버핏과 점심을 먹으며 이야기를 나누게 된다고 합니다.

내가 오늘 점심값으로 지불한 금액을 떠올리는 것은 유쾌하지 않습니다. 여름날에 4,500원짜리 칼국수를 먹기 위해 줄을 길게 서 있는 것이 직장인들의 자화상입니다. 점심 메뉴로 1만 원짜리라도 먹을라치면 부담이 되는 게 현실입니다. 도대체 점심 한 끼 값으로 40억 원을 지불하는 사람은 어떤 사람일까요? 점심값에서도 양극화의 쓴맛을 느끼게 되어 마음이 씁쓸합니다. 직장인들에게 40억 원은 평생 애써도 벌지 못하고 죽을 만큼 큰돈이기 때문입니다.

나는 내 강의를 듣는 이들에게 꼭 질문을 합니다. "요즘 무엇을 먹고 사세요?" 대다수는 당연한 것을 묻고 있다는 표정으로 답을 대신합니다. 그런 와중에 "밥이요"라고 말하는 이도 있습니다.

누군가가 당신에게 무엇을 먹고 사느냐고 묻는다면 뭐라고 답할 수 있을지 궁금해집니다.

나는 강의할 때 '아직도 꿈을 먹고 사는 사람'이라고 소개합니다. 그러면 다들 신선한 충격을 받는 눈치입니다. 꿈을 잊고 사는 자신을 뒤돌아 보게 되는 듯한 표정들입니다. 대부분 사람들에게 '꿈'은 어릴 때

밥이 고맙다

만 잠시 갖게 되는 것이라는 편견을 갖고 살아갑니다. 나이가 들어갈수록 꿈과는 거리가 먼 일상을 삽니다. 나는 언제나 '꿈을 먹고 사는 사람' 앞에 '아직도'라는 단어를 쓰기 좋아합니다. '꿈'은 나이를 초월한다는 메시지를 주고 싶기 때문입니다. 나에게 누군가가 "무엇을 먹고 사세요?"라고 물어오면 당연히 "꿈입니다"라고 답할 수 있습니다.

직장인들의 퇴직 연령이 빨라지는 대신에 평균 수명은 늘고 있습니다. 우리나라 사람의 기대수명은 1983년 67.4세에서 2008년 79.8세로 18.4%의 증가율을 보이며 OECD국가 중에서 최고 수준을 보이고 있습니다. 머지않아 한국인의 평균수명이 100세를 눈앞에 두고 있습니다. 반면에 우리나라 50대의 노후준비율은 약 45% 내외에 불과합니다. 지금은 나이 먹을수록 인생 2막과 함께 할 '꿈'이 필수품인 시대입니다.

작가 고도원 씨는 "무언가를 생각할 때 가슴이 뛰기 시작한다면 바로 그것을 원하고 있음을 알려주는 징표입니다. 가슴은 결코 속마음을 속이지 못합니다. 그래서 '가슴 뛰는 그것'에 답이 있다"고 말합니다. 누구나 인생 후반부를 춤추게 할 '가슴 뛰게 만드는 꿈'이 절실합니다. 살면서 생각만으로도 가슴이 콩닥콩닥 뛰고, 먹지 않아도 배가 부른 꿈을 만나는 순간 행복이 넝쿨째 굴러옵니다.

워렌 버핏의 40억 원짜리 점심도 부럽지 않게 만드는 것은 가슴을 뛰게 만드는 '생생한 꿈'입니다. 내가 정말 원하는 일을 찾는 것이 행복의 시작입니다. 어떻게 하면 가슴 뛰는 일을 하며 살 수 있을까를 고민하는 것만으로도 하루가 행복해집니다.

🌿 '했더라면' 줄이기

아내가 드라마를 보다가 뜬금없이 나에게 묻습니다. "지금 나이에 무엇을 하며 살아야 되는지를 알 수 있다면 얼마나 좋을까요?" 이민규 교수가 답을 줍니다. "삶에서 지름길을 찾는 가장 확실한 방법은 앞서 간 사람에게 길을 물어보는 것이다."

40대는 50대에게 물으면 답을 찾을 수 있습니다. 50대는 60대에게 답을 구하면 됩니다. 가르침을 청하는 사람을 미워하는 사람도 없고 조언을 부탁하는 사람을 싫어하는 사람도 없다고 했습니다. 다른 사람의 도움 없이는 어떤 사람도 풍요로운 삶을 살 수 없습니다.

아뷰난드는 "세월은 누구에게나 평등하게 주어진 자본금이다. 이 자본을 잘 이용하는 사람에게는 승리가 온다"고 말했습니다. 하루를 지내는 동안 어른의 몸에서는 심장이 10만 3,689번 뛰고 몸속의 혈액은 1억 6,800만 마일을 달리며 숨은 2만 3,040번이나 내쉬고 두뇌 세포는 700만 개를 사용한다고 합니다. 내 몸은 생명을 유지하기 위해 하루 동안에 엄청난 일을 합니다. 내 몸이 나를 위해서 최선을 다하는 만큼 오늘 하루 열정을 다해 살았는지 물으면 자신이 없어집니다.

인터넷에서 우연히 보았는데 내 마음에 오래 머물고 있는 글이 있습니다. "매일 전 세계에서 70억 개 이상 팔리는 라면은 무엇일까요?" 라는 질문에 대한 답은 '했더라면' 이라는 내용입니다. 지금까지 살면서 나도 '했더라면' 을 수없이 많이 먹었습니다. "앞으로 20년이 지나면 당신은 당신이 한 일보다 하지 못한 일 때문에 후회할 것이다. 그러니 닻을 올려 안전한 포구를 떠나라. 당신의 돛에 무역풍을 가득 안고 출발하여 탐험하라. 꿈꾸라. 그리고 발견하라." 마크 트웨인의 말이 예사롭지 않게 들립니다.

누구나 살면서 '했더라면' 을 먹지 않고 살기를 바랍니다. 1508년 미켈란젤로는 교황 율리우스 2세의 요청에 따라 시스티나 성당에 불후의 명작인 〈천지창조〉를 그리게 됩니다. 어느 날 한 친구가 물었습니다. "여보게, 잘 보이지도 않는 구석까지 뭘 그렇게 정성을 들여 그리나? 누가 그걸 알아준다고!" 그 말에 미켈란젤로가 이렇게 대답했습니다. "그거야 내가 알지!"

누가 알아주든 말든 잘 보이지 않는 구석구석까지 혼신의 힘을 다하는 미켈란젤로처럼 일 자체가 좋아서 하는 태도를 심리학에서는 '미켈란젤로 동기' 라고 합니다. 미켈란젤로처럼 아무도 알아주지 않아도 좋은 일, 내가 좋아서 몰두하고 있는 일이 '했더라면' 을 먹지 않고 살게 해주는 비결이 아닐까요.

내가 좋아하는 일을 하게 되면 작가 이내화가 말하는 7, 15, 21, 28,

35, 45란 숫자의 주인공이 될 수도 있습니다. 7세에 깨우치면 영재가 되고, 15세에 깨우치면 특목고에 입학하고, 21세에 깨우치면 대학생 때 고시합격하고, 28세에 깨우치면 결혼을 잘할 수 있으며, 35세에 깨우치면 부자가 되고, 45세에 깨우치면 인생 후반전이 편하다는 것입니다. 어떤 일이든 성공하려면 깨우침이 우선입니다. 사람은 좋아하는 일을 할 때 깨우침과 만날 수 있는 가능성이 높아집니다. 이런 면에서 좋아하는 일은 깨우침을 이끄는 원동력입니다.

내가 정말 원하는 일을 찾는 것이 행복의 시작입니다. 하고 싶은 일과 자신이 진정 원하는 일을 한다면 이미 절반은 성공입니다. 나보다 먼저 인생을 살아본 사람들이 내가 후회하지 않을 인생의 답을 알고 있습니다. 그들에게 답을 구하여 실행하는 것이 '했더라면'을 줄이는 가장 빠른 길입니다.

 ## 겸손도 자기계발이다

집 근처에 있는 상점에 들렀을 때 목격한 일입니다. 어떤 엄마가 대여섯 살쯤 된 아이에게 "네가 애냐?"며 면박을 줍니다. 그것도 큰 소리로 말입니다. 주변에 있는 사람들의 시선은 안중에도 없습니다. 혼내

밥이 고맙다

는 엄마에게서 아이가 창피할 수도 있겠다고 생각하는 마음을 찾아보기 어려웠습니다. 그 엄마는 아이에게 어른의 모습을 기대했던 모양입니다. 아이의 풀죽은 표정에서 기가 꺾여 있음을 보게 되어 씁쓸했습니다.

그 상점에서 쇼핑을 하다가 우연히 직원들이 모여있는 광경이 눈에 들어 왔습니다. 화가 나 있는 젊은 여자는 팀장인 듯했고, 고개를 숙이고 있는 나이 많은 아주머니는 팀원인 듯했습니다. 무엇을 잘못했는지 쩔쩔매고 있는 나이 많은 팀원에게 30세 안팎으로 보이는 팀장이 "내가 이렇게 하지 말라고 했지?" 하고 반말로 고함치는 모습을 보며 큰 충격을 받았습니다. '권세는 탐닉하기 쉬운 것이라 오만방자해지기 마련이다' 는 말이 떠올랐습니다. 다른 사람보다 윗자리에 있을수록 예의와 겸손의 미덕을 갖추는 것이 중요함을 생각하게 됩니다.

'고개를 숙이면 부딪치는 법이 없다' 는 말이 있습니다. 이 말은 조선 초 맹사성(孟思誠)에게 한 고승이 준 가르침입니다. 맹사성은 열아홉에 장원급제하여 스무 살에 군수라는 높은 자리에 올라 자만심으로 가득했습니다. 그러던 어느 날 맹사성은 그 고을에서 유명하다는 선사를 찾아가 물었습니다. "이 고을을 다스리는 사람으로서 내가 최고로 삼아야 할 좌우명이 무엇이라 생각하오?" 그러자 스님이 "나쁜 일을 하지 않고 착한 일을 많이 베풀면 됩니다" 라고 말했습니다. 그러자 맹사성은 "그런 건 삼척동자도 다 아는 이치인데, 먼 길 온 내게 해줄 말이 고작 그것뿐이오?" 라며 거만하게 말하고 자리에서 일어나려 했습니다. 그때 스님이 차나 한 잔 하자고 붙잡았습니다. 그런데 스님은 맹사성의 찻잔에 찻물이 넘치는데도 계속 차를 따르는 것이었습니다. 이게 무슨 짓이냐고 소리치는 맹사성에게 스님은 말했습니다. "찻물이 넘쳐 방바닥을 적시는 것은 알고, 지식이 넘쳐 인품을 망치는 것은 어찌 모르십니까?" 이 말을 듣고 부끄러웠던 맹사성은 황급히 일어나 방문을 열고 나가려다 문지방에 머리를 세게 부딪치고 말았다고 합니다. 그러자 스님이 빙그레 웃으며 "고개를 숙이면 부딪치는 법이 없습니다"라고 말했다는 이야기입니다.

문득 직장에서 흔히 목격되는 사람풍경이 떠오릅니다. 윗사람이라고 아랫사람에게 함부로 말하고, 기본적인 예의도 지키지 않고 무례하게 대하는 모습을 보면 넘치는 찻물을 보는 것 같습니다. 함께 근무하는 다른 사람들은 안중에도 없다는 듯 큰 소리로 전화 통화하는 모습이나 업무처리로 바쁜 직원들 옆에서 테니스 라켓이나 골프채를 휘두르는 모습을 보면 문지방에 머리를 세게 부딪치고 있는 맹사성이 떠올라 씁쓸한 웃음을 짓게 됩니다.

상점에서 우연히 목격된 일들을 보며 예의와 겸손의 가치가 얼마나 큰 것인지를 생각하게 됩니다. 일상의 삶에서 겸손을 만나고 행하기가 얼마나 어려운지도 알게 됩니다. 살아가면서 사람의 인격과 품격을 무서워할 줄 아는 지혜도 필요합니다. 겸손도 자기계발입니다.

밥이 고맙다

어떤 사람으로 기억되고 싶은가

우리는 좋은 사람으로 기억되기를 원합니다. 그러나 좋은 사람으로 평가를 받기가 쉽지 않습니다.

"지금 바로 나 그리고 내 인생을 통틀어 누군가를 평가할 때 '좋았다'와 '그저 그래' 중에 무슨 말을 듣고 싶은가. '좋았다'라는 이 단순한 한마디는 어디에서 오는가. 이 짧은 한마디를 듣기 위해서는 말할 수 없는 수고와 희생이 있어야 한다."

신달자 시인의 말입니다. 우리는 좋은 사람으로 평가 받기 위해 애쓰며 삽니다. 좋은 사람으로 평가를 받는다는 것은 성공의 또 다른 이름이기 때문입니다.

동서고금을 막론하고 사람과의 관계는 중시되고 있습니다. 어떤 일을 하는데 잘할 수 있는 방법을 아는 것이 힘인 시대가 있었습니다. 내가 필요로 하는 지식과 자료가 어디에 있는지를 아는 것이 경쟁력인 시대도 있었습니다. 지금은 누구를 알고 있는지가 중요한 시대입니다. '인맥은 천재의 재능보다 낫다'는 말이 이를 증명해줍니다. 성공적인 인생을 살려면 휴먼 네트워크가 필수인 시대입니다.

세상을 살다보면 사람의 마음을 하루아침에 얻기가 힘듦을 알게 됩니다. 사람과의 관계는 그동안 쏟은 시간과 노력에 비례한다는 것도 경험하게 됩니다. 아는 사람 덕분에 일이 술술 풀릴 때가 있습니다. 누군가를 안다는 것은 인생의 비단길을 만나는 것과 같습니다.

하지만 인간관계에는 또 다른 진실이 숨어 있습니다. 인간관계가 중시되는 것은 어쩌면 있는 자와 기득권층의 지배 논리에서 나온 부산물일 수도 있다는 점입니다. 조직의 리더 입장에서 구성원을 길들이는 통치수단일 수도 있겠다는 생각이 듭니다. 인간관계가 중요하다는 논리를 펴야 구성원들이 자신들에게 충성 맹세를 할 기회가 높아지기 때문입니다.

세상이 온통 인간관계의 부정적인 측면으로 채워지면 법과 원칙이 중시되는 문화가 자리 잡기는 어렵습니다. 법과 원칙이 설 땅을 잃게 되는 사회와 조직은 효율성이 떨어질 가능성이 높습니다. 장기적으로 몰락과 퇴락만이 존재할 뿐입니다. 사람들과 좋은 관계를 유지하려는 목적이 '안 되는 일'을 되게 하려는데 있다면 큰일입니다. 좋은 관계 맺기가 법과 원칙을 무시하고 무리수가 통하는 통로로 삼으려 해서도 안 됩니다. 편법용 인간관계는 열심히 일하는 조직문화에도 암(癌)적인 존재입니다. 조직을 시스템보다 정실을 우선시하는 인간관계 중심으로 만드는 것을 경계해야 합니다. 인간관계 중심의 조직이 되면 구성원들이 관계에만 치중하려 들기 때문입니다.

작가 정진홍은 《마지막 한 걸음은 혼자서 가야한다》는 책에서 말합니다. "아프리카 스와힐리족은 사람이 죽으면 '기억되는 한 아직 살아 있다'고 간주되는 '사사sasa'의 시간으로 들어간다고 봤다. 그들에게 진정한 죽음은 영원한 침묵과 망각의 시간으로 들어가 기억하는 사람

밥이 고맙다

이 없게 되는 '자마니zamani'의 시간에 들어가야 진짜 죽는 것이라고 봤다."

우리는 '자마니zamani'의 시간이 아니라 '사사sasa'의 시간에 오래 머물게 되기를 꿈꿉니다. 하지만 세상의 이치는 내가 살아온 만큼만 기억됩니다. 내가 어떻게 기억될지는 내가 기억해 달라는 대로, 말하는 대로 되는게 아닙니다. 내가 살면서 무엇을 하며 어떤 사람으로 기억될 것인지를 고민하는 이유입니다.

 ## 소통의 네 가지 비밀

지금은 소통의 시대라고 합니다. 나는 소통을 잘하며 살고 있는지 의문이 듭니다. 가족과의 소통에 보이지 않는 벽은 없는지 걱정입니다. 직장에서의 소통에 문제가 없는지는 더욱 자신이 없어집니다. 소통이 중요하다고 말은 쉽게 하지만 소통을 제대로 하며 살기는 어렵습니다.

한완상 박사는 참된 소통이 이뤄지려면 세 단계가 필요하다고 말합니다.

"먼저는 역지사지(易地思之)이다. 상대의 처지를 머리로 아는 것이다. 다음은 역지감지(易地感之)이다. 가슴으로 느끼는 것이다. 마지막으로 역지식지(易地食之)이다. 상대방의 존재를 지탱케 하는 음식까지 내가 먹을 수 있을 때에 진정한 소통이 이뤄지는 것이다. 이는 마치 육식동물인 사자가 초식동물인 소와 같이 풀을 뜯어 먹는 것과 같다."

나는 여기에 역지족지(易地足之)를 더하고 싶습니다. 상대방의 처지를 발로 아는 것입니다. 상대방이 열심히 살아오고 살아가는 모습을 볼 수 있어야 합니다. 역지사지, 역지감지, 역지식지, 역지족지를 바탕으로 한 소통을 통해서 사람의 마음을 사로잡고 움직일 수 있으며, 상대방을 감동시킬 수 있다고 생각합니다. 나는 이를 '역지사지(易地四之) 소통법'이라고 부릅니다.

역지사지(易地思之) 소통은 상대방의 입장을 이성으로 이해하는 단계입니다. 소통을 잘하기 위한 첫 관문인 셈입니다. 상대방을 이성으로 이해하지 못하면서 따뜻한 가슴으로 이해한다는 것은 불가능합니다. 역지감지(易地感之) 소통은 상대방의 처지를 따뜻한 마음으로 이해하는 단계입니다. 배가 아플 때 손바닥을 배에 대보면 찬 기운이 감돈다. 배에 손바닥을 대고 있으면 따뜻한 온기가 전해지면서 차기가 풀리고 배 아픔이 덜합니다. 소통에서도 따뜻한 마음이 전해지면 상대방과의 관계가 부드러워지기 마련입니다.

역지식지(易地食之) 소통은 적자생존의 논리가 성립되지 않는 단계입니다. 사자가 소를 잡아먹지 않고 함께 풀을 뜯어 먹는 것과 같은 소통입니다. 상대방을 인정하고 배려하는 소통법입니다.

역지족지(易地足之) 소통은 상대방이 살아온 발자취를 아는 단계입

밥이 고맙다

니다. 상대방이 살면서 어떤 노력을 기울여 왔는지 삶의 여정을 알게 되면 소통이 원활해진다는 측면입니다. 미국 하버드대학 심리학 교수인 대니얼 길버트 교수는 "무엇을 사야 할지 안다면 돈으로 행복을 살 수 있다. 행복해지고 싶으면 물건보다 경험에 돈을 쓰라"고 충고합니다. 소통을 잘하려면 발품을 팔아 상대방이 어떤 경험을 하며 살아왔는지 아는 것이 필요합니다.

세상을 살면서 역지사지(易地四之) 소통법을 잘 구사하려면 솔직함이 우선입니다. 'SBS 파워 FM 두시탈출 컬투쇼'를 진행하고 있는 정찬우와 김태균 씨는 7년간 라디오 청취율 단독 1위를 고수하고 있습니다. 그 비결은 형식을 파괴하는 솔직함에 있다고 무릎팍도사에 출연해 말했습니다. 솔직하면서도 편안하게 청취자들의 마음을 울리고 웃기며 생사고락을 함께하는 그들의 소통법을 배우고 싶습니다.

역지사지 소통법은 '나 중심'을 '너 중심'으로 바꿀 때 가능합니다. 내가 손해 보지 않으려는 마음에서는 소통이 잘 될 수 없습니다. 나만 생각하는 이기심이 발동하면 상대방이 마음의 문을 닫아 버립니다. 그렇게 되면 상대방의 마음에 내 마음이 들어갈 틈이 생기지 않습니다. '나 중심'의 소통은 상대방과의 불통을 초래하는 주된 원인입니다. '나 중심'을 '너 중심'으로 바꾸지 않고서는 역지사지(易地四之) 소통법도 무용지물입니다.

🌿 화법도 경쟁력이다

　현대는 누구나 소통의 가치를 강조합니다. 소통이 잘되면 관계가 돈독해지고 좋은 성과를 내지만 소통이 제대로 되지 않으면 오해가 싹트고 불신의 골이 깊어질 수 있기 때문입니다. 그래서 개인이든 조직이든 어떻게 하면 소통력을 키울 수 있는지 고민합니다. 소통력을 높이기 위해서는 제대로 듣고 제대로 말하기가 중요합니다. 화법에 따라 상대방의 기분을 좋게 만들 수도 있고 나쁘게 만들 수도 있기 때문입니다. 어떤 화법을 구사하느냐에 따라 소통의 성공여부가 결정됩니다.

　사람들은 말로 생각을 표현하고 다른 사람의 생각을 읽습니다. 말은 가장 손쉽게 할 수 있는 대중적 의사소통 수단입니다. 말하기가 쉽다 보니 말의 중요성을 깨닫지 못하고 함부로 말하는 경우가 흔합니다. '물고기는 언제나 입에 낚시 바늘이 걸립니다. 사람도 역시 입으로 걸리게 된다' 는 유태인 격언은 말조심의 중요성을 일깨워줍니다. '말로 인한 상처는 치료가 어렵다' 는 페르시아 속담처럼 잘못된 화법은 상대방에게 상처를 줍니다. 말을 할 때 상대방을 응시하는 것은 기본입니다. 그런데 말을 할 때 상대방을 쳐다보지 않고 허공과 벽을 보고 말하는 사람이 있습니다.

　여러 명이 있는 사무실에서 불특정 다수인을 상대로 말하는 유형입니다. 소통의 주체는 사람인데 허공에 대고 말을 하니 아무도 반응을 하지 않습니다. 벽과 허공에 대고 말하는 것은 소통이 아니라 혼잣말입니다. 소통을 할 때 유독 말끝을 흐리는 사람이 있습니다. 말 끝맺음이 명쾌하지 않고 뱀 꼬리처럼 흐지부지하는 스타일입니다. 존칭도 아니고 반말도 아닌 정체불명의 어투로 말끝을 흐리는 경우입니다. 이럴 경우 듣는 사람의 심기가 불편합니다. 흐린 말끝처럼 듣는 자신의 존재가 애매모호한 사람으로 취급되는 것 같아 기분이 나빠집니다.

직장에서 반말을 하는 화법에서는 상대방에 대한 예의를 찾아보기 힘듭니다. 반말을 할 만큼 친분이 있거나 관계 맺기가 되어 있다면 그나마 다행입니다. 그런데 직급이 높다는 이유만으로 반말을 하는 것은 상대방에 대한 무시일 뿐 아니라 말하는 자신의 품격까지 낮추는 행위입니다. 나이가 많다는 이유만으로 젊은 사람에게 반말을 하는 것도 아름다운 모습은 아닙니다. 상대방을 배려하고 존중하는 말이 결국 나의 인품을 높이는 화법입니다.

소통을 할 때 가까운 사이일수록 상대방을 존중하지 않는 화법을 쓰게 되는 경우가 많습니다. 개인적인 친분이 생기면 예의를 갖추지 않아도 되거나 예의를 갖추어 말하는 화법이 오히려 거리감을 느끼게 한다고 생각하는 사람들이 있습니다. 그러나 예의 없는 화법은 가까운 사이일수록 더 큰 상처가 됩니다. 주변에서 상대방의 약점이나 단점을 들춰 놀리는 유머로 친분과 친밀감을 표현하는 사람을 보게 됩니다. 이럴 경우 놀림당한 사람은 다른 사람들과 함께 웃고 있지만 마음은 불유쾌해지고 속은 타들어 갑니다. 화를 내자니 유머도 구분하지 못하는 옹졸한 사람 같고, 함께 웃고 있자니 웃고 있는 자신이 바보가 된 기분이 듭니다. 어느 유행가 가사처럼 '내가 웃는 게 웃는 게 아닌' 씁쓸한 상태가 되는 것입니다. 아무리 유머라고 하지만 상대방의 입장을 헤아리지 않고 마음을 상하게 하는 것은 삼가해야 합니다. 소중한 사람과 말을 할수록 화법에 신중을 기해야 합니다.

세상을 잘 살아가려면 솜씨, 말씨, 마음씨라는 삶의 도구가 필요합니다. 손으로 무엇인가를 만드는 재주인 솜씨, 마음을 쓰는 태도인 마음씨와 고운 말씨가 필요하다는 것입니다. 말씨는 말하는 버릇이나 태도를 뜻합니다. 말이 씨가 되고 말이 삶이 되는 것입니다. 솜씨, 말씨, 마음씨는 나의 자화상이고 거울입니다. 생각과 마음 상태는 말씨로 표현되고 솜씨로 구체화 됩니다. 말이 가진 힘은 마음씨를 지배한다는 점입니다. 화법이 경쟁력인 시대, 자신의 말씨를 다듬어 보면 어떨까요.

밥이 고맙다

나는
이런 이들이 좋다

제**3**부

🌿 머리 · 가슴 · 발 리더십

　리더십에 대한 관심은 동서고금의 경계를 허뭅니다. 누구나 리더가 되고 싶은 마음의 거울이 반사된 결과입니다. 리더십은 영향력입니다. 리더가 되어 많은 사람들에게 영향력을 행사하고 싶은 것입니다. 리더는 영향력의 범주가 현재만이 아닌 미래의 역사에도 머물게 되기를 갈구합니다. 모든 이가 리더를 꿈꾸고 있거나 이미 리더라고 생각합니다. 세상을 살면서 누군가에게 영향력을 미치지 않는 사람은 없기 때문입니다.

　세상에 리더가 넘쳐납니다. 리더는 많은데 존경할 만한 리더를 만나기 어려운 것이 아쉽고 안타깝습니다. 바람직하지 못한 역사의 수레바퀴가 거듭되는 것도 본받을 만한 리더의 부재가 원인일 수 있습니다.

　어느 날 리더의 덕목을 고민하다 내 몸에 눈길이 갔습니다. 머리, 가슴, 발에서 리더가 갖추어야 할 덕목을 찾을 수 있겠다는 생각이 들었습니다. 리더가 되고 싶은 사람은 머리, 가슴, 발이 전하는 리더십에 귀를 기울여보면 좋을 듯합니다.

　먼저 머리는 리더에게 지혜로움을 주문합니다. 머리는 모자만 쓰라고 있는 것이 아니란 우스갯소리가 예사로 들리지 않습니다. 리더는 생각의 깊이와 넓이가 남달라야 합니다. 리더의 판단에 따라 구성원의 희비가 엇갈리고 삶의 질이 결정되기 때문입니다. 불확실성이 높아지는 시대에 리더의 차가운 이성이 절실합니다. 리더는 현실을 냉정하고 객관적으로 바라보는 시각이 필요합니다. 리더는 두루 살펴 생각하고 고민하는 시간을 늘려야 합니다.

둘째, 가슴은 리더에게 따뜻한 마음을 요구합니다. 지금은 감성의 가치가 지배하는 시대입니다. 감성은 따뜻함입니다. 정이 듬뿍 담긴 사람 냄새는 감성에서 나옵니다. 현대인은 사람 냄새나는 리더를 만나고 싶어 합니다. 리더라면 일도 중요하지만 사람에 초점을 맞춰야 합니다. 따뜻한 가슴은 자신과 미래에 대해서 열정과 믿음을 가지는 마음가짐입니다. 따뜻한 가슴으로 구성원의 감성을 보살피는 리더가 탁월한 리더입니다. 인간적인 정을 느낄 수 있는 리더가 조직을 발전시키는 경쟁력을 갖춘 리더입니다.

셋째, 발은 리더에게 몸소 실천하는 역동성을 기대합니다. 구성원에게 다가가는 발품과 목표를 향한 실행력을 요구합니다. 말보다는 행동 지향적인 리더가 우선임을 직시합니다. 성공회대 신영복 석좌교수는 "머리 좋은 사람이 마음 좋은 사람만 못하고, 마음 좋은 사람이 발 좋은 사람만 못하다"고 했습니다. 실행력으로 솔선수범하는 리더십의 가치를 엿볼 수 있습니다.

리더가 되고 싶다면 지혜로운 생각과 따뜻한 마음 그리고 솔선수범하는 실행력을 갖춰야 합니다. 세상의 모든 여행 중에 머리에서 가슴으로, 가슴에서 발까지의 여행이 가장 길다고 합니다. 리더가 지혜로운 생각에서 따뜻한 마음으로, 따뜻한 마음에서 솔선수범하는 실행력까지 갖추기란 쉽지 않아 보입니다. 해리 트루먼의 말에서 답을 찾으면 어떨까 싶습니다. "모든 독서가(Reader)가 다 지도자(Leader)가 되는 것은 아니다. 그러나 모든 지도자는 반드시 독서가가 되어야 한다." 지도자의 제일 덕목은 독서가가 되는 것입니다.

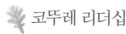 코뚜레 리더십

어릴 적 가끔 소를 들녘으로 끌고나가 풀을 뜯어 먹게 했습니다. 하고 싶어서 한 일이 아니다. 할아버지가 시켜서 싫지만 어쩔 수 없이 했습니다. 그때는 후덥지근한 열기에 묻어나는 풀냄새가 무진장 싫었습니다. 여기에다 친구들과 놀지 못하는 속상함까지 더해지면 화가 고스란히 소에게 전달되었습니다. 화풀이의 비밀병기는 코뚜레였습니다. 내 체격보다 훨씬 큰 소도 코뚜레를 이리저리 움직이면 꼼짝 못했습니다.

코뚜레는 소의 코청을 꿰뚫고 거기에 끼는 고리 모양의 나무를 말합니다. 소의 코는 민감한 부위라서 작은 충격에도 통증을 느낍니다. 코뚜레는 소를 길들이고 말을 잘 듣게 하기 위한 도구입니다. 말을 잘 듣지 않는 소에게 일을 부려먹기 위해서는 코뚜레만한 것이 없습니다. 고삐 풀린 망아지가 무서운 것은 통제할 수 있는 코뚜레가 없기 때문입니다.

소를 부려먹기 위해서는 코뚜레 하나면 됩니다. 사람이 소의 약점인 코뚜레를 잡고 있기 때문입니다. 간혹 소가 코뚜레의 약점을 잊게 되면 날뛰며 반항할 때도 있습니다. 그럴 때마다 나는 사정없이 코뚜레를 잡아챘습니다. 코뚜레에는 소의 아픔이나 입장을 배려하는 측은지심이 없습니다. 나는 코뚜레의 힘을 빌려 소를 강제적으로 조정하고 이용했습니다.

코뚜레와 리더십은 무엇인가를 관리한다는 측면에서 닮았습니다. 소를 관리하는 수단이 코뚜레라면 사람을 관리하는 스킬은 리더십입니다. 다만 리더십에는 소에게 하나만 있어도 통하는 코뚜레 같은 것이 없다는 점이 다릅니다. 그래서 누구나 리더십을 이야기 하지만 존경받는 리더를 만나기 어려운지 모릅니다. 사람에게는 코뚜레 같은 강압적인 리더십이 통하지 않습니다. 사람에게는 상대방의 마음을 무시하고 약점을 휘두르는 코뚜레 같은 리더십만으로는 한계가 있습니다. 그래서 사람을 관리할 때는 애정이 담긴 관심과 인격이 담긴 지지와 격려를 근간으로 하는 따뜻한 리더십이 필요합니다. 권모술수와 병법 같은 꼼수로는 존경받는 리더가 되기 어렵습니다.

에드윈 로크도 《리더십의 정수》에서 "리더십은 구원들과의 관계 속에서 형성되는 역동적인 현상이므로 서로 간의 이해와 원활한 의사소통 그리고 인간적인 유대를 돈독히 할 필요가 있다"고 주장합니다. 리더가 따뜻한 리더십을 발휘하기 위해서는 늘 다른 사람을 배려하는 마음과 상대방의 입장을 살필 수 있는 눈을 가져야 합니다. 더 나아가 구성원의 역량과 가능성을 발굴하는 눈을 가져야 합니다. 야구의 신으로 불리는 고양 원더스 김성근 감독은《리더는 사람을 버리지 않는다》에서 리더는 진(診)의 눈을 가져야 한다고 강조합니다.

"견(見)은 말 그대로 그저 보는 것이다. 이것이 야구공인지, 배트인지, 사람인지를 구별하는 정도이다. 우리는 보통 '견' 의 단계에서 세상을 살아간다. 관(觀)은 자세하게 들여다보는 단계이다. 같은 야구공이라 할지라도 헌 공인지, 새 공인지, 새 공이라면 어느 회사 제품인지, 실밥이 어떤 모양으로 박혀 있는지를 파악하는 단계이다. 정보의 분류가 가능한 경지이다. 진(診)은 의사들이 환자를 진찰할 때 사용하는 눈이다. 표면적 증상을 보고 환자의 어디가 어떻게 아픈지를 정확하게 진단해내는 것이다. 치열한 관심과 전문가적인 식견이 있어야 도달할 수 있다."

리더는 이 진(診)의 눈으로 구성원의 아픈 마음까지 헤아릴 수 있어야 합니다. 진(診)의 눈으로 구성원의 마음을 움직이고 사로잡을 수 있어야 존경받는 리더가 될 수 있습니다. 리더에게 주어지는 힘으로 구성원을 윽박지르는 리더십은 한계가 있습니다. 수만 개의 낱눈으로 천적의 행동을 살피는 잠자리처럼 리더는 구성원들의 깊은 마음까지 보듬어주어 자발적으로 조직목표에 기여할 수 있도록 이끌어야 진짜입니다.

밥이 고맙다

생산적인 리더 vs 소비적인 리더

　가을 단풍이 온 세상을 수놓습니다. 가을에는 단풍을 볼 수 있어 행복합니다. 각양각색의 단풍잎이 빚어내는 배색의 조화가 아름답습니다. 노랗고 붉은 고유의 색을 표현하면서도 아름답게 어우러지는 단풍의 조화가 신비롭고 경이롭기까지 합니다. 아우성치지 않아도 저절로 스며드는 행복을 안겨주는 단풍의 격조가 인상적입니다. 가을 단풍이 리더는 어때야 하는지 화두를 던집니다. 잎 고유의 색과 모양을 살리면서도 어떻게 조화를 이끌어내는지, 햇볕과 바람은 어떻게 작용하는지 살펴보라 합니다. 가을 단풍처럼 리더는 구성원의 마음을 무엇으로 사로잡고 어떻게 감동시킬 것인지, 마음을 어떻게 조율하고 이끌지 묻습니다. 각양각색 단풍이 색다른 아름다움을 창조하듯 구성원의 다양한 의견을 조율해 최적의 대안을 도출하는 것은 리더의 몫입니다.

　리더에는 구성원과 조직의 성장에 기여하는 '생산적인 리더' 와 구성원과 조직의 성장을 저해하는 '소비적인 리더' 가 있습니다. 생산적인 리더는 문제가 발생하면 적극적으로 해결합니다. 구성원의 의견에 귀 기울여 경청하고 객관적이며 논리적인 시각으로 대안을 제시하며 최적의 해결방안을 모색합니다. 민주적인 과정을 통한 문제해결은 구성원이 자신의 의견이 반영된다는 인정(認定)과 소속감을 갖게 하여 구성원과 조직이 함께 성장합니다. 잘 나가는 회사의 공통점은 이런 생산적인 리더가 많다는 것입니다.

반면 소비적인 리더는 문제를 방치하고 감추기 바쁩니다. 구성원과 소통하지 않고 대안 없는 불평으로 언성만 높입니다. 소비적인 리더가 많은 조직에서는 방치되거나 감추어진 문제가 또 다른 문제를 낳고 해결되지 못한 문제들로 구성원들은 우울합니다. 이런 조직에서 성장 가능성을 기대하고 미래의 희망을 논하기는 어렵습니다.

생산적인 리더와 소비적인 리더는 업무를 대하는 태도에서부터 다릅니다. 생산적인 리더는 해결해야 할 일에 앞장서는 '솔선수범형' 입니다. 해결해야 할 일이 있다는 사실을 자신이 조직에서 쓰임이 있고 경쟁력이 있다는 증거로 받아들입니다. 솔선수범형 리더와 함께 일하는 구성원은 행복합니다. 반면 소비적인 리더는 해결해야 할 일을 회피하고 구성원에게 떠넘기는 '토스형' 입니다. 일이 생기면 떠넘기기 바쁩니다. 토스형 리더가 많은 조직은 동맥경화 현상에 빠지기 쉽습니다. 이런 조직은 높은 직급에서 낮은 직급으로 떠넘기는 시스템에 익숙해져 있어 낮은 직급의 구성원에게 일이 집중되는 '깔때기 현상' 이 일어납니다. 말단 직급의 구성원은 업무과다로 인한 스트레스와 우울감에 시달립니다.

노동환경건강연구소가 '깔때기 현상' 으로 시달리는 공무원 5천966명을 대상으로 설문조사를 한 결과 27.5%가 '최근 1년간 자살 충동을 경험한 적이 있다' 고 답했으며 우울상태가 심각해 심리 상담이 필요한 경우도 37.9%로 나타났습니다. 이처럼 토스형 리더와 일하는 구성원은 불행합니다. 사서(四書) 중《대학(大學)》을 보면 훌륭한 리더의 자질을 다음과 같이 언급하고 있습니다.

"한 신하가 있어 별다른 재주는 없으나 그 마음이 넉넉해서 남을 받아들이고, 남이 가진 재주를 자기가 그 재주를 가진 듯 기뻐하며 남의 훌륭함을 진실로 좋아하여 진심으로 남의 장점을 인정하고 받아들인다면 이러한 사람은 우리 자손 백성들을 잘되게 해줄 수 있을 것이요, 남의 재주 있는 것을 시기하고 미워하며 훌륭한 사람을 멀리하는 신하라면 이는 마음이 넉넉하지 못해서 남을 받아들이지 못하는 것이니, 그러한 신하는 우리 자손 백성들을 위태롭게 할 것이다."

가을 단풍처럼 구성원들에게 잔잔한 행복을 주는 생산적인 리더가 그립습니다.

🌿 당근과 채찍의 리더십

개 두 마리가 지긋지긋하게 싸워댑니다. 틈만 나면 으르렁거리며 물어뜯고 싸웁니다. 개 주인은 안타까워 속만 태웁니다. 싸움을 뜯어 말리느라 정신이 없습니다. 싸움이 끝나면 주인은 상처투성이가 된 '약골 개'를 껴안고 속상해하며 위로해주기 바쁩니다. 가해자인 '폭군 개'에게는 별다른 잔소리를 하지 않습니다. 우리 집 개 이야기가 아니라 얼마 전 방송에서 본 장면입니다.

개가 이처럼 투견이 된 데에는 주인의 태도에 문제가 있다고 전문가는 진단을 내렸습니다. 개가 잘못했을 때 잘못한 행동에 대해서 혼을 냈어야 하는데 그냥 넘어간 것이 싸움을 키웠다는 것입니다. 주인의 애매한 태도가 반복되다 보니 '폭군 개'는 묵시적인 인정으로 받아들여 걸핏하면 '약골 개'를 괴롭히고 싸움을 걸었던 것입니다. 주인이 훈육의 기회를 놓쳐 개들만 피를 보게 된 꼴입니다.

전문가가 주인에게 주문한 치료법은 당근과 채찍의 경계를 분명히 하라는 것이었습니다. 개들끼리 눈을 마주보게 한 후 사이좋게 있으면 맛있는 것을 주는 당근법으로 훈련을 반복했습니다. 싸움을 하려고 하면 단호하게 채찍을 가했습니다. 당근과 채찍의 경계가 분명해질수록 개들의 싸움은 놀라울 정도로 줄어들었고 야외 나들이를 함께할 만큼 호의적인 관계가 되었습니다.

주인이 귀찮고 번거로워 '좋은 게 좋은 것'이라는 생각에 개들이 싸워도 그냥 눈감아 주고 넘어간 것이 문제를 키웠습니다. 개조차도 무관심이나 방관보다는 상황에 따라 당근과 채찍을 적절하게 주는 적극적인 훈육법이 필요함을 알 수 있습니다.

아내가 교직에 있어 학생들 이야기를 자주 듣습니다. 아이들이 많다 보니 별별 문제로 속을 썩게 되는 모양입니다. 친구들의 휴대폰과 돈을 훔치거나 담배를 피우다 걸리고 폭력의 가해자가 되면 부모님과 상

밥이 고맙다

담을 하게 된다고 합니다. 아이의 문제행동을 알리고 해결방안을 모색하는 과정에서 의외로 많은 부모들이 원인과 해결책을 잘못 짚는다고 했습니다. 아이 주변의 못된 친구 탓을 하거나 지나치게 엄한 학교규칙 때문이라고 원망하고 이 일로 아이가 기죽을 것을 염려한다는 것입니다. 교육청 간부와 친분을 과시하거나 전학을 신속하게 시키는 것이 부모의 능력이고 해결방안이라고 생각하기도 한답니다. 아이가 잘못했으면 꾸중으로 뉘우칠 수 있는 기회를 갖게 하는 것이 현명한 부모이고 귀한 자식 사랑법인데 아이가 바로설 수 있는 기회를 잃게 되는 것 같아 안타깝다고 합니다. 자녀를 잘 키우는 비결 중 하나는 칭찬과 꾸중을 바르게 하는 데 있습니다.

당근과 채찍, 칭찬과 꾸중의 리더십은 개와 학생들에게만 적용되는 것이 아닙니다. 조직관리 측면에서 리더가 갖춰야할 역량입니다. 맨체스터 유나이티드의 퍼거슨 감독은 기사 작위를 받았습니다. 그가 895승을 만들어 내는 동안 지켰던 제1의 원칙은 '팀보다 위대한 선수는 없다' 는 것이었습니다. 제 아무리 뛰어난 선수라도 팀을 위한 움직임이 부족하면 가차없이 팀에서 제외시키는 채찍과 꾸중의 리더십을 선택했습니다. 팀을 위한 플레이가 보이지 않을 때는 독설과 고성으로 독재자의 면모를 드러냈고 포지션 경쟁을 통해서 선수의 기량을 높였습니다. 퍼거슨 감독을 주목하는 이유는 자기 역할을 묵묵히 잘 수행하는 선수에게는 무한한 신뢰와 배려로 당근과 칭찬의 리더십을 발휘했다는 점입니다. 박지성 선수가 맨유에서 빛날 수 있었던 것도 퍼거슨 감독의 철학과 궁합이 맞은 결과로 보입니다.

리더라면 칭찬을 해야 할 때 꾸중을 하거나 꾸중을 해야 할 때 칭찬을 하는 오류를 범해서는 안됩니다. 존경받는 리더의 조건은 당근과 채찍 그리고 칭찬과 꾸중의 경계를 분명히 하는데 있습니다.

 독심술 讀心術

딸아이가 카톡으로 제 사진 한 장을 보내왔습니다. 활짝 웃고 있는 얼굴 사진입니다. 사진을 본 순간 몇 개월 전 딸아이가 보내온 사진 한 장이 떠올랐습니다. 대학교에 갓 입학한 딸아이가 제 학교의 상징인 호랑이가 그려진 붉은색 상의를 입고 웃고 있는 사진이었습니다. 사진 속 딸은 한 손으로 브이 자를 그리며 웃고 있었습니다. 그런데 사진 속 딸의 표정이 자연스럽지 않더군요. 그래서 아내에게 "웃는 표정이 영 어색하네. 활짝 웃으라고 얘기해야겠어"라고 했더니 아내는 훈계하기 전에 먼저 헤아려주고 느긋하게 기다려줄 것을 주문합니다. 딸이 보내준 사진을 가만히 들여다보니 쑥스러움이 담겨 있습니다. 사진 속 딸의 얼굴을 더 자세히 살펴보니 긴장으로 굳어 있고 근심이 어려있는 표정도 읽혀집니다.

딸아이는 청주에 있는 엄마보다 지하철만 타면 올 수 있는 내게 더 자주 옵니다. 어느 날 딸아이가 왔을 때 '헤아려 주라'는 아내의 말이 떠올라 "학교생활은 어떠니? 많이 힘들지?" 하고 물었더니 종알종알 말하기 시작합니다. 워낙 쾌활한 성격인 딸은 교우관계, 기숙사 생활, 동아리 활동 등에는 문제가 없어 보였습니다. 대부분 수도권 학생들로 구성되어 지방에서 유학 온 학생이 몇 명 되지 않는 자신의 학과에서 과대표를 맡을 만큼 씩씩하게 학교생활을 하고 있으니 그 부분의 걱정거리는 아닌 듯했습니다.

"그런데 아빠, 학과 공부가 너무 어려워요." 딸아이의 표정이 어두워집니다. 딸아이 학과의 학생들이 대부분 유명 과학고나 자사고 출신들이다 보니 수업이 그들 수준에 맞춰져 이루어지는 모양입니다. 충북의 공립학교 출신인 딸은 일반계고등학교 학생들이 배우는 수준의 과학만을 이수하고 입학했으니 그 수업이 얼마나 어렵고 힘들지 짐작이 갔습니다.

"그 학생들과 배운 양과 깊이가 다르니 실력 차이가 나서 많이 속상하겠구나. 공부하기도 막막하겠고. 학점도 낮게 나올 것 같아 걱정되겠네?" 했더니 딸이 "아빠, 바로 그거예요!" 하며 한숨을 쉽니다. "아빠는 네가 열심히 공부하는 것만으로도 기특하고 예쁘단다. 그런데 실력 차이를 영 못 줄일 것 같니?" 하고 물었더니 "뭐 꼭 그렇지는 않을 것 같아요. 태산이 높다 한들 오르고 또 오르다 보면……" 하며 깔깔 웃습니다. 어둡던 표정도 한결 밝아집니다.

딸아이는 한 학기 동안 애쓴 결과 제법 괜찮은 학점을 받았고 2학기에도 자신이 만족하는 점수를 받은 듯합니다. 그래서 그런지 이번에 보내온 사진 속 얼굴은 편안한 표정으로 활짝 웃고 있습니다. 제법 여유까지 느껴지는 느긋한 모습입니다. 아내의 말처럼 헤아려주고 기다려주는 것이 답이 될 수 있겠다는 생각이 듭니다.

'헤아려주고 기다려주기'는 조직에서도 필요합니다. 리더는 구성원에게 훈계하고 질책하며 잔소리하기보다 헤아려주고 믿고 기다려주는 것이 보다 효과적일 수 있습니다. 단기 목표 달성을 위해서는 몰아붙이는 질책과 훈계가 효과적일 수도 있습니다. 그러나 이는 말 그대로 단기적인 반짝 효과일 뿐 구성원들은 곧 피로를 느끼고 무기력해지기 쉽습니다. 중·장기적인 업무성과를 위해서는 구성원이 무엇에 어려움을 느끼고 있는지 헤아려주고 그들의 업무능력을 믿고 기다려주는 일이 무엇보다 중요합니다.

취업·인사포털 인크루트가 직장인 843명을 대상으로 회사에 충성도를 높이는 방법에 대해 물었습니다. 그랬더니 '만족스러운 임금 수준(30.8%)'과 '관리자나 임원이 자신에게 주는 믿음(28.5%)'이라고 답했습니다.

구성원에 대한 믿음은 '헤아려주고 기다려주기'에서부터 시작됩니다. 이를 위해서는 "한 개인으로서의 원만한 행복과 성장을 위해서도 조직의 화합과 발전을 위해서도 사람들의 마음속 아이를 읽어낼 수 있는 독심술이 필요하다"고 우종민 교수는 말합니다.

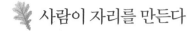 ## 사람이 자리를 만든다

　세상을 살다 보면 닭이 먼저인지 달걀이 먼저인지, 살기 위해서 먹는지 먹기 위해서 사는지 아리송한 것들이 참 많습니다. 오십이 넘은 지금은 자리가 사람을 만드는지 사람이 자리를 만드는지 궁금해집니다.

　사람과 자리는 밀접합니다. 시외버스를 타면 운전하는 일이 주어지는 자리와 운전하는 사람이 있습니다. 누가 운전석에 앉든 운전하는 일은 똑같습니다.

　운전하는 사람의 숙련도와 과속 여부의 차이만 있을 뿐입니다. 그러나 운전을 하는 기본적인 일에서 한 발 더 나아가 그 업무를 대하고 처리하는 태도는 사람에 따라 천차만별입니다. 운전기사에 따라 출발시간을 고수하는 정도가 다르다는 점도 그중의 하나입니다.

　어느 날 중년부부가 황당하게 당하는 꼴을 보았습니다. 승차를 기다리는 버스에 남편은 올랐고 아내는 잠시 커피를 사러 간 듯 했습니다. 출발시간이 되어 가는데도 아내가 오지 않자 남편은 운전기사에게 양해를 구하고 아내를 찾으러 차에서 내렸습니다. 남편의 양해에 운전기사는 신경질적으로 반응합니다. 남편이 아내를 찾으러 간 사이 아내가 차에 탔고 남편이 나간 것을 알고 아내는 다시 차에서 내렸습니다. 부부가 그렇게 서로 엇갈려 둘 다 버스를 못 탄 상태에서 버스 출발 시간이 되었습니다. 그러자 운전기사는 부부가 타지 못했는데도 아랑곳하지 않고 출발을 합니다. 더 놀라운 것은 부부가 플랫폼에서 손짓하며 죽어라 뛰어오는데도 못 본척하고 무시하며 내달립니다. 부부의 안타까움과 속상한 마음이 읽혀져 내내 씁쓸했습니다.

시외버스를 이용하다 보면 대부분의 운전기사는 출발시간이 되어도 바로 출발하지 않고 살짝 기다려줍니다. 이렇게 해도 손님 중에 누구도 불평하거나 불만을 토로하지 않습니다. 헐레벌떡 뛰어올 손님을 운전기사가 배려하고 있다는 것을 알고 있기 때문입니다. 이럴 때는 운전기사의 아름다운 배려와 넉넉한 마음이 느껴져 기분이 좋아집니다.

누구나 먼 길을 떠날 때는 집을 나서기 전에 꼭 화장실에 들릅니다. 생리적인 현상이 갑작스럽게 찾아와 진땀을 흘리게 되는 경험을 한두 번쯤 하기 때문입니다. 특히 대중교통을 이용할 때 갑자기 생리적인 신호가 오면 죽을 맛입니다. 한 번은 사색이 된 젊은 아가씨가 운전기사에게 휴게실에 들렀으면 좋겠다고 간청을 했습니다. 하얗게 질린 표정으로 보아 무척 급박해 보였습니다. 그런데도 운전기사는 "안 됩니다"라는 상투적인 한마디로 거절을 합니다. 식은땀을 흘려가며 참느라 고생했을 아가씨를 생각하면 남 일 같지가 않습니다.

언젠가는 나이 드신 아저씨가 화장실이 급하다며 휴게실에 들를 것을 부탁했습니다. 운전기사는 손님의 요청에 반응이 없습니다. 그러더니 요금소를 지나 도로 한쪽에 차를 세웁니다. 운전기사의 배려 덕분에 나이 드신 어르신은 노상 방뇨로 급한 불을 껐습니다. 여자 손님이 이럴 경우 운전기사는 어떤 선택을 했을까 궁금해 집니다.

우리는 '자리가 사람을 만든다' 는 말을 별 의심 없이 자주 씁니다. 그러나 '자리가 사람을 만든다' 는 말은 정답이 아닙니다. 자리가 사람을 만드는 것이 아니라 사람이 자리를 만듭니다. 버스 운전석이 있어 운전기사가 운전을 하지만 운전기사가 누구냐에 따라 그 자리가 심통을 부리는 볼썽사나운 자리가 되기도 하고 고객을 배려하는 아름답고 존경스러운 자리가 되기도 합니다.

자리가 사람을 만들 경우 잘못하면 완장을 채워주는 꼴이 될 수 있습니다. '깜' 이 안 되는 사람이 자리에 앉으면 구성원들에게는 불행이고 조직에도 비극입니다. 자리에 걸맞은 사람이 앉아 그 사람의 덕(德)과 지(智)로 조직을 이끌 때 구성원이 행복해지고 업무의 효율이 극대화됩니다. 자리마다 앉을 만한 사람이 앉아 일을 할수록 사람의 향기를 맡으며 일할 수 있지 않을까 싶습니다. 누군가가 나에게 자리 값을 잘하고 있는지 묻습니다.

존경받는 리더가 그립다

인류와 문명사의 발전을 이야기할 때 리더십이란 단어를 빼놓을 수 없습니다. 리더십은 동양과 서양을 아우르고, 시대를 초월해서 존재합니다. 리더십은 남녀노소의 경계를 허물면서 사람이 사는 곳에서는 어디든 존재감을 과시하고 있습니다. 국가나 기업 그리고 학자나 일반인이 리더십에 대한 관심을 끊을 수 없게 하는 이유입니다.

리더십은 영향력의 범주를 의미합니다. 이 영향력의 범주 안에는 영향력을 행사하는 사람과 그 영향력을 받는 사람이 있게 됩니다. 이때 영향력을 행사하는 사람을 리더라고 말합니다. 리더의 자질이 얼마나 중요한지는 리더의 영향을 받는 사람 입장에서 접근해보면 쉽게 읽혀집니다.

이 시대의 리더들은 많지만 존경받는 리더를 만난다는 것은 눈을 씻고 찾아도 어렵다는 우려의 목소리가 높습니다. 이런 안타까움이 존경받는 리더의 자질이 무엇인가를 생각하게 만듭니다.

리더의 덕목 중에 으뜸은 영향력을 행사하는 자리가 영원하지 않다는 사실을 리더십을 발휘하는 내내 잊지 않는 것입니다. 리더에게는 힘과 권력이 주어집니다. 이때 권력의 유한성을 망각하면 독선과 아집을 거쳐 독재의 늪에 쉽게 빠질 수 있습니다. 그러나 리더로서 영향력을 행사할 수 있는 기회가 한정된 기간에만 주어져 있다는 사실을 자각하게 되면 상식의 범주에서 리더십을 발휘할 가능성이 높아집니다.

정민 교수의 글이 새롭게 다가옵니다.

"연꽃은 아침마다 개벽을 한다. 꽃잎을 옹송그려 모두고 긴 밤을 지낸 뒤, 동녘에 해 떠오르면 제 몸을 연다. 그러다 저녁에 다시 추스를 힘이 없으면, 미련 없이 연못 위에 제 몸을 떨군다. 꽃은 안다. 언제가 제 몸을 떨구어야 할 때인지를. 지금 부귀영화에 겨워 선망의 시선을 한몸에 받는 사람들, 그들도 어느 날 문득 다가올 떨어질 때를 대비하지 않으면 안 된다. 변치 않을 영화란 이 세상에 없다."

리더는 주변 사람을 잘 두어야 합니다. 리더가 의사결정을 할 때 모든 사람들의 뜻을 들을 수가 없습니다. 결국 가까이 있는 사람들의 이야기만 듣게 됩니다. 리더가 다른 사람들의 의견과 대안을 들으려 해도 측근들이 리더의 눈과 귀를 가리게 되면 한계에 빠지게 됩니다. 존경받는 리더가 되려면 측근들의 조언을 새겨들을 줄 아는 냉철한 판단력이 요구됩니다.

훌륭한 리더라도 모든 문제에 대해 완벽한 해결책을 선택한다는 것은 쉽지 않습니다. 여기에 '경청 리더십'의 가치가 숨어 있습니다. 나와 다른 의견을 무시하고 배제하는 것에 익숙하여 실패한 리더로 기억되는 이들을 자주 보게 되는 것은 안타까운 일입니다. 나와 다른 의견에 귀 기울이고, 어두운 곳과 낮은 곳도 두루 살필 줄 아는 소통 리더십이 그리운 까닭입니다.

리더의 생명력은 도덕성에 달려 있습니다. 리더십을 통해 발휘되는 영향력의 범위가 큰 리더일수록 도덕성에 엄격해야 합니다. 주어진 권력과 권리를 남용하여 생기는 잡음에 얽히게 되면 리더십의 한계에 봉착하게 됩니다. 하늘을 우러러 한 점 부끄럼 없을 만큼 청렴함에서 나오는 당당한 리더십을 발휘하는 리더가 아쉽습니다. 리더가 상식과 도리를 벗어나게 되면 리더십을 발휘하는데 힘을 잃게 되기 때문입니다.

리더의 힘은 리더에게서 나옵니다. 리더가 리더의 힘을 잃는 것 역시 리더에게서 생깁니다. 리더가 어떤 리더십으로 힘을 쓸 것인가도 중요합니다. 이 시대의 리더들이 어떤 리더십을 펼칠지 고민해야 되는 이유입니다. 가까운 날에 존경받는 리더를 만날 수 있게 되기를 꿈꾸어 봅니다.

🌿 감동 리더십

'피겨 여왕' 김연아 선수의 아이스쇼를 봤습니다. TV 중계방송으로만 보다가 공연을 직접 본 것은 이번이 처음입니다. 처음이란 설렘에 감동까지 더해져 아직도 눈과 귀 그리고 마음이 즐겁습니다.

2013년 피겨스케이팅 세계선수권대회에서 김연아 선수에게 금메달을 안겨준 '레미제라블'의 연기는 압권이었습니다. 에이브릴 라빈의 '이매진(Imagine)'에 맞추어 새로 선보인 프로그램은 특유의 섬세한 표현력과 아름다운 연기가 감동적이었습니다. 평화의 메시지가 전해지는 마지막의 기도하는 모습에서는 가슴이 뭉클해졌습니다. 세계 정상급 선수들의 연기는 빙판 위에서 펼치는 서커스를 보는 듯했습니다. 선수들의 땀과 열정이 느껴져 감동이 더했습니다.

김연아의 아이스쇼를 빛낸 것은 선수들만이 아니었습니다. 선수들의 연기에 아낌없는 탄성과 박수로 환호하는 관중도 쇼의 주인공이었습니다. 꽃미남 피겨스케이터 스테판 랑비엘 선수에 대한 젊은 여성층의 반응은 뜨거웠습니다. 선수와 관중이 감정을 이입해 소통하는 공연장은 감동의 도가니였습니다. 특히 젊은 층이 많은 구역의 환호와 함성은 가히 폭발적이었습니다. 아이스쇼에서 김연아 선수가 나에게 전해준 감동이란 메시지는 진했습니다.

가왕 조용필이 19집을 발표했습니다. 올해 63세의 나이가 숫자에 불과하다는 걸 느끼게 해줍니다. 팬들은 〈바운스〉의 신선함에 환호를 보냈고 한(恨)의 정서가 떠오르는 이미지를 뛰어넘고 아이돌 감각의 노래를 부를 수 있다는 것에 놀랐습니다.

〈바운스〉는 벅스 차트 1위를 비롯해 네이버, 다음 등 각종 포털 실시간 검색에서도 1위를 차지하며 싸이의 〈젠틀맨〉을 밀어내는 기염을 토했습니다. 40년이 넘는 음악인생의 성과에 머무르지 않고 새로운 음악적 감각을 유지해온 혁신의 키워드가 감동적입니다. 나이를 가늠하기 힘든 상큼 발랄함과 다양한 장르의 음악을 만들려는 그의 열정을 닮고 싶습니다.

우리나라 최초의 우주인 이소연 씨가 미국 버클리 대학에서 MBA(경영학 석사)과정을 밟고 있다는 기사를 보았습니다. 그는 인터뷰에서 "어떤 결단을 내리지 않으면 훗날에 유행곡 하나 우려먹으면서 아무도 인정해주지 않는데 나도 한때는 잘나가는 가수였다' 고 얘기하는 사람이 될지 모른다는 두려움이 있었다"고 말합니다. 그리고 "앞으로 살아갈 인생이 지금껏 살아온 인생보다 길기 때문에 새로운 도전을 하고 새로운 공부를 하고 새로운 세상을 바라보고 싶었다"고 덧붙였습니다. "저로 인해 과학자가 되기를 마음먹었던 아이들이 자랑스럽게 생각할 수 있는 사람이 되고 싶다"는 마음에서 시작된 그의 도전이 감동적입니다.

감동(感動)은 '깊고 강하게 느껴 마음이 움직이는 것'을 말합니다.

누군가를 움직인다는 측면에서 보면 감동은 리더가 갖추어야 할 리더십의 덕목 중 하나입니다. 피겨여왕 김연아, 가왕 조용필, 우주인 이소연 씨 모두 감동 리더십을 발휘하는 리더임이 분명합니다. 누군가에게 무언가를 느끼게 하고, 이를 행동으로 옮기고 싶은 마음이 들게 하기 때문입니다.

미국의 심리학자 매슬로는 "망치를 잡으면 모든 문제가 못으로 보인다"는 '망치증후군' 이론을 발표했습니다. 그는 한 분야의 정점을 찍어 본 사람은 자신의 전문성에 대한 믿음에 빠져 그동안의 성과물에 만족하며 안주하는 삶을 경계해야 한다고 주문합니다. 지금 아무리 잘나가는 리더도 이젠 됐다 싶어 노력하지 않고 우려먹는 순간 리더십의 한계에 부딪치게 됩니다.

그러나 감동 리더십을 펼치는 리더는 성과물을 우려먹는 수준에 머무르지 않는다는 공통점이 있습니다. 존경받는 리더가 되고 싶으면 성과물을 우려먹지 않겠다는 마음과 지속적인 자기계발로 감동을 줄 수

밥이 고맙다

있어야 합니다.

 눈치를 주는가

올 설 명절에도 고향으로 가는 귀성길은 교통체증으로 힘들었습니다. 이런 힘든 여정을 기꺼이 감수하는 것은 나를 이해해주고 감싸주는 고향의 편안함에 대한 기대치 때문입니다. 그러나 이런 기대치는 고향 어른들의 눈치주기로 이내 가시방석이 되고 맙니다.

"아무개 집은 둘째가 엄청 큰 텔레비전을 사왔더라" 하고 친척어른이 말씀하시면 나도 모르게 거실에 놓인 텔레비전에 눈이 갑니다. "아버지, 텔레비전 바꿔드릴까요?" 여쭤보면 "그럭저럭 볼 만하다"는 말씀에 뜻을 알 수 없어 혼란스러워집니다. 또 아무개가 마을회관에 기부금을 많이 냈다는 얘기에 맞벌이인 우리는 얼마를 내야 하는지 머릿속이 더욱 복잡해집니다.

명절 증후군은 과도한 가사노동에 따른 관절통이나 소화불량 등 다양한 형태로 나타나지만 부모님이나 친척들의 마음을 미루어 짐작하고 헤아려야 하는 눈치보기가 가장 괴롭습니다. 그런 자식에게 고향집의 아랫목은 가시방석입니다. 자식 눈치를 봐야 하는 부모님의 마음도

까맣게 타들어가기는 마찬가지입니다. 매스컴마다 결혼은 언제 하느냐, 공부는 잘하느냐, 취직은 했느냐는 질문을 하면 절대 안 된다고 해서 묻지 않고 눈치만 살피지만 속을 드러내지 않는 자식들 때문에 한없이 착잡해집니다.

눈치를 주는 행동은 상대방에게 명확한 의사전달 없이 상대방을 내 뜻대로 조종하고 통제하려는 오만함에서 비롯됩니다. 상대방이 내 뜻대로 굴종하지 않는 분함과 노여움에서 눈치주기는 가중됩니다. 고양 원더스의 김성근 감독은 "선수들이 감독의 눈치를 보게 해서는 안 된다"고 말합니다. 연습하기도 시간이 부족한데 눈치를 보는데 시간을 빼앗기고 힘을 낭비하게 해서는 안 된다는 것입니다.

눈치주기는 의사소통의 부재에서 오는 현상 중 하나입니다. 존경받는 리더가 되기 위해서는 명확한 의사 전달로 구성원들이 눈치를 볼 필요가 없게 해야 합니다.

눈치주기는 상대방을 인정하지 않으려는 권위적인 마음에서 나옵니다. 내 마음은 상대방에게 보여주지 않으면서 상대방이 나를 알아서 섬기기를 바라는 마음에서 비롯됩니다.

유명 셰프 에드워드 권이 세계유일의 7성급 호텔이라 불리는 두바이의 '버즈 알 아랍'에서 400여 명의 요리사를 지휘하는 수석총괄 조리장의 자리에 오를 수 있었던 것은 "무엇보다 남을 인정할 줄 알았기 때문이다"고 말합니다.

눈치를 주지 않기 위해서는 너그러운 마음먹기가 우선입니다. 너그

밥이 고맙다

러운 마음은 자존심을 버리고 자신을 낮추면 찾아오는 손님입니다. "누가 나를 욕하면 나를 낮추십시오. 30초만 자존심을 버리고 나를 낮춰 '아이고 죄송합니다' 하면 그 다음은 없습니다. 그런데 나한테 왜 그러냐고 따지면 꼬리에 꼬리를 물고 싸우면서 마음고생 하게 됩니다." 혜민 스님이 너그럽지 못한 마음의 안타까움을 전합니다. 젊은 날에는 자기 색깔을 고집하며 사는 것도 나쁘지 않습니다. 그러나 나이 들어 자기 색깔만을 고집하는 마음은 상대방에게 눈치를 주기 십상입니다. 나이가 들수록 너그러운 마음먹기 연습이 절실합니다.

서울대 김난도 교수는 "어른이 된다는 것은 조심스럽게 자기 내면의 서랍을 열고 그 안에 무엇이 담겨 있는지 확인하고, 또 그 안에 새로운 것을 담아가는 과정임을 깨닫는다"고 했습니다. 내 마음의 서랍에 상대방이 눈치를 보게 만드는 '까탈 부리는 마음' '삐치는 마음' '흠잡고 흉보기 좋아하는 마음' 은 없는지 헤아려볼 일입니다.

눈치를 보는 가정이나 직장은 인간미를 느낄 수 없어 삭막합니다. 눈치를 주지 않는 너그러운 마음먹기가 필요합니다. 내가 누군가에게 눈치를 주고 있지는 않은지 살펴봐야겠습니다.

숲의 향연에서 인생치유의 힘을 얻다

제**4**부

나무로부터 배우는 성공의 지혜

로베르 뒤바가 쓴 《나무의 철학》이란 책에 이런 구절이 나옵니다. "나무는 수직의 축, 우주적 축으로서 자신을 드러내며 세 개의 세상, 즉 보이지 않는 지하 세계와 보이는 지상 세계 그리고 끝없이 연장된 천상 세계를 받치고 있다."

대부분의 식물에서 가장 중요한 활동은 광합성입니다. 그렇다면 식물의 광합성에 해당하는 인간의 활동은 무엇일까요? 그것은 바로 '생각'입니다. 우리가 생각을 멈추는 것은 식물이 광합성 작용을 멈추는 것과 마찬가지입니다. 이런 맥락에서 로베르 뒤바의 '나무관(觀)'을 시간의 관점으로 생각의 끈을 엮어서 본다면 보이지 않는 지하 세계는 과거이고, 보이는 지상 세계는 현재이며, 끝없이 연장된 천상 세계는 미래일 것입니다.

먼저 보이지 않는 지하 세계, 즉 나무의 뿌리는 시간의 관점으로 볼 때 과거로서 나무의 역사를 의미합니다. 뿌리가 튼튼하지 못하면 나무가 제대로 성장하지 못합니다. 그렇다면 우리 인간의 뿌리는 무엇일까요? 그것은 기본기입니다. 기본기가 없으면 오래, 멀리 가지 못하고 가다가도 멈추기를 반복하게 됩니다. 그리고 나무의 뿌리는 어둠 속에 있는 땅과 한 몸이 될 때 건강성을 유지할 수 있습니다. 그렇기 때문에 우리들도 과거의 고통과 아픔을 내치기보다는 성장통(痛)으로 받아들

밥이 고맙다

이는 지혜가 필요합니다. 또한 역사를 모르는 민족은 결코 역사의 주역이 될 수 없다고 합니다. 이는 삶의 결정체인 자신의 역사를 모르면 삶의 주역이 될 수 없음을 뜻합니다.

다음은 보이는 지상 세계, 즉 나무는 시간의 관점으로 볼 때 현재로서 나무의 생존을 의미합니다. 나무는 있는 그대로의 모습과 살아있는 그 자체로 자신의 정체성을 내보입니다. 옆에 있는 나무와 비교하는 버릇도 없습니다. 우리가 살아가면서 비교암(比較癌)에 걸려 있다면 반성해야 할 일입니다. 나무는 자신에 대한 자존감이 없으면 어떤 가치 있는 일도 할 수 없음을 알려줍니다. 그리고 나무는 한 해 한 해 잎을 피우고 지면서도 결코 서두르지 않으며 순리를 따르며 커갑니다. 여기에서 우리는 자기계발의 필요성을 느낍니다. 나무가 성장을 멈추면 죽음이듯 우리가 자기계발을 하지 않는 것은 삶을 포기하는 것과 같습니다.

끝으로 끝없이 연장된 천상 세계, 즉 나무 끝에서 펼쳐지는 지평선으로 시간의 관점으로 볼 때 미래로서 나무의 성장 즉 꿈, 희망을 의미합니다. 나무는 우리들로 하여금 늘 꿈을 꾸게 합니다. 누군가가 "요즘 무엇을 먹고 사시나요?" 라고 물을 때 "밥 먹고 살지요" 라고 답한다면 매력적인 사람이 될 가능성이 희박합니다. 앞으로는 "꿈을 먹고 삽니다" 라는 답을 할 줄 알아야 한다고 나무가 귀뜸해 줍니다.

우리는 "나무를 보고 숲을 보지 못한다"는 표현을 자주 씁니다. 부분만 보고 전체를 보지 못하는 근시안적인 행동을 비유해서 하는 말입니다. 이는 '부분적 확실성' 보다는 '전체적 연관성' 을 파악하는 것이 중요하다는 점입니다. 물론 올바른 판단을 위해서는 나무를 보듯이 가까이에서 볼 줄도 알아야 합니다.

어느 날 홀쩍 커버린 나무를 보고 깜짝 놀랐던 적이 있습니다. 오늘은 주변의 나무를 살펴보면서 자신의 10년 전과 후를 생각해보면 어떨까요.

봄꽃 향연

봄꽃이 지천입니다. 봄꽃을 보는 재미가 쏠쏠합니다. 눈만 들면 즐거움이 들어옵니다. 누군가의 실수와 잘못도 어지간해선 문제를 삼지 않습니다. 봄꽃이 나에게 주는 너그러운 마음 덕분입니다.

봄꽃은 앙증맞고 예쁩니다. 봄꽃의 매력에 빠져 들과 산마다 꽃구경하는 사람들로 북새통입니다. 봄꽃 구경하는 사람들이 '사람 꽃' 을 만듭니다. 꽃에 몰려든 사람들이 만들어낸 진풍경입니다. 어느 가수는 사람이 꽃보다 아름답다고 '사람 꽃' 을 예찬합니다.

윤선도는 〈어부사시사〉에서 강촌의 온갖 꽃이 빛에 더욱 좋다고 노래했습니다. 저만치 혼자서 핀 봄꽃에 자꾸 눈이 가는 이유를 알 것 같습니다. 꽃을 멀리서 바라보는 것도 나쁘지 않습니다. 사람도 마찬가지란 생각입니다. 세상을 살다보면 저만치의 거리가 필요할 때가 있습니다. 사람과의 관계 맺기에서 다가가지만 말고 때로는 여백을 두어야 한다는 얘기입니다.

봄꽃들이 제자리를 지키고 있는 폼이 위풍당당합니다. 꽃들은 꼭 있어야 할 곳에 있는 듯합니다. 꼭 있어야 할 곳에 있는 것이 노자의 도덕경에 나오는 '지지(止止)' 입니다. 사람은 자리를 잘 가려야 한다고 합니다. 봄꽃을 보며 지금 있는 이 자리가 내 자리인지를 보듬어봅니다.

꽃이 언제나 아름다운 것은 아닙니다. 아름다움 뒤에는 추함이 있습니다. 그 추함은 이전의 아름다움과 대비돼 더욱 보기 흉합니다. 인간의 마음은 아름다운 만큼 한없이 추해질 수도 있습니다. 그러나 인간의 추함은 꽃의 추함보다 훨씬 역겹습니다. 한 번 핀 꽃은 지게 되어 있습니다. 꽃의 아름다움은 영속적이지 않습니다. 그러나 사람의 아름다움은 불멸입니다. 한 사람의 아름다움은 마음공부에서 시작됩니다. 마음공부는 인격과 품격이란 향기를 품어냅니다. 사람의 향기는 현재를 넘어 미래까지 스며듭니다.

봄꽃마다 자태가 예사롭지 않습니다. 저마다의 꽃들을 보다 보면 크든 작든, 화려하든 수수하든, 자신만의 모양과 색깔 그리고 향기를 가지고 있다는 것을 느낄 수 있습니다. 화려한 꽃을 시샘하지 않는 소박한 꽃의 당당함이 부럽습니다. 야물게 봉해진 꽃봉오리를 한 겹 한 겹 벗겨보면 활짝 핀 꽃잎의 모양이 온전히 깃들어 있습니다. 꽃봉오리에는 내면을 충실히 한 꽃나무의 정성이 담겨 있습니다. 봄꽃이 귀하고 아름다운 까닭입니다.

봄꽃에 나비와 벌들이 모여듭니다. 봄꽃이 유혹하는 손길에 나비와 벌이 날갯짓하며 춤을 춥니다. 벚꽃 나무 밑을 지날 때면 윙윙대는 벌 소리가 분주합니다. 벚꽃 나무 아래에서 나는 어떤 '사람 꽃'으로 누군 가를 유혹할 수 있을지 생각해봅니다. 나의 겉치레보다는 내면의 향기 에 반하여 찾는 이가 많았으면 좋겠습니다.

봄꽃을 보며 이해인 시인의 〈꽃 멀미〉란 시를 떠올리는 것만으로도 행복한 봄날입니다.

"사람들을 너무 많이 만나면 말에 취해서 멀미가 나고, 꽃들을 너무 많이 대하면 향기에 취해서 멀미가 나지. 살아 있는 것은 아픈 것, 아름 다운 것은 어지러운 것. 너무 많아도 싫지 않은 꽃을 보면서 나는 더욱 사람들을 사랑하기 시작하지. 사람들에게도 꽃처럼 향기가 있다는 걸 새롭게 배우기 시작하지."

 까치의 교훈

봄은 정적인 세계를 동적인 세계로 바꾸어줍니다. 만물을 바쁘게 만들지요. 집 앞 소나무에 까치 한 쌍이 날아듭니다. 나뭇가지 사이를 사뿐사뿐 내려앉는 몸놀림이 경쾌하고 경이롭습니다. 까치 부부의 다정한 놀음에 눈이 팔려 얻게 된 모처럼의 여유입니다.

까치 부부의 동선에 정신이 빠져 있다가 깜짝 놀랐습니다. 까치가 부리로 생생한 나뭇가지를 꺾는 것이 아니겠어요? 까치는 이윽고 새순이 파랗게 돋아난 나뭇가지를 물고 날아오릅니다. 건너편 전봇대에 새 보금자리를 만드는 모양입니다. 조금 지나 까치가 다시 돌아와 또 다른 나뭇가지를 물고 비틉니다. 물이 오른 나뭇가지가 잘 부러지지 않자 목을 뒤흔들면서 여러 번 잡아채는군요. 너무 큰 가지라 꺾이지 않으면 한두 번 해보고 만만하게 생긴 다른 나뭇가지로 옮겨갑니다.

내가 알고 있던 상식이 뒤집히는 순간입니다. 까치가 집을 지을 때 삭정이나 마른 나뭇가지를 주워다 쓰는 줄만 알고 있었기 때문입니다.

이른 아침에 까치가 울면 좋은 소식이나 좋은 일이 있을 징조라고 합니다. 까치와 놀다가 새로운 사실을 알게 되었으니 오늘 횡재를 했습니다. 집 앞 소나무에 까치 부부가 자주 놀러와 주었으면 좋겠습니다.

시대가 바뀌면서 까치에 대한 인식과 평가도 달라졌습니다. 까치가 익조인지 해조인지에 대한 논란이 그 증거입니다. 까치의 부도덕한(?) 행위가 도마에 올라 있다는 얘기입니다. 요즘 까치들은 옛날 까치들보다 신경을 써가며 살아야 할 것들이 더 많아졌네요.

공사다망하신 까치 부부는 나에게 선물 같은 교훈도 주었습니다.

첫째, 삶은 마른 나뭇가지가 아니라 생나무로 준비해야 한다는 것입니다. 마른 나뭇가지는 생명력을 잃어 오래 버티지 못하기 때문입니다. 삶이란 마라톤을 달리려면 길게 볼 줄 알아야 합니다. 언제 부러질지 모르는 마른 나뭇가지로는 완주가 불가능합니다. 생나무 가지는 삶을 길게 보고 살고 싶은 사람에게 필수품입니다. 까치 부부가 나에게 삶의 생나무 가지는 무엇인지 고민해보라는 숙제를 주고 날개를 펼칩니다.

둘째, 뜻한 바가 있으면 멈추지 말고 끝까지 해야 합니다. 나뭇가지를 이리저리 옮겨 다니며 꺾는 까치 부부가 동기부여가 앤서니 라빈스를 생각나게 했습니다. "나는 모두들 자신의 내면에 잠자는 거인을 갖고 있다고 믿는다. 우리는 모두 아직 계발되지 않은 어떤 재능과 자질, 그리고 자신만의 천재성을 갖고 있다." '꿈이 무엇인가?' 라는 질문에 3초 이상 고민하지 않고 대답할 수 있는 사람이 되어야 한다고 까치 부부가 속삭입니다.

셋째, 사물과 현상에 대해 제대로 알고 말해야 합니다. 까치집을 지을 때 마른 나뭇가지로만 짓는다고 잘못 알고 있었던 나에게, 나이를 먹어가면서 세상사에 대해 의문을 품지 않고 질문도 하지 않는 것을 경계해야 한다고 충고합니다. 내가 지금껏 배운 세상과 삶의 가치들을 자연스럽고 당연하게 받아들이며 사는데 익숙해진 삶의 자세를 리모델링하라고 주문합니다. 제대로 알지 못하면서 자존심에 상처를 입을까 봐 목소리 큰 것을 무기로 우겨대서도 곤란하다고 말해줍니다.

까치 부부가 나뭇가지를 꺾는 것이 나무의 성장에 좋은지 나쁜지는

밥이 고맙다

산림학자의 전문성에 의존할 수밖에 없습니다. 하지만 까치 부부가 나에게 많은 것을 생각하게 해주었으니 고마운 것은 사실입니다. 그래서 '까치 이놈!' 하고 호통을 치려다가 친구가 되고 싶어졌네요. 까치야! 나랑 같이 놀지 않을래?

 ## 길(道)이 길을 말하다

봄꽃 향기가 마음을 설레게 합니다. 봄꽃이 아지랑이가 피어오르는 길을 걸어보라고 유혹합니다.

봄 길을 걸으며 세상살이를 생각합니다. 봄꽃을 보러 가는 여정에서 만난 아스팔트길의 승차감은 포근했습니다. 흙길의 먼지는 낭만과 추억을 몰고 왔습니다. 내리막길의 속도감은 짜릿했습니다. 오르막길의 느림은 주변의 아름다움을 보게 해주었습니다. 꼬불꼬불한 길은 신중함을 떠오르게 했고 반듯한 길은 삶의 정도를 생각하게 해주었습니다.

인생에도 여러 갈래의 길이 있습니다. 우리는 살면서 어떤 길을 갈 것인가를 고민해야 됩니다. 로맹 롤랑은 "인생에는 왕복차표가 없다, 한번 떠나버리면 다시 돌아올 수는 없다"고 말합니다. 그러므로 자신이 간절히 바라는 꿈의 길을 찾는 것이 중요합니다.

"오늘도 나는 나에게 묻고 또 묻는다. 무엇이 나를 움직이는가? 가벼운 바람에도 성난 불꽃처럼 타오르는 내 열정의 정체는 무엇인가? 소진하고 소진했을지라도 마지막 남은 에너지를 기꺼이 쏟고 싶은 그 일은 무엇인가?" 작가 한비야가 꿈의 길을 찾기 위해 고민한 흔적입니다.

대지의 길에 교차로가 있듯 인생에도 갈림길이 있습니다. 여행을 하다 보면 교차로를 만나듯 인생을 살다 보면 갈림길을 만나게 됩니다. "지지지중지(之之之中知), 행행행중성(行行行中成)"이란 말이 있습니다. 가고 가고 또 가다 보면 알게 되고, 행하고 행하고 또 행하다 보면 이루게 된다는 뜻입니다. 교차로와 갈림길에서 어디로 갈지 모르면 묻는 것이 답입니다. 이때 이미 길을 아는 사람보다는 자신처럼 길을 찾고 있는 사람에게 묻는 것이 중요합니다.

인생은 영혼과 삶의 본질을 찾아가는 끝없는 여행이라고 했습니다. 봄꽃 여행길이 인생길에서 꼭 챙겨야 할 세 가지 지혜가 있다고 귀띔해 줍니다.

첫째, 인생길에는 땀이 필요합니다. 땀은 실행의 결과물입니다. 땀을 흘리며 집중하고 반복하다 보면 지금 가고 있는 길이 자신의 길인지 아닌지가 어렴풋이 보입니다. 땀은 직업으로서가 아닌 가치 있고 의미 있는 일을 찾을 수 있게 해줍니다. 좋은 여행은 목적지보다도 여행길에서 보다 귀한 것을 얻는데 있다고 합니다. 땀은 인간사에서 무엇이되느냐 보다 어떻게 사느냐가 더 중요함을 알려줍니다.

둘째, 인생길에는 유혹이 동행합니다. 인생길을 가다 보면 유혹을 하기도, 유혹을 당하기도 합니다. 유혹하는 힘은 매력에서 나옵니다. 매력은 경쟁력입니다. 살면서 부정적인 측면의 유혹을 당하지 않는 힘은 자존감에서 나옵니다. 유혹은 남을 따라하지 않는 자신만의 맛과 멋을 발견할 줄 아는 능력입니다. 함민복 시인이 "말랑말랑한 힘이 말랑말랑 가는 길을 잡아준다"고 말했듯 유혹은 삶에서 말랑말랑한 소프트 파워로 작용합니다.

셋째로, 인생길에는 때가 있습니다. 멈출 때가 있고 가야할 때가 있습니다. 멈출 때와 가야할 때를 구분하지 못하면 삶이 꼬입니다. 머물러야 할 때 머무르는 것이 멈춤이지만 가야할 때 가는 것도 멈춤입니다. 물은 멈출 때와 가야할 때를 압니다. 때의 스승은 물입니다. 인생길에서 물의 지혜를 가까이 두고 살아야 되는 이유입니다.

먼 길을 떠나려는 나그네일수록 서둘러 신발 끈을 매지 않는다고 했습니다. 봄꽃 길이 인생길을 길게 보고 천천히 음미하며 걸어보라 속삭이는 듯합니다. 길과 인생은 닮은꼴입니다. "볼 줄 아는 눈앞에만 길이 보인다"는 정민 교수의 말이 아른거립니다.

코스모스 꽃이 가르쳐준 지혜

장맛비가 예고 없이 한두 차례 내리고, 절기상 초복이라 가마솥 열기로 숨이 턱턱 막히는 계절입니다. 살아있는 삼라만상이 지쳐보이는 듯한 어느 날, 도로변에 피어 있는 코스모스가 눈에 들어왔습니다.

코스모스 하면 고추잠자리와 풀벌레가 떠오르고, 누구나 시인을 꿈꾸게 하는 가을과 잘 어울리지요. 그런데 폭염주의보와 열대야에 익숙해져 있는 한여름 날에 코스모스 꽃을 본 것입니다. 아내도 이내 발견하고 "어, 저기 코스모스 꽃이 피었네!" 라고 외마디 소리를 냅니다.

코스모스 꽃의 자태가 심상치 않습니다. 주변의 다른 코스모스들은 아직 꽃망울조차 만들지 못한 때에 "나 좀 봐요" 하고 뽐내는 모습이 가관입니다.

때 이른 코스모스 꽃의 자태에 정신이 팔려 있다 문득, 그 옆에서 아직 꽃망울조차 맺지 않은 코스모스에 눈길이 갔습니다. 그 순간 깜짝 놀랐습니다. 꽃을 피운 코스모스를 쳐다보고 있는 듯한데 부러워하는 눈치가 전혀 없습니다. 아주 태연합니다. 꽃을 빨리 피워야겠다며 안달하는 기색도 찾을 수 없습니다. 살아있는 그 자체를 즐기는 모습입니다. 바람에 흔들거리는 가지에서는 여유마저 느껴집니다.

우주에는 '때' 가 있습니다. '때' 는 '시간의 어떤 점이나 부분' 을 말합니다. 코스모스에게도 꽃을 피워야 할 때가 있습니다. 여름철에 꽃

밥이 고맙다

을 피워낸 코스모스 옆에서도 당당할 수 있는 이유는 꽃을 피워야할 '때' 가 있다는 것과 그 '때' 가 언제인지를 알고 있기 때문일 것입니다.

코스모스가 '때' 를 어겨 일찍 꽃망울을 터트리면 그만큼 꽃잎을 빨리 떨어뜨리게 되는 것이 자연의 섭리입니다. 꽃을 일찍 피워 관심과 사랑을 받은 만큼 다른 코스모스가 꽃망울을 맺을 때 고독과 외로움을 견디고 감내해야 합니다. 이처럼 세상에는 불평등에서 오는 억울함도 많지만 자연의 '때' 처럼 누구에게나 공평하게 똑같이 주어지는 선물도 많습니다. 우리가 살아가는 힘입니다.

'때' 를 앞당기는 것도 문제지만 '때' 를 놓치는 것은 더 치명적입니다. '때' 를 놓치면 기회가 없어지거나 지나가 버린 기회를 되돌릴 수 있는 가능성이 줄어들기 때문입니다. 살면서 '제때' 라는 단어를 곱씹고 '제때' 를 맞추려 정성을 들여야 하는 이유입니다.

공부를 할 때와 놀 때, 돈을 벌 때와 쓸 때, 땀을 흘릴 때와 닦을 때, 말을 할 때와 들을 때, 줄 때와 받을 때, 갈 때와 올 때, 나아갈 때와 멈출 때, 인사를 할 때와 받을 때, 화를 낼 때와 참을 때, 칭찬을 할 때와 받을 때, 눈물을 흘릴 때와 멈출 때, 만날 때와 헤어질 때, 들어갈 때와 나올 때, 살 때와 죽을 때.

지금껏 살면서 '때' 가 이렇게 많은 줄도 모르고 살았다는 생각이 듭니다. 문득 '때를 알며 산다는 것이 어렵다' 는 생각에 이르자 정신이 번쩍 듭니다. "때만 제대로 알고 살아도 인생을 잘 살고 있는 사람" 이라는 이야기를 들을 수 있을 것만 같습니다. '때' 를 '제대로' 알면서 살았으면 좋겠다는 희망을 가져봅니다.

오늘은 '때' 이르게 꽃망울을 터트린 코스모스가 내 삶을 뒤돌아보
게 하네요.

🌿 칸나 꽃에서 삶을 엿보다

칸나 꽃이 한창입니다. 정원이나 도로변에서도 쉽게 볼 수 있어 귀하
다는 느낌이 들지는 않지만 친근감이 가는 꽃입니다. 북한에서는 '꽃
홍초' 한의학에서는 '미인초'라 불리는 칸나 꽃의 빨간색은 존경, 노
란색은 영속을 뜻하는 꽃말을 갖고 있습니다.

가장 정열적인 이미지를 담고 있다는 칸나 꽃에 자꾸 눈길이 가던 중
에 띄엄띄엄 쓰러져 있는 칸나 꽃들이 눈에 띄어 안타까웠습니다. 칸
나 꽃은 꽃대가 하나만 올라오는데 꽃 봉우리는 많고 꽃잎은 유난히
크니 버티지 못하고 쓰러지게 된 것입니다.

꽃을 피우기 위해 칸나는 지금껏 많은 에너지와 정성을 들이며 힘든
여정을 거쳐 왔을 것입니다. 그리고 이제는 칸나 꽃만의 자태와 정체
성을 드러내며 즐겨야 할 때입니다. 하지만 바람의 심술 탓인지, 아니
면 땅에 뿌리를 제대로 내리지 못한 부실함에서 비롯된 것인지 칸나

밥이 고맙다

꽃이 땅에 쓰러져 있습니다. 땅에 쓰러져 있는 칸나 꽃이 우리에게 살아가는 모습과 자신을 들여다보라고 합니다. 땅에 쓰러져 있는 칸나 꽃이 꽃대가 감당할 수 없을 만큼 큰 꽃잎을 만드는 과욕을 부렸다며 후회하는 소리가 들리는 듯합니다.

지구의 모든 생명체에는 주어진 몫이 있습니다. 상대방의 됨됨이를 평가하거나 일을 맡길 때 그 사람이 담을 수 있는 그릇의 크기를 논하는 이유도 그 때문입니다. 여기에서 우리가 잊지 말아야 할 것은 무엇이든 정도에 넘치는 것은 모자람보다 못하다는 사실입니다. 삶에서 때로는 넘치는 것보다 부족한 것이 더 좋을 수 있다는 얘기입니다. 꽃망울을 많이 피우고 싶으면 꽃대를 튼튼하게 만드는 것이 먼저이듯, 삶을 제대로 살기 위해서는 삶의 기본기를 쌓는 노력이 우선입니다.

우리가 살면서 좌절하고 넘어지는 것을 줄이려면 자신의 역량을 키우는 것이 중요합니다. 사람의 역량은 고정불변의 법칙이 통하지 않아 누구든지 마음만 먹으면 얼마든지 키워갈 수 있는 희망의 보따리입니다. 칸나 꽃이 쓰러지면 꽃으로서의 볼품이 사라지듯, 사람도 잘 나가다 과욕을 부려 넘치면 이미지에 치명적인 손상을 입게 되어 회복하기가 힘들게 됩니다. 칸나 꽃이 지나가는 마음씨 좋은 사람의 호의 덕분에 일으켜 세워지기를 기대하듯, 삶의 과욕으로 넘어진 사람 역시 누군가의 도움을 간절히 원하지만 손을 잡아주는 사람이 그리 많지 않습니다. '죽은 정승이 산 개만 못하다' 라는 말을 확인하며 살아야 하는 것이 세상살이 인심입니다.

"구들장 위에 흙을 두텁게 깔지 않으면 초저녁만 반짝 더워졌다가 새벽녘이면 식어버리는데, 이러한 현상은 한때 갑자기 뜨거워졌다가 이내 냉랭해지는 세상인심과 많이 닮았다"고 법정 스님은 말합니다. 구들장 위에 흙을 두텁게 깔아 새벽녘까지 온기가 남아 있게 하듯이, 다른 사람의 마음속에 오래도록 남을 수 있도록 따뜻한 인간미를 갖추는 것이 필요합니다. 똑바로 서 있는 칸나 꽃과 땅바닥에 쓰러져 있는 칸나 꽃의 대화가 들립니다. "나만 왜 이렇게 힘든 거야?" "내가 말했지, 너무 욕심내지 말라고."

선인들의 말씀대로 우리는 삶의 여정에서 채우려고만 하지 말고 비울 줄도 알아야 합니다. 꽃대가 부러져 꽃잎이 시들해지고 있는 칸나 꽃이 가야 할 삶의 방향을 보여줍니다. 지금까지 살아온 날들을 통해서 오늘과 내일을 어떻게 살 것인가에 대한 답을 찾아보라고 권합니다. 칸나 꽃을 유심히 살펴본 덕분에 앞으로의 삶을 생각할 수 있는 기회를 얻었습니다.

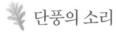 단풍의 소리

북쪽의 찬 공기가 남쪽으로 내려오면서 단풍을 물들이는 계절입니

밥이 고맙다

다. 가을의 단풍이 사람과 자연을 만나게 합니다. 단풍은 울긋불긋 차려입은 색깔로 아름다움을 뽐냅니다. 단풍의 형형색색 오묘함에 빠져 발길과 눈길이 바쁩니다. 주말이면 단풍놀이를 즐기려는 인파로 가득합니다. 단풍이 전국일주를 하고 싶게 만듭니다. 단풍이 '사람단풍'을 만들면서 오묘한 풍경을 연출합니다.

단풍은 오색찬란한 빛깔로 눈을 즐겁게 해줍니다. 낭만과 순수한 동심의 마음이 시인을 꿈꾸게 합니다. 세상살이의 힘듦을 잠시라도 내려놓을 수 있는 쉼터가 됩니다. 단풍 길은 내면의 소리를 듣고 만날 수 있는 성숙의 공간입니다. "잊을 수 없는 추억 하나도 정신적인 성숙의 실상이다." 작가 니시베 스스무의 말입니다.

단풍이 나에게 묻습니다. 다른 이에게 즐거움을 주며 살고 있느냐고. 누군가의 마음속에 숨어있는 꿈을 열정으로 이끌고 있느냐고. 삶의 무게감으로 지쳐 있는 사람이 눈치 볼 것 없이 아무 때나 기댈 수 있는 사람이냐고. 상처받은 이의 영혼을 감싸주고 보듬어주는 덕(德)을 쌓고 있느냐고…….

단풍의 신비로움은 알록달록한 색상들의 조화입니다. 단풍이 단색만으로 물들어 있다면 황홀감은 덜하고 금방 싫증을 느끼게 될 것이 뻔합니다. 나무마다 피우는 독특한 색깔의 존재감이 위대합니다. 떡갈나무가 단풍나무의 오색영롱한 변신을 부러워하며 주눅 들지도 않습니다.

단풍이 중얼거리는 소리를 가만히 엿들어봅니다. 잘난 사람과 못난 사람이 어울려 살아가는 곳, 부자와 가난한 사람이 더불어 살아가는 곳, 권력을 가진 사람과 갖지 못한 사람의 존귀감이 동등한 곳, 잘생긴 사람과 못생긴 사람이 부끄럼 없이 당당하게 살아가는 곳, 이것이 세상입니다. 세상은 보면 볼수록, 생각하면 생각할수록 오묘함이 듬뿍 담긴 곳입니다.

단풍에는 예사롭지 않은 비범함이 묻어 있습니다. 우선 여름의 폭염과 비와 바람을 견뎌냈습니다. 단풍이 들기까지 많은 걸림돌을 잘 뛰어넘었습니다. 단풍의 아름다움에는 자연의 산고를 이겨낸 승리자의 웃음이 담겨 있습니다.

단풍이 나에게 말합니다. 삶이란 비단길만 있는 것이 아니다, 때로는 먼지가 나는 시골길을 걸어야 하고, 웅덩이에 빠지는 불편함을 감수해야 하며, 가던 길에 바위덩어리가 떨어져 뒤돌아갈 때도 있다고. 삶은 어려움을 참아내고 극복해가는 과정입니다. 사람이 단풍보다 아름다운 것은 삶의 우여곡절을 헤쳐 나온 '감동의 빛' 덕분입니다. 삶의 여정에서 쉽고 좋은 길만 찾아 나서지 말라고 눈치를 줍니다.

단풍은 낙엽이 되어 내려놓는 이치를 실행합니다. 단풍놀이를 이미 즐긴 사람들의 차가운 시선과 무관심도 감내해야 합니다. 단풍이 누린 호사를 내려놓을 수 있는 것은 소멸이 아니라는데 있습니다. 단풍은 자연의 이치에 따라 겨울을 준비할 때임을 압니다. 단풍의 멋을 더 누리고 싶어 안달하지 않습니다. 단풍이 낙엽으로의 쇠락을 받아들이는 것은 생명을 유지하는 순환과정임에 대한 믿음입니다.

밥이 고맙다

단풍이 사람들에게 나지막이 속삭입니다. 한때의 권력과 인기만을 되새김질하는 삶은 비참하다고. '때'는 시작과 끝이 만나는 공간입니다. 모든 일의 끝은 또 다른 일의 시작을 의미합니다. '끝'은 절망이 아니라 희망입니다. 단풍이 '때'를 제대로 알며 살라고 합니다.

올 가을에 단풍의 메시지를 들을 수 있는 사람이 얼마나 될까요. 단풍의 메시지가 사람들 마음으로 이어지는 진풍경을 보고 싶습니다.

단풍이 나에게 주문합니다. 남들이 흉내 낼 수 없는 자신만의 색깔을 만들며 살라고.

 단풍을 닮고 싶다

아내와 함께 속리산 법주사를 다녀왔습니다. 단풍 꽃과 사람 꽃이 어우러진 산사에는 들뜸과 고요의 조화가 절묘했습니다. 연노랑과 연녹색이 채색된 단풍에서 풍기는 다채로움이 감탄사를 이끕니다. 알록달록 형형색색의 단풍이 단풍객들의 마음을 황홀하게 만듭니다. 고운 빛깔의 단풍이 사람의 마음을 사로잡습니다. 나는 지금까지 살면서 다른 이의 마음을 기쁘게 하며 살아왔는지, 다른 사람의 마음을 사로잡으며 살아왔는지 궁금해집니다.

단풍을 보는 사람들의 표정도 단풍만큼이나 곱고 아름답습니다. 단풍객들의 표정이 일상의 삶속에서는 좀처럼 보기 드문 환한 표정들입니다. 도심에 단풍나무들을 많이 심으면 시민들의 얼굴에 웃음꽃이 피지 않을까 싶습니다. 서비스업이나 마케팅 분야에서 성공하고 싶은 사람이 있다면 단풍의 아름다움에 빠져 좋아하는 사람들의 표정을 벤치마킹하면 좋을 듯합니다.

단풍객들을 지나치면서 그들의 이야기꽃에 행복함이 피어오름을 보게 됩니다. 상대방의 말에 귀 기울이며 맞장구치는 모습도 보기 좋습니다. 눈을 맞추며 말을 주고받는 모습에서 커뮤니케이션 전문가들이 강조하는 스킬도 만나게 됩니다. 평소 상대방의 마음을 헤아리며 말하는 기술이 부족한 나로서는 생각이 많아집니다.

곱게 물든 단풍나무가 모여 있는 곳을 거닐 때의 일입니다. 단풍나무 밑을 지나는데 조명만큼 환한 느낌을 받았습니다. 이런 현상은 처음 접하는 경우라서 내 마음까지 환해졌습니다. 단풍 조명이 주는 황홀한 느낌을 만끽하고 싶어서 한참을 머물렀습니다. 단풍 밑에 머무르며 김난도 교수의 문장과도 만났습니다.

"스포트라이트가 눈부실수록 그림자도 길고 진하게 남는다. 우리가 직시해야 하는 것은 조명이 아니라 자신의 모습을 닮은 그림자. 화려한 조명만을 바라보다가는 눈이 먼다. 세상을 똑바로 볼 수 없게 되는 것이다. 그리고 결국 자기 자신조차 제대로 볼 수 없게 된다."

단풍을 통해서 지금까지 살아온 내 모습도 떠올려보게 됩니다.

다음은《탈무드》에 나오는 내용입니다.

"인간의 몸에는 여섯 개의 소용되는 부분이 있다. 그중에서 눈과 귀와 코는 자신이 지배할 수 없지만 입과 손과 발은 자신의 힘으로 마음대로 할 수 있는 부분이다. 우리는 보고 싶은 것만 볼 수 없고, 듣고 싶은 말만 골라 들을 수도 없다. 그리고 맡고 싶은 냄새만 선택해 맡을 수도 없다. 그런데 공평하게도 우리 의지대로 할 수 있는 것이 있다. 좋은 말을 하고 좋은 일을 하고 좋은 곳에 갈 수 있다는 것이다."

좋은 사람과 좋은 곳에 와서 보고 싶은 단풍을 볼 수 있다는 것이 얼마나 행복한 일인지《탈무드》를 통해서 되새기게 됩니다. 송정림 작가는《사랑하는 이의 부탁》에서 이렇게 말합니다.

"꽃을 보는 사람이 있고, 느끼는 사람이 있다. 사람을 보는 사람이 있고, 만나는 사람이 있다."

올 가을에 나는 단풍을 보는 것에 멈추는 것이 아니라 느낄 수 있어 행복하고, 사람을 보는 것에 그치는 것이 아니라 사람을 만나고 싶은 마음까지 얻었으니 뿌듯합니다. 단풍을 감상하며 세상에서 정말 중요한 것은 어쩌면 눈으로 보이지 않는 것들인지도 모른다는 생각을 하게 됩니다.

 당신의 간절함은 몇 그램입니까?

가을을 남자의 계절이라고 했던가요. 들녘의 누런 황금 빛깔이 마음의 여유와 너그러움을 더해줍니다. 유난히 무더웠던 여름 탓인지 올 가을의 자태가 예사롭지 않게 느껴져 더더욱 살 맛납니다.

이 좋은 계절에 몸과 마음을 사로잡는 간절함이 무엇인가를 생각합니다. 간절(懇切)함은 지성스럽고 절실함을 뜻합니다. 사람은 누구나 간절함을 갖고 삽니다. 간절함은 신분의 높고 낮음, 돈의 많고 적음, 권력의 있음과 없음, 남녀노소를 따지지 않기 때문입니다. 누구든지 간절함을 선택할 수 있는 특권을 가지고 있습니다.

간절함은 내 안의 자아에서만 생명력을 유지합니다. 타인의 마음과는 별거 상태이며 타인의 마음속에 들어가는 순간 생명력을 잃습니다. 간절함은 내 안에서 꿈틀거릴 때 충만해집니다. 간절함이 내 마음을 떠나는 순간 허탈감에서 오는 방황이 자리를 잡게 됩니다.

간절함은 어쩔 수 없이 '해야 하는 일'들과는 다릅니다. '해야 하는 일'은 내 마음이 아니라 타인의 마음에 따라 이루어질 가능성이 농후하기 때문입니다. 해야 하는 일은 의무감과 책임감에 더 가깝지요. 간절함이 덜하면 귀찮아지기 쉽고, 노력하기를 멈추게 하며, 신명이 나지 않습니다.

간절함은 '하고 싶은 일'에 더 가깝습니다. '하고 싶은 일'에는 누군

밥이 고맙다

가를 의식하지 않고 눈치를 보지 않게 만드는 힘이 있습니다. 타인의 삶에 내가 구속되는 어리석음도 막아줍니다. 나를 당당하게 만들고 내가 비겁해지는 것도 용납하지 않습니다.

간절함은 '간' 자와 '절' 자 사이의 길이에 따라 이루어질 가능성이 결정됩니다. '간' 자와 '절' 자 사이의 길이가 길면 길수록 좋습니다. 그만큼 간절하다는 마음이 담겨져 있기 때문입니다. '간절히 하고 싶은 일'은 누군가가 하지 못하게 한다고 해서 멈추지 않습니다. '간' 자와 '절' 자 사이의 길이가 짧으면 끝까지 하는 힘이 부족하여 중간에 포기하기 쉽습니다. 조금 해보다가 힘들고 어렵고 잘 안 되면 내 길이 아니라는 판단도 빠르게 내립니다.

간절함은 실행력에 대한 보답으로 성과물을 안겨줍니다. 간절히 하고 싶은 일은 실행력을 끝까지 유지시켜 주기 때문입니다. 간절히 원하면 이루어집니다. 세상에는 거저먹기의 결과물은 없습니다. 세상살이는 부지런을 떨어야 이룰 수 있는 것을 허용합니다.

가을이 간절히 '하고 싶은 일'을 찾아보라고 권합니다. 가을의 소리를 만나는 것도 좋은 추억이 될 수 있습니다. 자연과 벗 삼으며 땅의 기(氣)를 충전하는 삶도 필요합니다. '올바른 세계'만이 아니라 '다른 세계'가 있음도 알아야 합니다. 연약해 보이는 그 모든 것이 바로 힘이 되듯이, 무용해 보이는 그 모든 상상들이 이 세계를 바꿀 수 있습니다.

올 가을에 '미치도록 하고 싶은 일'을 찾는 여행을 가고 싶습니다. 그 무엇인가에 미칠 수 있다는 것은 행복해질 수 있다는 말이기 때문입니다. '하고 싶은 일'에 미칠 수 있는 시간과 건강이 있어 감사합니다. 가을이 오면 떠오르는 사람과 읽고 싶은 책이 있다는 것은 축복입니다.

올 가을에는 '하고 싶은 일'을 고민해서 찾아보면 어떨까요.

밥이 고맙다

밥이

고맙다

제5부

🌿 밥이 고맙다

"모든 행복은 느긋한 아침식사에 달려 있다." 미국의 저널리스트이자 작가인 존 건서의 말입니다. 그러나 직장인에게 느긋한 아침밥 먹기는 희망사항일 뿐입니다. 혹여 여유 있는 아침식사를 꿈꾸면 사치스럽다는 오해를 받을지 모릅니다. 그래도 느긋한 아침식사가 그립습니다.

밥은 생명입니다. 밥을 먹지 않으면 죽습니다. 우리는 '밥심'으로 산다는 말에 익숙합니다. 김훈 작가는 《칼의 노래》에서 이순신 장군의 입을 빌려 "왜군이 몰려오는 것보다 밥 때가 되는 것이 더 두렵다"고 전하며 싸우는 것보다 먹는 것이 중요함을 일깨워 줍니다. 밥을 먹고 나서야 속이 든든해져 싸울 힘이 생깁니다. 세상살이의 역경도 힘이 있어야 버틸 수 있습니다.

밥에는 허기를 채우는 것 이상의 의미가 있습니다. 밥은 아무리 먹어도 질리지 않습니다. 매 끼마다 식탁에 똑같은 밥이 올라와도 불평하지 않고 당연한 것으로 받아들입니다. 반찬을 투정하는 경우는 종종 있습니다. 맛 좋은 반찬이라도 세 끼 연달아 식탁에 올라오면 숟가락이 가지 않습니다. 밥만큼은 도무지 질리지 않으니 천만다행입니다. 밥이 질린다면 먹고사는 데 지금보다 훨씬 더 무거운 짐 보따리를 지고 고행의 삶을 살아야 될 것입니다. 밥이 질리지 않는 것은 밥이 지닌 내재적 가치 때문입니다. 사람이 사람에게 질리지 않기 위해서는 자신만의 내재적 가치를 갖추어야 합니다.

아침밥을 먹으며 밥을 닮은 사람을 생각합니다. 누군가에게 자주 만나도 질리지 않는 사람이 되고 싶습니다. 안 보면 만나고 싶고 생각나는 사람이 되기를 꿈꿉니다. 언제 만나도 질리지 않는 사람을 가까이 두며 살고 싶습니다. 매일 보아도 자꾸 보고 싶은 사람을 곁에 두고 싶습니다.

아침밥이 평생을 해도 질리지 않는 일을 찾아보라고 권합니다. 무엇을 할 때 가슴이 뛰고 재미가 있는지를 묻습니다. 어떤 이야기를 들을 때 귀가 솔깃해지는지 살펴보라고 합니다. 누가 시키지 않아도 날 밤을 새워가며 할 수 있는 일이 무엇인지를 꼭 챙겨보라고 일러줍니다. 유영만 교수가 말하듯 '삶이 End 게임이 아닌 And의 향연'이 되기 위해서는 질리지 않는 일을 찾아야 합니다. 질리지 않는 일은 끝까지 할 수 있는 실행력을 이끌어 성공의 대열에 동참하게 해줍니다.

아침밥이 밥과 같은 쓰임으로 사는 길을 생각하게 합니다. 살면서 밥처럼 꼭 필요한 사람으로 살고 싶습니다. 밥이 시장기를 해소시켜 주듯 누군가에게 희망의 메시지를 전하고 싶습니다. 밥이 사람과 사람을 정으로 이어주듯 누군가에게 따뜻한 밥과 같은 사람으로 기억되고 싶습니다.

아침밥을 먹으며 이해인 수녀가 읽을 때마다 마음이 겸손해지고 따뜻해졌다는 공양게가 떠오릅니다.

"이 음식이 어디서 왔는지, 내 덕행으로 받기가 부끄럽네. 마음에 온 갖 욕심 버리고 육신을 지탱하는 약으로 알아 깨달음을 이루고자 이 공양을 받습니다."

밥이 새롭게 다가옵니다. 누군가의 땀과 정성이 들어가 있는 밥을 먹을 수 있어 행복하고 감사합니다. 밥을 먹는 만큼 내 마음이 커지고 사랑이 깊어졌으면 좋겠습니다. 밥이 새삼 고맙습니다.

🌿 새해에는 '삼심' 이와 함께

새해 첫날의 감흥은 언제나 생생합니다. 첫 사랑, 첫 출발, 첫 눈, 첫 만남, 첫 입사, 첫 입학, 첫 집 마련 등 '첫' 자에는 희망이 묻어 있습니다. 그래서 새해에는 너나할 것 없이 기대를 품게 됩니다. 모두가 행복해지는 시간입니다.

'첫' 자에는 늘 '처음처럼' 이란 표현이 함께합니다. 처음에 작심했던 마음이 흔들리지 않았으면 하는 간절함이 느껴집니다. 처음 먹었던 마음처럼 잘 살고 있는지 살아온 날들을 뒤돌아보게 됩니다. 김수환 추기경이 남긴 말입니다.

"내 나이 여든 다섯. 생이 얼마 남지 않았다. 자연히 과거를 되돌아보게 된다. 나는 정말 많은 시련과 우여곡절에도 불구하고 다른 이들에 비해 여러 의미로 행복한 인생을 살아왔다."

　우리도 지난 한해를 되짚어 보는 시간을 가졌으면 합니다. 새해에는 우리 모두 김수환 추기경처럼 행복한 한 해를 살아왔다고 당당하게 말할 수 있었으면 좋겠습니다.

　사람이 인생을 살아가는 데에는 세 가지 마음이 필요하다고 합니다.

　첫째는 '초심'입니다. 초심은 삶이 속도가 아니라 방향임을 알려 줍니다. "생각이 팔자(八字)"라고 했습니다. 팔자는 생각하는 대로 바뀔 수 있다는 것입니다. 사람은 살아가면서 공기, 음식, 생각을 먹고 산다고 하지만 하나를 더한다면 바로 꿈입니다. '초심'은 꿈입니다. 꿈은 내가 하고 싶은 일과 잘 할 수 있는 일이어야 합니다.

　둘째는 '열심'입니다. "일 온스의 실천이 일 파운드의 관념보다 가치 있다"는 미국 속담이 있습니다. 작은 실천이 실천되지 않는 거대한 생각보다 가치 있다는 것입니다. "생각이 나와 세상을 바꾸는 것이 아니라 생각을 실천하는 손의 마음과 실천이 나와 세상을 바꾼다"고 유영만 교수는 《청춘경영》이란 책에서 강조하고 있습니다. 초심을 잃지 않기 위해서는 일상 속에서 '열심'이 반드시 동행해야 합니다.

　셋째는 '뒷심'입니다. 뒷심은 인내와 끈기에서 나오는 저력입니다. 책읽기를 해봐도 그렇습니다. 한 페이지씩 책장을 넘기다 보면 어느덧 마지막 페이지를 만나게 됩니다. 누가 엉덩이를 오래 붙이고 책장을 넘기느냐에 따라 책읽기에서 오는 희열을 체험할 수 있는지 여부가 결정됩니다. 살다보면 저절로 되는 것은 아무것도 없음을 알게 됩니다. 저절로 되게 하기 위해서는 제대로 해야 합니다. 어떤 일이든지 제대로 하기 위해서는 '초심' 과 '열심' 이 '뒷심' 과 함께해야 가능합니다.

올 한해에 작년과 다른 나를 만들기 위해서는 작년과 다른 도전을 해야합니다. 도전은 자신과의 싸움이 필요합니다. 위대한 경쟁일수록 다른 사람과의 경쟁이 아니라 자기 자신과의 경쟁이 요구됩니다. 나를 이기지 못하면 아무것도 이길 수 없습니다.

새해에는 마음속의 떠오르는 해 즉, 초심, 열심, 뒷심을 보면서 매일 해돋이를 감상하는 기쁨을 누렸으면 좋겠습니다. 새해의 소망이 초심, 열심, 뒷심과 만날 때 희망이 됩니다.

🌿 감사(感謝)에 투자하자

지난해에 무엇인가를 이루지 못한 허전함이 새해부터 분주하게 만듭니다. 삶이란 바구니에 채워야 할 것들이 많은 데서 오는 조급함일 수도 있습니다. 그러다 보니 감사할 줄 모르고 입을 코끼리 코만큼 쭉 빼고 사는 지 모릅니다. 감사해야 할 것들에 대해서도 무관심했던 것이 사실입니다.

밥이 고맙다

작년에도 감사할 일들이 많았습니다.

아름다운 새 소리를 듣고 눈부신 꽃을 볼 수 있어 황홀했습니다.

대지의 기운을 느끼면서 걸을 수 있어 즐거웠습니다.

아내가 차려주는 따뜻한 밥상으로 행복했습니다.

자식들의 재롱으로 얼굴에 웃음꽃이 넘쳐나 살맛났습니다. 즐거운 마음으로 사무실에 들어서며 "좋은 아침입니다!" 라고 인사할 수 있는 동료가 있는 것은 축복입니다. 하고 싶은 일과 해야 할 일에서 희망을 만났습니다.

새해에는 더 많이 감사하면서 살고 싶습니다.

감사하면서 살면 살수록 감사할 일들이 많이 생깁니다.

그러나 감사할 줄 모르는 삶에는 짜증나는 일들만 줄지어 나타납니다. 감사할 줄 아는 사람은 삶을 아름답게 꾸밀 줄 압니다.

그러나 감사할 줄 모르는 사람의 삶은 삭막한 풍경을 자아낼 뿐입니다. 더 나아가 감사할 줄 아는 사람은 다른 사람을 이해하는데도 너그럽습니다.

누구나 감사하면서 살 수 있습니다.

감사하면서 사는 것이 잘 나가는 사람들만의 특권은 아닙니다.

감사하는 마음은 큰 것에 있지 않습니다.

감사하면서 사는 비결은 작은 것에 만족할 줄 아는 마음에서 시작됩니다.

'행복은 지족(知足)할 줄 아는데 있다' 라고 했습니다. 매사에 만족할 줄 알아야 행복할 수 있다는 교훈입니다.

감사(感謝) 하면 떠오르는 과자가 있습니다. 일본에서 만든 '다마고 보로' 라는 과자입니다. 이 과자를 만드는 회사의 사장은 다케다 씨입니다. 다케다 사장은 100개가 넘는 상장기업의 대주주로 돈방석에 앉아 있는 사람입니다. 다케다 사장은 생산라인 직원들에게 '감사합니다' 라는 말을 하면서 과자를 만들도록 주문했습니다. 과자를 만드는 사람의 마음이 과자에 고스란히 전해진다는 취지에서 시작되었습니다. 그러자 직원들의 불만이 터져 나왔습니다. 일도 힘든데 말까지 하면서 기(氣)를 뺏길 수 없다는 것이었습니다. 이렇게 되자 다케다 사장은 아나운서에게 '감사합니다' 라는 말을 녹음하게 해서 생산라인 공장에 24시간 내내 틀어 놓도록 했다고 합니다.

"하루에 3천 번만 '감사합니다' 라고 외치면 그 사람은 인생을 바꿀 수 있다"고 다케다 사장은 말합니다. 이렇게 인생을 바꿔주는 '감사합니다' 를 3천 번 정도 하려면 약 40분 정도가 소요됩니다. 경기침체로 먹고살기가 어려운 이 시기에 40분 투자해서 인생을 역전시킬 수 있다면 투자 수익률은 아마도 2천%가 넘지 않을까 싶습니다. 인생을 살면서 2천% 수익을 올려줄 수 있는 '감사' 라는 상품에 투자해보면 어떨까요.

밥이 고맙다

열정의 무게

어! 하다 보니 벌써 12월입니다. 올 한 해도 며칠 남지 않았습니다. 올 한 해를 마무리할 시간도 그리 많지 않네요. 어! 하는 순간 올 한 해의 마침표를 찍어야 합니다. 시간의 흐름이 빨라 정신 줄을 놓으면 큰일이 날것만 같아 정신이 번쩍듭니다.

올 초의 시작은 설레는 마음과 희망이 있어 행복했습니다. 삶의 무게가 일상을 지치게 만들 때도 있었습니다. 어깨 위의 짐들이 무거워 주저앉고 싶은 적도 많았습니다. 고통, 실의, 실패, 좌절, 후회, 아픔, 질병, 재해, 불화, 불행, 갈등의 무게들을 줄이기 위해 안간힘을 다했습니다. 이렇게 삶이 힘들 때마다 열정이란 친구가 있어 힘을 낼 수 있었고 외롭지 않았습니다. 열정은 열중하는 마음을 뜻합니다. 열과 성을 다한다는 의미입니다. 열과 성을 다하면 하늘도 감동한다고 했습니다. 삶이 지치고 힘들 때 내 열정의 무게는 얼마나 나가는지 따져볼 일입니다. 열정의 무게는 삶의 에너지원이기 때문입니다.

한 해의 뒤안길을 뒤돌아보니 살아가는 맛을 느낀 적도 많았습니다. 건강, 조화, 안정, 성공, 희망, 성과, 향상, 금전, 사랑의 무게로 행복했던 기억들이 축복으로 다가옵니다. 좋은 사람을 알게 되고 만날 수 있는 행운도 얻었습니다. 정신적인 성숙을 누릴 수 있는 호사도 경험했습니다. 많은 사람들의 꿈을 일깨워주는 기회가 있어 감사했습니다.

마음먹은 뜻을 펼치며 실천의 기쁨도 누렸습니다. 심장을 콩닥 콩닥 뛰게 하는 꿈이 있어 기(氣)죽지 않고 살 수 있었습니다.

열정은 내일의 희망입니다. 열정은 오늘의 내가 아닌 내일의 나를 꿈꾸게 만듭니다. 열정은 또 다른 나를 찾도록 안내해주는 동기부여 전문가입니다. 내가 잘할 수 있는 것을 알게 해준 열정 덕분에 벌써부터 내년이 기대됩니다.

열정이 준 선물 가운데 최선을 다하는 모습이 아름답다는 것을 확인하게 된 것도 큰 수확입니다. 열정이 있는 사람을 보면 눈동자에서 빛이 나고, 걸음걸이에 힘이 들어가 있고, 목소리에 자신감이 넘칩니다. 열정은 사람을 사람답게 만들고 아름답게 만들기도 합니다. 사람은 닮아간다고 했습니다. 열정이 많은 사람을 곁에 두며 살고 싶습니다.

열정은 삶이 마음먹기라는 사실도 가르쳐주었습니다. 어떤 일에 열정을 쏟다 보니 기대 이상의 성과를 얻었습니다. 선인들이 왜 마음먹기를 강조했는지 짐작이 갑니다. 세상살이에서 마음먹기만큼 쉬운 일이 있을까요. 올해 마음먹기를 못했다면 새해에는 꼭 만나보기를 권합니다.

열정은 나를 변화시킵니다. 명사형에 가까웠던 나를 동사형의 삶을 살도록 자극합니다. '어? 하니까 되네!' 라는 지혜를 알게 해주었습니다. 아무리 좋은 마음먹기라도 마음속에서만 있어서는 곤란합니다. 삶의 보배는 마음먹기를 실행력으로 옮기는데 있습니다.

한 해를 마무리하는 지금도 여전히 행복합니다. 삶에 악영향을 주는 부정적인 에너지의 무게를 줄일 수 있는 기회가 있기 때문입니다. 긍정의 에너지를 주는 열정이 있다는 것은 세상살이의 큰 덤입니다.

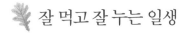 잘 먹고 잘 누는 일생

한 장 남은 달력을 보며 올 한 해를 뒤돌아보다가 '잘 먹고 잘 누면서 사는 일'에 생각이 멈추게 됩니다. 옛날의 보릿고개가 있던 시절보다는 먹고사는 일이 덜 힘든 요즘입니다. 하지만 어느 시대든 먹고사는 일이 쉽지만은 않습니다. 여전히 '얻어먹을 수 있는 힘만 있어도 은총이다'라는 말이 통하는 시대이기 때문입니다.

아직도 끼니를 챙기는 일이 일상의 큰 짐으로 느껴지는 사람들이 많습니다. 먹을 것은 넘치는데 건강이 좋지 않아 잘 먹지 못하는 이들도 많습니다.

이럴 때 끼니 걱정을 하지 않아도 되는 삶은 행복입니다. 몸에 좋은 음식만을 골라 먹을 수 있다는 것은 즐거움입니다. '먹고 사는 것'을 넘어 '잘 먹고 사는 것'을 고민할 수 있는 삶은 축복입니다.

사람이 사는데 '잘 먹는 것'만큼 중요한 것은 '잘 누는 것'입니다. 세상의 이치는 들어가면 나오게 되어 있습니다. 음식을 먹으면 배설이 되어야 정상입니다. 아내의 경험을 통해서 '잘 누는 일' 이 얼마나 중요한지를 알았습니다.

아내가 검사를 받기 위해 서울에 있는 병원에 간 날입니다. 아내로부터 '신호를 기다리며……' 라는 문자 메시지를 받았습니다. 건널목의 신호와 검사를 받기 위해 기다리는 순서를 떠올리다 궁금하여 전화를 했습니다. 아내의 신호란 '변(便)' 이었습니다. 검사를 받기 위해 대변을 받아야 되는데 나오지 않아 기다리는 중이라는 것이었습니다.

어딘가를 멀리 떠나기 전에 우리가 치르는 의식이 있습니다. 바로 화장실 다녀오는 일입니다. 아내도 청주에서 서울까지 가야 하니 중무장(?)을 했음이 틀림없습니다. 이런 이유 때문에 변(便)과의 전쟁이 시작된 것입니다.

어떤 전쟁이든 전투는 치열하다는 공통점이 있습니다. 아내의 작전이 치열하게 전개됩니다. 검사를 받기 위해 걸렀던 식사하기, 예전에 무척 좋아했지만 건강을 담보로 먹지 않던 커피 마셔보기, 병원 로비를 미친사람마냥 돌아다녀보기, 화장실에서 100까지 힘을 줘가며 앉아 있기 등을 시도했지만 허사였다고 합니다.

아내가 얼마나 황당하고 속이 탔을지 짐작이 갑니다. 오후 6시까지 볼일을 보지 못하면 내일 또 서울 구경을 해야 할 판이기 때문입니다. 팔자 좋은 사람은 이참에 서울 구경 한 번 더하게 되니 얼마나 좋을까 하겠지만 구경도 구경 나름이겠지요.

다급하면 지혜의 문이 열린다고 했던가요? 남은 시간이 한 시간 남

밥이 고맙다

짓 됐을 때 아내는 관장이라는 것을 떠올렸습니다. 먹는 약으로는 4시간 이후에나 효과가 나타날 것이라는 이야기를 약사로부터 들었을 것이 뻔합니다. 그렇다면 "좌약은요?"라고 틀림없이 물어봤을 것입니다.

아내는 좌약으로 변과의 한판 승부를 펼쳤을 것이고, 문자메시지로 승전보를 보내왔습니다.

'성공! 똥 한 덩어리가 이렇게 반가울 줄이야.'

나 역시 똥 누기를 밥 먹듯이 하고 있지만 '잘 누는 일'이 이렇게 고마운 일인지는 느끼지 못하고 살았습니다.

한해를 마무리하고 새해를 맞을 준비로 분주한 때입니다. 한 해 동안 꿈꾸었던 일들이 잘 되지 않아 마음이 허전해집니다. 이럴 때 '올 한 해도 잘 먹고, 잘 눌 수 있어 감사했다'는 마음을 갖게되면 어떨까요.

🌿 올해는 유혹하고 싶다

해가 바뀌었습니다. 어제와 오늘보다 지난해와 올해를 구분 짓는 시간의 경계가 마음을 더 찡하게 만듭니다. 지금까지 해가 바뀔 때마다 다짐을 했습니다. 매번 작심삼일이 반복되지만 작심하지 않는 것보다 낫다는 위안으로 힘을 얻습니다. 작심삼일도 1년 내내 할 수 있다면 삶의 전진을 기대할 수 있기 때문입니다.

올해도 지구촌에는 어김없이 유혹의 향연장이 열립니다. 모든 생명체는 생명을 지속하고 번성하기 위해 유혹합니다. 소리, 울음, 불빛, 색깔, 언어 등 유혹의 수단과 방법도 다양합니다.

유혹은 '남을 꾀어서 정신을 어지럽게 하는 것'입니다. 이런 유혹의 부정적인 의미에도 불구하고 살아 있다는 증거와 살고 싶다는 강한 열망이 담겨 있습니다. 유혹의 또 다른 표현은 생명이고 생동감이기 때문입니다.

사람은 끊임없이 유혹하고 유혹당하며 살아갑니다. 우리의 일상은 누군가를 유혹하고 누군가에게 유혹당하는 일로 바쁩니다. 삶은 유혹의 연속이고, 죽을 때까지 유혹 속에서 살아갑니다.

상대방을 유혹하는 것은 살아 있는 모든 것의 지상 과제입니다. "연인 사이에만 해당되는 것이 아니다. 정치인은 대중을 유혹해야 하고, 상품은 고객을 유혹해야 하며, 기업은 시장을 유혹해야 한다. 유혹하지 못하면 생존할 수 없기 때문이다. 이런 이유에서 우리는 유혹의 기술을 익혀야 한다"고 작가 정진홍은 말합니다.

유혹하는 삶을 살기 위해서 필요한 유혹의 기술은 무엇일까요.

먼저 자기계발에 유혹당하며 사는 일상이 되어야 합니다. 자기계발에 유혹을 당하면 무엇을 하든 즐길 수 있고 열정과 친구가 됩니다. 자기계발에 유혹을 당해야 나만의 경쟁력으로 차별화를 이끌 수 있습니다. 자기계발에 유혹을 당하는 순간 성과를 낼 수 있습니다.

자기계발에 유혹당하며 살기 위해서는 '하고 싶은 것'과 '하고 싶은 일'을 선택해야 합니다. 자기계발의 장애 요인을 내칠 수 있는 용기와 자기계발에 푹 빠져 살 각오가 되어있어야 합니다.

자신이 먼저 자기계발에 유혹을 당해야 누군가를 유혹할 수 있는 힘이 생깁니다. 하버드 대학교의 케네디스쿨 학장을 지낸 조세프 나이 박사는 "강제나 보상보다는 마음을 끄는 힘, 즉 유혹의 힘으로 원하는 것을 얻는 능력이 소프트 파워"라고 했습니다. 소프트 파워는 결국 유혹하는 힘입니다.

유혹하는 힘은 상대방의 마음을 사로잡는 나만의 매력입니다. 나만의 매력은 다른 사람을 흉내 내지 않고, 다른 사람이 흉내 낼 수 없을 때 생깁니다. 나만의 매력으로 상대방을 유혹하기 위해서는 자기계발에 유혹당하는 것이 먼저입니다.

자기계발에 유혹당하기 위해서는 간절히 원하는 꿈을 갖는 것이 중요합니다. 간절히 원하는 꿈을 갖고 있는 사람은 자기계발을 하는데 멈춤이 없습니다. 간절한 꿈이 꿈꾸는 사람을 실행력이란 동사형 인간으로 만들어 주기 때문입니다.

자기계발을 이끄는 꿈은 '생생한 꿈'이어야 합니다. '생생한 꿈'만이 꿈이 이루어질 때까지 실행할 수 있는 에너지를 줍니다. '흐리멍덩한 꿈'을 꾸게 되면 꿈을 이루는 과정에서 조금이라도 힘들고 어려워지면 멈추게 됩니다.

올 한 해 동안 누군가를 무엇으로 유혹할 것인가를 생각하는 것만으로도 가슴이 뜁니다. 자기계발에 유혹당하는 생생한 꿈을 꿀 수 있다는 희망만으로도 마음이 설레입니다.

올해 버리고 싶은 것

올 초에 먹었던 마음이 떠오릅니다. 한 해를 설레임과 희망으로 시작했습니다. 올 한 해 많은 감동을 경험하리라 마음먹었습니다. 살면서 성장의 환희와 실천의 기쁨 그리고 심장을 뛰게 하는 꿈들도 만나고 싶었습니다. 올해는 또 다른 나를 발견하게 되리라는 기대감도 컸습니다. 삶이 마음먹기라는 사실도 알고 싶었습니다. '아, 하니까 되는구나!'라는 기쁨을 곁에 두며 살고자 했습니다.

벌써 12월입니다. 올 한 해도 빠르게 지나갔습니다. 바쁘게 산만큼 실속이 없는 것 같아 아쉬움이 남습니다. 작년 이맘때도 비슷한 기분이 아니었을까 싶습니다. 그래서 한 해를 잘 마무리해야 한다는 생각으로 분주해집니다.

세상살이는 채우는 것 못지않게 비우는 것도 중요합니다. 그래서 올 연말은 버리고 비우는 것으로 마무리하고 싶습니다. 그냥 버리고 비우

밥이 고맙다

는 것이 아니라 다짐하고 곱씹는 사유의 과정을 거치고 싶습니다.

먼저 '무례함'을 버리고 싶습니다. 무례는 예의가 없음을 뜻합니다. 공자가 생전에 가장 싫어한 두 부류의 사람이 있는데 바로 향원과 예의가 없는 사람이었습니다. 향원(鄕員)이란 겉으로는 정의롭고 현명하며 바른말을 하지만 실천하지 않는 사람을 일컫습니다.

예의(禮義)는 사람이 행하여 할 올바른 예와 도를 의미합니다. 공자가 말한 "군군신신부부자자(君君臣臣父父子子)"는 '임금은 임금답고 신하는 신하답고 아비는 아비답고 아들은 아들다워야 한다'는 뜻으로 '다움'의 중요성을 강조하고 있습니다. 예는 다른 이에게 나를 대하는 방식을 강요하는 것이 아니라 타인을 향한 나의 습관화된 태도의 일종입니다. 나와 허물없이 가깝게 지낸다는 이유로 무례함을 범하며 산 것은 아닌지 조심스럽습니다. 그동안 살면서 말과 행동에 시나브로 묻어 있던 무례함을 떨어내고 싶습니다.

'공짜의식'도 비우고 싶습니다. 세상에 공짜가 없다는 것을 알면서도 자꾸만 공짜를 바라며 살게 됩니다. 공짜심리는 인생살이에서 땀흘리는 과정을 생략하고 요행만 바라는 꼴입니다. 땀 흘리지 않고 누워서 떡을 먹겠다는 심보입니다. 누워서 떡 먹기가 얼마나 어려운지 경험하지 못한 탓입니다.

"교수는 강의만 안 하면 할 만하고, 기자는 기사만 안 쓰면 할 만하고, 가정주부는 부엌일 안 하면 살 만하다고 한다"는 유홍준 교수의 말이 새롭게 다가옵니다. 평소에 본분을 잊고 살다가 뒤통수를 한 대 얼어맞고 정신이 번쩍 드는 기분입니다.

비우고 싶은 것은 또 있습니다. 바로 '질투심' 입니다. 타인의 장점과 성과를 질투하며 살지는 않았는지 염려됩니다. 타인을 질투하는 순간 나를 변화시킬 수 있는 기회를 차버린 셈이 되기 때문입니다. 질투심은 살아갈 힘을 빼는 부정적인 에너지입니다. 물론 질투심을 버리며 살기는 쉽지 않습니다. 그러나 나보다 나은 사람을 만나면 질투심을 선망(羨望)하는 마음으로 바꿔야 합니다. 타인을 선망해서 가슴이 떨려오면 인생을 살면서 상수(上手)를 만날 수 있기 때문입니다.

올해가 가기 전에 비우고 버려야 할 것들을 생각하는 것만으로도 마음이 한결 가볍고 홀가분해집니다.

 새해 택배

지난해 연말 지인으로부터 한 통의 문자를 받았습니다. 제목은 '고객님 앞으로 주문 상품 '2012년' 이 배송 중입니다' 였습니다. 내용을 열어보니 '본 상품은 특별 주문 상품이므로 취소, 교환, 환불이 불가합니다' 라고 쓰여 있었습니다.

택배의 원조는 새해가 아닐까 싶습니다. 새해는 인류의 시작과 함께 지금까지 꼬박꼬박 우주의 생명체에게 배달되어 왔기 때문입니다. 나도 새해란 택배를 50년 넘게 받아왔습니다. 누구에게나 똑같이 배달된다는 것을 알지만 받을 때마다 매번 새롭고 반갑고 기분이 좋습니다.

올해는 365일에 '추가 1일' 이라는 덤까지 들어 있습니다. 하루하루를 어떻게 쓰느냐에 따라 1년의 결과물이 달라집니다. 이런 이유로 나는 새해가 되면 이루고 싶은 다짐들을 계획이란 그릇에 채워 넣습니다. 나의 다짐들은 '생각하기'로 구체화되고 실행력으로 성과물이 됩니다. 인생을 살면서 식스팩의 복근만이 아니라 생각의 근육을 키우는 일이 중요합니다.

올해 나에게 주어진 366일을 어디에 두고 살 것인지를 고민합니다. 언제나 눈에 띄는 곳에 두고 살 것인지 아니면 구석에 쳐 박아두고 살 것인지 말입니다. 사람도 눈에서 멀어지면 관계가 서먹해집니다. 하루하루도 곁에 두고 살지 않으면 손가락 사이로 모래 빠지듯 사라지기 십상입니다. 요긴한 물건도 애용하지 않고 구석에 방치하면 먼지만 쌓이듯 오늘을 채우는 지금이라는 시간을 방치하여 먼지가 쌓이면 큰일입니다. 하루라는 시간에 먼지가 머물지 않도록 부지런을 떨며 살아야합니다.

새해란 택배물은 발신자가 특별 주문한 상품으로 취소, 교환, 환불, 양도가 불가능합니다. 수신자인 나는 오는 해가 싫어도 취소하지 못합니다. 올해를 작년이나 내년으로 교환할 수도 없습니다. 올해를 살다가 아쉬움과 미련이 남아 되돌려 받고 싶어도 환불이 안 됩니다. 올해 나에게 주어진 366일을 간절히 원하는 누군가에게 주고 싶어도 양도할 수도 없습니다. 올 한 해 나에게 주어진 366일은 온전히 내 몫입니다. 일상을 애지중지하며 살 일만 남았습니다.

교직에 있는 아내가 연말에 노처녀 동료 선생님들에게 문자를 보냈습니다. '고객님 앞으로 '나이 한 살' 이란 상품이 배송 중입니다. 본 상품은 특별주문 상품이므로 취소, 교환, 환불이 불가합니다. 상품 수령 후 수취 확인바랍니다.' 노처녀 선생님들 얼굴에 묻어났을 아우성과 웃음이 연상됩니다.

누구나 새해와 함께 나이 한 살을 먹게 됩니다. 로마의 철학자 세네카는 "우리는 평생토록 사는 방법을 배워야 한다"고 말합니다. 올해는 한 살 더 먹은 나이만큼 나잇값을 하며 사는 지혜를 얻고 싶습니다.

오늘은 남은 인생과 올해의 첫 날입니다.

 마음 공부

새해가 되면 누구나 희망과 소망을 다짐합니다. 우리 집 새해맞이 행사는 조금 남다릅니다. 한 해의 마지막 날 온 가족이 모여 가는 해와 오는 해를 이야기합니다. 1년 전 세웠던 계획 중 이루어낸 목표에 뿌듯해

밥이 고맙다

하고 이루지 못한 목표에는 아쉬움과 반성의 탄식이 따릅니다. 오는 해에 대한 기대와 포부를 이야기한 후 새해를 알리는 보신각 타종소리에 두 손을 모읍니다. 새해의 계획은 가족의 마음과 함께 액자에 담깁니다.

아내의 계획 중에 '미운 사람 만들지 않기' 가 눈에 띕니다. 세상살이에서 사람과의 관계 설정이 중요하다는 점을 읽을 수 있습니다. 세상에는 별 사람이 다 있습니다. 사람의 심성과 가치관은 삼라만상을 닮았기 때문입니다. 세상에는 내가 좋아할 만한 사람들만 있지 않습니다. 눈에나 귀에나 생각에 거슬려 미운 사람을 만들게 됩니다. 세상살이라는 것이 호락호락하지 않습니다.

인생은 마음먹기라고 합니다. 누구나 마음먹은 것을 실천하기가 어렵지 마음먹기는 쉽습니다. 내가 상대방을 '좋은 사람' 과 '미운 사람' 으로 만듭니다. '좋은 사람' 은 현명한 자를 대접하고 선한 자를 존중하는 내 마음에서 탄생합니다. '미운 사람' 은 어진 자를 질투하고 능력 있는 자를 질시하는 내 마음에서 잉태됩니다. '좋은 사람' 과 '미운 사람' 은 내 마음먹기의 산물입니다.

아내의 '미운 사람 만들지 않기' 프로젝트는 마음공부입니다. 마음공부는 인생이란 시험에서 출제빈도가 높은 문제입니다. 일상에서 '미운 사람 만들지 않기' 위해서도 연습과 복습이 필요합니다. 내 안에 미운 사람이 생기면 고통을 키우며 사는 꼴입니다. 미운 사람 만들면 나만 힘들어집니다.

아내가 '미운 사람 만들지 않기' 프로젝트를 실현하기 위해 하는 마음공부는 '장점 찾아 예뻐해주기'입니다. 상대방의 단점보다는 장점을 보는 마음의 눈을 갖는데 게으름을 피우지 않겠다는 다짐입니다.

아내의 마음공부 덕에 최대의 수혜를 보는 사람은 바로 나입니다. 예전보다 칭찬을 자주 들으며 살 수 있어서입니다. 아내의 마음공부가 나에게도 전염되어 우리 부부는 서로 칭찬하며 살기 바쁩니다. 행복은 성적순이 아닌 게 맞습니다. 행복은 칭찬순인 것 같습니다. 요즘 나는 '조금만 바꾸면 삶이 확 바뀔 만한 그 무엇이 사람마다 하나씩은 있다'는 말을 실감하며 살고 있습니다.

아내의 마음공부가 작가 정용철의 말을 떠오르게 합니다.

"사랑이 가득한 마음으로 제품을 만들면 명품이 된다. 사랑이 가득한 마음으로 일을 하면 명인이 된다. 사랑이 가득한 마음으로 사람을 만나면 명사가 된다."

아내의 마음공부인 '미운 사람 만들지 않기'와 '장점 찾아 예뻐해주기'는 사랑이 가득한 마음으로 사람을 만날 때만 가능합니다. 명사인 아내와 함께 살 수 있다는 기대감만으로도 행복합니다.

직장에는 정년이 있지만 인생에는 정년이 없습니다. 인생에 정년이 있다면 탐구하고 창조하는 노력이 멈추는 바로 그때입니다. 인생의 정년으로 살기엔 내 의식이 아직은 청춘입니다. 부부는 닮는다고 했습니다. 나도 올해는 마음공부에 올인하고 싶습니다.

밥이 고맙다

🌿 인생 속도

　누군가는 인생의 나이를 속도와 시계에 비유하여 설명합니다. 내 인생의 속도는 몇 킬로미터인지 질문하게 됩니다. 고속도로에서 달리는 차들의 주행 속도는 제각각입니다. 목적지에 도착할 시간과 운전자의 성향에 따라 주행 속도가 결정됩니다. 시간적인 여유가 없이 출발을 하면 어김없이 과속을 하게 됩니다. 과속을 하면 위험요인이 닥칠 가능성은 높아집니다. 더구나 과속하게 되면 위험에 대처할 수 있는 기회가 그만큼 줄어들게 됩니다.

　인생의 속도도 마찬가지라고 봅니다. 인생의 방향은 인생의 속도를 결정합니다. 세상을 살면서 관리하고 조절할 수 있을 만큼만 받아들이는 지혜가 필요합니다. 내가 지닌 능력을 벗어나면 삶이 버거워지기 때문입니다. 삶이 버거워지면 빨리 끝내고 싶은 유혹에 빠지기 쉽습니다.

　주변에 잘 나가는 사람을 보면 부럽습니다. 그런데 잘나가는 것이 꼭 부러운 일만은 아닙니다. 잘 나간다는 것은 과속하고 있다는 의미가 함축되어 있을 가능성이 높기 때문입니다. 정진홍 작가도 "스스로 잘나가고 있다고 자만할 때 삶의 위기는 자객처럼 엄습한다"고 했습니다.

　속도가 빠르면 주변의 아름다운 경치를 보지 못하고 그냥 스쳐 지나게 됩니다. 속도가 지나치게 빠르면 행복이 다가와도 보지 못하게 됩니다. 행복을 찾고 싶다면 좀 천천히 달릴 필요가 있습니다. 삶의 속도

가 느리다고 해서 꼭 손해를 보거나 나쁜 것은 아닙니다. 남보다 느리
다고 기죽을 필요도 없고 피해의식에 사로잡혀 고통 받을 필요도 없습
니다. 오히려 속도를 늦추면 풍경을 얻게 됩니다. 조금씩 천천히 느리
게 사는 법을 깨달아야 합니다. 눈앞에 매달린 당근만 보며 내달리는
것은 내 삶에 대한 무례입니다.

인생에는 지나고 나면 되돌릴 수 없는 것들이 많습니다. 이런 이유로
"그칠 데를 알아서 그쳐야할 때 그치라"는 뜻이 담긴 지지지지(知止止
止)가 필요합니다. 지지(知止)는 노자의 도덕경 44장에 나옵니다. 그칠
수 있을 때 그쳐야지 그칠 때를 놓치고 나면 그치고 싶어도 그칠 수가
없게 됩니다.

살다 보면 그쳐서는 안 될 때도 있습니다. 제풀에 멈추면 성취가 없
다는 뜻이 담긴 자지자기(自止自棄) 때문입니다. 살면서 빨리 달리는
것보다 멈추지 않는 것이 중요함을 일깨워주는 말입니다. 세상을 살면
서 최고의 매력은 끝까지 하는데 있습니다. 이기고 지는 것이 따로 있
지 않습니다. 한 장 남은 달력을 보면서 끝까지 하는 것이 진짜 이기는
것임을 생각하게 됩니다.

삶의 과속은 세상살이의 과정을 무시하는 데서 시작됩니다. 삶의 과
정이 소중하다는 것을 알 때 인생의 과속을 막을 수 있습니다. 앞으로
내달리는데 방해가 된다며 삶의 언저리로 밀려났던 것들을 다시 끄집
어내어 보듬으며 동행하면 어떨까 싶습니다. 그 안에 삶의 소중한 것
들이 있을 수 있기 때문입니다. 신영복 교수는 "먼 길은 영혼과 함께

가야 한다. 영혼은 우리말로 얼이다. 얼을 빼놓고 가면 안 된다"고 말합니다. 영혼과 동행하고 싶다면 인생의 과속은 금기입니다.

🌿 미운 감정 버리기

한 해가 저물고 있습니다. 하루의 해넘이를 지켜보는 마음이 짠합니다. 한 해의 일몰을 지켜보는 마음이 숙연해집니다. 하루이든 한 해이든 끝자락은 많은 생각을 남깁니다. 무언가를 이루지 못한 아쉬움이 생각의 편린을 낳기 때문입니다. 세상을 살면서 마음먹은 일을 다 이루며 살기는 쉽지 않습니다. 누구나 이루지 못한 것들에 대한 미련과 후회를 안고 살아갑니다.

그래서 새해에 대한 기대가 더 크고 새해에 희망을 품게 됩니다. 올한 해 이루지 못한 아쉬움을 다시 희망할 수 있는 새로운 기회가 주어지기 때문입니다. 이런 이유로 새해를 어떻게 맞이할까를 고민하는 것도 중요하지만 가는 해를 어떻게 마무리할지 고민하는 것도 가치가 있는 일입니다. 새해를 잘 맞이하기 위해서는 가는 해를 잘 비워야 합니다. 비워야 새로운 것을 채울 수 있는 공간이 생기기 때문입니다.

연말에 무엇을 비워야 할 것인지를 고민하는 것도 의미 있는 일입니다. 차분히 한 해 동안 어떻게 살아왔는지를 정리해보는 것도 나쁘지 않습니다. 나는 무엇을 버리고 비워야 할지 고민스럽습니다. 지금 버리고 비워야 할 것들도 올 한 해 동안 나를 성장시켜준 내 삶의 일부이기 때문입니다.

그래도 나는 내 마음속에 자리 잡고 있던 누군가를 미워했던 마음만큼은 미련 없이 버리고 싶습니다. 누군가를 미워한다는 것은 내 마음에도 상처를 남기는 까닭입니다. 누군가를 미워하는 만큼 내 마음에 사랑이란 감정이 차지할 여지가 줄어듭니다. 내가 누군가를 미워하는 순간 내 마음속에 '화'가 자리 잡게 됩니다.

이런 화를 무작정 내는 것도 문제지만 무작정 화를 삭이는 것도 좋은 것은 아니라고 전문가들은 충고합니다. '화'에 대해 아리스토텔레스는 "누구든지 성을 낼 수 있다. 그것은 쉬운 일이다. 그러나 올바른 대상에게, 올바른 정도로, 올바른 시간에, 올바른 목적으로, 올바른 방식으로 성을 내는 것. 그것은 모든 사람들이 할 수 있는 일이 아니며 쉬운 일도 아니다"라고 말합니다.

나는 올 한 해 내 마음에 자리하고 있던 미움들을 버리고 비우고 싶습니다. 미움이란 감정은 누군가를 한 번 미워하게 되면 자꾸만 미워하게 만드는 중독성이 매우 강합니다. 미움은 상대방의 입장을 볼 수 있는 눈을 감게 만들고 상대방을 사랑하게 만드는 마음도 닫게 만듭니다. 그래서 누군가를 미워하는 마음은 나에게 독이 되는 무서운 것입니다.

밥이 고맙다

"분노에 집착하는 것은 누군가에게 던지기 위해 뜨거운 숯을 움켜쥐고 있는 것이나 마찬가지이다. 불에 데는 것은 너 자신이다."

부처의 메시지가 유독 무게감 있게 다가옵니다.

올 한 해 내 마음속에 담겨 있던 미움을 버리고 새해에는 그 자리에 누군가를 사랑하고 좋아하는 마음을 채워 넣고 싶습니다. 내 마음에 누군가를 좋아하고 사랑하는 감정을 담는 순간부터 마음의 부자가 될 수 있고 행복해질 수 있다는 믿음 때문입니다. 마음의 부자가 되면 긍정적인 에너지가 넘쳐서 하고자하는 일도 잘 될 수 있다는 생각이 듭니다. 어른들이 '마음을 곱게 써야 인생이 잘 풀린다' 고 말씀하신 이유를 이제야 알 듯합니다.

누군가를 미워하는 마음을 비우는 작업은 자신의 마음을 다스리는 일부터 시작돼야 합니다. 새해를 맞이하면서 제일 먼저 챙겨야 할 일은 자신의 마음을 다스려 미움을 버리는 일입니다.

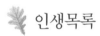 인생목록

프랑스 시인 폴 발레리가 "생각하는 대로 살지 않으면 사는 대로 생각하게 된다" 며 지난 한 해를 어떻게 살아왔는지 묻습니다.

내 답변은 생각대로 살아온 날들보다 무엇인가에 휘둘리며 살아온 날들이 많다는 것에 가깝습니다. 그래도 2013년이란 한 해를 선물로 받아 새롭게 희망을 품을 수 있어 좋습니다.

지금은 2013년이란 다리를 어떻게 건너야 할지 고민해야 하는 시간입니다. 인생에서 가장 소중한 것이 무엇인지를 떠올려보고 하고자 하는 일을 어떻게 할 것인지도 궁리해야 합니다. 올해의 인생목록에 '간절히 하고 싶은 일'을 올려야 합니다. 한비야 작가는 "후회 없는 삶은 자기가 정말 하고 싶었던 것을 마침내 하고야 마는 삶이다. 하고 싶은 그것에 100퍼센트 몰두하는 것이다"라고 말했습니다. 다른 사람의 판단에 연연하지 않고 자기가 자기 마음에 들어야 후회 없는 삶이 가능하다는 얘기입니다. 그래서 올 한해 무엇에 집중하고 몰두하며 살 것인지 고민하는 것이 중요합니다.

올해의 인생목록에는 '자신의 스탠다드'가 포함되어야 합니다. 스탠다드는 다른 사람이 뭐라고 해도 스스로 정한 기준에 따라 행동하게 만들어줍니다. 남들이 제시해 준 시간표대로 사는 것은 내 삶이 아니고 타인의 삶을 살아가는 꼴입니다. 스탠다드는 어떤 역경에서도 흔들림 없이 버틸 수 있는 힘의 원천입니다. 삶의 스탠다드는 간절히 원하는 것을 이루게 해주는 마법의 기술입니다. 올 한 해는 자신의 스탠다드와 시간표대로 살아보고자 궁리하는 시간이 많았으면 좋겠습니다.

올 한 해의 인생목록에는 '무엇을 남기고 싶은지'도 담아야 합니다. 인생에서 남는 것은 결과와 성과만이 아닙니다. 인생의 여정에서 열정을 남김없이 소진했던 순간들도 남습니다. 결국 하루하루를 치열하게 살아가는 과정이 남게 되는 것입니다.

정호승 시인은 "인생이라는 여행을 떠날 때는 목표 지향적 여행보다는 경로 지향적 여행이 더 바람직하다. 목표 지향적 여행을 하게 되면 방향보다 속도를 먼저 생각한다. 그러나 경로 지향적 여행을 하게 되면 인생의 속도는 줄어든다"고 말합니다. 인생의 방향을 제대로 설정하지 못하고 내는 속도는 의미가 없습니다. 경로 지향적 여행이 과정을 중시하는 일상을 가능하게 해주기 때문입니다.

사람마다 먹는 방법이 다르듯 시간운용 방법도 다릅니다. 알밤을 먹을 때 제일 맛있는 것부터 먹는 사람이 있는가 하면 제일 맛없어 보이는 것부터 먹는 사람이 있습니다. 물론 어떤 알밤부터 먹을지는 먹는 사람의 가치관이나 성향에 따라 달라집니다. 제일 맛있어 보이는 알밤부터 먹게 되면 그 다음에도 그중 제일 맛있는 것을 먹고 그 다음에도 제일 맛있는 것을 먹게 되어 결국 계속해서 맛있는 알밤만 먹을 수 있게 됩니다. 하지만 맛없어 보이는 알밤부터 먹게 되면 다 먹을 때까지 맛없는 알밤만 먹어야 합니다. 올 한 해 주어지는 시간도 제일 맛있는 알밤부터 먹듯이 간절히 바라는 큰일부터 한 가지씩 즐겁게 이루어나가면 어떨까 싶습니다.

삶은 어떤 경우라도 그 자체로 가치가 있습니다. 삶이 그저 나를 지나가는 것이 아니라 내가 삶을 만들고 이루어가는 것입니다. 내가 2013년에 무엇을 어떻게 할 것이지를 고민하는 진짜 이유입니다.

🌿 아낌없이 주기

퇴근한 아내가 웃으며 들어옵니다. 아내가 쿡쿡 웃으며 들어오는 날은 분명 학교에서 사고(?)가 터진 날입니다.

오늘은 어떤 일이 있었냐고 물으니 무려 세 명의 아이들이 레이더망에 걸렸다고 회희낙락합니다. 교사인 아내의 레이더망은 아이들의 일거수일투족을 놓치지 않기 위해 촉각을 곤두세우고 가동됩니다. 아내는 레이더망에 아이가 한번 걸려들면 절대 그냥 놓아주는 법이 없다고 합니다.

레이더망에 걸려든 아이의 장점을 기필코 찾아내 칭찬을 해주고 만다는 것입니다. 오늘은 세 명의 아이들이 지각으로 걸렸다고 합니다. 아내는 절호의 기회로 여겨 먼저 반성문을 쓰게 한다고 합니다. 반성문 쓰는 모습을 옆에서 지켜보며 재빨리 써내려가는 아이에게는 필력을 칭찬하고, 끙끙대는 아이에게는 신중함을 칭찬해주며 자연스럽게 상담으로 연결한다고 합니다. 이렇게 상담을 하며 아이의 어려움을 헤아려주고 장점을 칭찬해주는 시간을 갖는 것입니다.

물론 지각에 대한 벌(罰)은 주지만 그보다는 전화위복의 기회로 삼아 아이가 더 잘할 수 있는 발전의 계기가 되도록 만드는 일을 중요시한다고 합니다.

아이들에 대한 이야기 끝에 아내는 교장선생님이 빵을 보내 주셨다

280

며 자랑합니다. 아내가 이전 근무하던 학교의 교장선생님께서 빵을 보내주셨는데 얼마나 많이 보내셨는지 전 직원이 함께 맛있게 먹었다는 것이었습니다. 아내에게 빵을 보내준 교장선생님은 아내가 존경하는 몇 분의 어른 중 한 분입니다. 그분은 학교에서 교장이라는 가장 윗자리 직책에 있음에도 불구하고 교사나 학생들을 대할 때 언제나 깍듯한 존중의 예를 지키신다고 합니다.

대접받기보다 베풀기를 좋아하시고 섬김 받기보다 배려하기를 좋아하셔서 저절로 존경하게 됐다고 아내가 종종 이야기하던 분입니다. 아랫사람의 미흡한 점을 지적하고 꾸짖는 일보단 잘한 것을 찾아 칭찬하는 일에 많은 시간을 할애하고, 애로사항은 수시로 경청한 후 해결해주고자 동분서주하는 모습이 인상적인 분이라고 합니다.

아내는 그분의 모습을 보며 '갑'과 '을'의 관계를 다시 생각하게 됐다고 합니다. 그분은 교장이라는 '갑'의 위치를 '을'에게 횡포를 부리는 권력이 아니라 아낌없이 배려하고 인정을 베푸는 자리로 승화시킨 것입니다. 아내는 그분의 언행을 닮고 싶어 합니다. 아내는 학생에게 '갑'일 수밖에 없는 교사라는 직책을 무기로 아이들에게 군림하는 게 아니라 사랑을 아낌없이 주는 일에 골몰합니다. 오늘도 한 번 더 아이들의 이름을 불러주기, 칭찬하기, 마음을 헤아려주기 위한 아내의 모습이 떠오릅니다.

갑(甲)과 을(乙)은 두 개 이상의 사물이 있을 때 그중 하나의 이름을 대신하여 이르는 말 또는 차례나 등급을 매길 때 '갑'은 첫째를 '을'은 둘째를 의미하는 말로 정의됩니다. 사전적으로 '을' 은 '갑' 에 대응되는 동등한 의미임에도 불구하고 우리 사회의 갑을 관계는 상급자와 하급자, 대기업과 하청업체, 고객과 서비스업종사자, 교사와 학생 등 갑은 우월적 지위를 가진 강자로 을은 사회적 약자로 자리매김해 있습니다.

우리 사회가 좀 더 성숙하기 위해서는 갑과 을의 관계에 대한 새로운 정립이 필요합니다. '갑' 의 위치에 있는 사람들이 '을' 에게 아름다운 횡포를 부려보면 어떨까요. '을' 을 대등한 관계로 존중하고 을의 입장을 세심하게 배려해주며 을의 애로사항에 팔을 걷어 부치고 해결해주는 일에 '갑' 의 힘을 사용하는 것입니다.

혜민 스님은 "인생에서 가장 소중한 것은 내 앞의 사람과 공유하는 유대감, 따뜻한 마음, 행복감, 나누는 마음" 이라고 말합니다.

 ## 무재이시 無財二施

'2014년이라는 열어보지 않은 선물이 우리 손에 들려 있습니다.'
세밑에 지인에게 받은 짧은 문자입니다. 새해를 열어보지 않은 선물로 표현한 지인의 언어감각이 신선합니다. 새해는 누구에게나 열어보

밥이 고맙다

지 않은 선물처럼 설레고 기대됩니다. 새해라는 열어보지 않은 선물의 내용물은 한 해를 어떻게 사느냐에 따라 결정됩니다. 2014년을 무엇으로 채우며 살 것인지 생각이 깊어집니다.

나는 2014년이라는 선물상자 안을 덕(德)으로 가득 채우고 싶습니다. 부처님은 재물이 없어도 베풀 수 있는 일곱 가지(無財七施)를 다음과 같이 말씀하십니다.

첫째는 안시(眼施), 눈으로 베푸는 것, 즉 따뜻하고 온화한 눈길로 남을 대하는 것입니다.

둘째는 화안시(和顔施), 얼굴로써 베푸는 것, 즉 부드럽고 즐거운 얼굴로 상대방을 대하는 일입니다.

셋째는 언사시(言辭施), 말로써 베푸는 것, 즉 언제나 좋은 말과 부드러운 말씨로 사람을 대하는 일입니다.

넷째는 신시(身施), 몸으로써 베푸는 것, 즉 언제나 몸을 움직여 일어나 맞이하며 정성껏 대하는 일입니다.

다섯째는 심시(心施), 마음으로써 베푸는 것, 즉 타인이나 다른 존재에 대해 일희일비하지 않고 넉넉함으로 대하는 일입니다.

여섯째는 상좌시(牀座施), 자리로써 베푸는 것, 즉 언제나 자기 자리를 양보함으로써 베푸는 일입니다.

일곱째는 방사시(房舍施), 방과 집으로써 베푸는 것, 즉 자신의 집을 타인에게 하룻밤 숙소로 제공하거나 쉴 만한 공간을 내주는 일입니다.

재물이 없더라도 마음먹기에 따라 얼마든지 베풀며 살 수 있다는 것을 강조하신 말씀입니다. 나는 무재칠시(無財七施)까지는 행하지 못하더라도 무재이시(無財二施)라도 마음속에 붙잡아두며 살고 싶습니다.

첫째는 말로 덕을 쌓는 언사시(言辭施)를 행하며 살고 싶습니다. 올한 해는 "고맙습니다"라는 말을 더 많이 나누며 살고 싶습니다.

지난해의 일입니다. K대리가 가을철 별미인 도루묵을 직장동료들에게 나눠주었습니다. 도루묵 상자가 열리자마자 한 직장동료가 인상을 찡그리며 "어휴, 비린내가 장난이 아니네. 도루묵 좀 빨리 치우지"라고 말해서 분위기를 싸늘하게 했습니다. "임금님도 맛있게 먹었다던 도루묵이네요, 잘 먹을게요, 고마워요"라는 언사시(言辭施)가 참으로 아쉬웠던 기억으로 남아 있습니다. 교직에 있는 아내는 "싫어요", "안 해요", "재미없어요"를 입에 달고 사는 학생에게 "제가 하겠습니다", "열심히 하겠습니다", "재미있어요"라는 말을 주문처럼 외우도록 했다고 합니다. 학급의 궂은일을 누군가 해야 하는 상황이 되었을 때 그 학생을 쳐다보면 "제가 하겠습니다"나 "열심히 하겠습니다"를 볼멘소리로 말하고 어쩔 수 없이 한다는 것이었습니다. 그러나 시간이 흐를수록 점차 긍정적인 태도로 바뀌는 것을 보면서 언사시 화법의 위력을 실감하게 된다고 말합니다.

둘째는 마음으로 덕을 쌓는 심시(心施)입니다. 마음이 담긴 베풂은 상대방의 인격을 존중하는 마음에서 나옵니다. 나만 잘났거나 내 것만 챙기려는 이기심에서는 심시가 나올 수 없습니다. 상대방을 이기고 싶은 마음과 조종하고 이용하려는 마음에서도 심시를 찾아보기 힘듭니

밥이 고맙다

다. 마음으로 베풀고자 하는 심시가 있어야 사람을 대하는 것도 일희일비하지 않고 한결같습니다. 마음으로 베푸는 심시는 사람의 마음을 움직이는 원동력입니다. 심시야말로 사람의 마음을 움직이고 싶은 리더가 갖춰야 할 덕목 중 하나입니다.

새해를 다짐하는 나에게 법정 스님이 말합니다.

"내가 나를 만든다. 생각과 말과 행동은 우리 정신에 깊은 자국을 남긴다. 그것은 마음 밭에 뿌리는 씨앗과 같아서 이 다음에 반드시 그 열매를 거두게 된다. 어떤 나를 만들 것인가는 나 자신의 결단에 달려 있다."

나오며

　삶은 현상의 합(合)입니다. 현상은 삶의 에피소드입니다. 일상의 현상은 개인의 삶이고 역사가 됩니다. 하나의 현상은 세상의 축소판입니다. 그래서 현상을 자세히 들여다보면 세상의 이치가 보입니다. 현상을 제대로 보면 세상을 읽는 안목도 커집니다. 현상읽기는 세상읽기의 모태입니다. 현상읽기는 삶의 밑천과 기본기가 되기에 충분합니다. 현상읽기는 세상을 보고 읽을 수 있는 눈이 되고 세상살이가 버거울 때 버틸 수 있는 힘이 되기도 합니다.

　현상읽기도 연습이 필요합니다. 이 책은 일상의 현상들에 대한 이야기를 담았습니다. 여기서 만나는 현상들을 눈으로만 읽지 말고 마음으로 읽기를 권합니다. 현상읽기는 '왜' 라는 질문으로 시작해서 '나라면' 이라는 생각으로 마무리됩니다. 현상읽기가 쌓이고 쌓이면 또 다른 세상을 보며 살 수 있는 기회를 만나게 됩니다. 세상을 살면서 부딪치는 문제와 갈등을 줄이고 해결할 수도 있습니다. 우리 옛말에 '모기도 모이면 천둥소리를 내고 거미줄도 수만 겹이 쌓이면 호랑이를 묶는다'는 말이 있습니다. 이 책이 독자들의 현상읽기와 세상읽기의 새로운 시작이 되길 기대합니다.

인생의 성공은 꿈의 크기와 비례합니다. 인생의 행복은 현상읽기의 양과 질에 비례한다고 생각합니다. 현상읽기를 얼마나 자주하며 사는지와 잘 하느냐가 성공인생을 가릅니다. 현상읽기와 세상읽기는 무엇인가 간절함이 있는 사람에게 관심이란 형태로 다가오는 선물입이다.

삶이 간절하지 않으면 현상을 제대로 볼 수 있는 기회를 만나기 어렵습니다. 35년 동안 백자와 함께 외길을 걷고 있는 도공(陶工) 권대섭 씨는 "돈 없는 사람도 보는 순간 사고 싶은 것, 눈물이 핑 돌 정도로 감동과 전율이 오는 귀신이 곡(哭)하는 '명품 달항아리' 를 만드는 것이 꿈이다"라고 합니다. 귀신도 놀라 무릎을 치고 갈 '명품 현상읽기' 가 명품인생을 만듭니다.

어느 분야든 기본기를 중시합니다. 기본기가 부족하면 성장에 한계가 있고 오래 버티지 못하기 때문입니다. 인생에도 필요한 기본기들이 있습니다. 그중의 하나가 바로 현상과 세상을 제대로 보고 읽어내는 힘과 지혜입니다.

인생이란 무대에서 스펙만으로는 멋진 연주를 펼칠 수가 없습니다.
자기계발에 관심이 있다면 현상읽기부터 시작하는 것이 우선입니다.
이 책이 삶의 기본기를 쌓는 데 도움이 되길 기대합니다.

일상에 대한 맛있는 인생 레시피

밥이 고맙다

1판 1쇄 인쇄 ┃ 2014년 05월 27일
1판 2쇄 발행 ┃ 2014년 12월 05일

지은이 ┃ 이종완
발행인 ┃ 이용길
발행처 ┃ 모아북스 MOABOOKS

관리 ┃ 정윤
디자인 ┃ 이룸

출판등록번호 ┃ 제 10-1857호
등록일자 ┃ 1999. 11. 15
등록된 곳 ┃ 경기도 고양시 일산동구 호수로(백석동) 358-25 동문타워 2차 519호
대표 전화 ┃ 0505-627-9784
팩스 ┃ 031-902-5236
홈페이지 ┃ http://www.moabooks.com
이메일 ┃ moabooks@hanmail.net
ISBN ┃ 978-89-97385-44-7   03810

모아북스 MOABOOKS 는 독자 여러분의 다양한 원고를 기다리고 있습니다.
(보내실 곳 : moabooks@hanmail.net)